宁夏大学优秀学术著作出版基金资助
宁夏"十三五"重点建设专业"汉语言文学专业"建设项目成果

宁夏大学优秀学术著作丛书

近现代狭邪小说演变的转型意义研究

丁峰山／著

中国社会科学出版社

图书在版编目(CIP)数据

近现代狭邪小说演变的转型意义研究/丁峰山著. —北京：中国社
会科学出版社，2015.12

ISBN 978 - 7 - 5161 - 7123 - 3

Ⅰ.①近⋯　Ⅱ.①丁⋯　Ⅲ.①小说研究—中国—近现代
Ⅳ.①I207.42

中国版本图书馆 CIP 数据核字(2015)第 283315 号

出　版　人	赵剑英
责任编辑	郭晓鸿
特约编辑	席建海
责任校对	郝阳洋
责任印制	戴　宽

出　　　版	中国社会科学出版社
社　　　址	北京鼓楼西大街甲 158 号
邮　　　编	100720
网　　　址	http://www.csspw.cn
发 行 部	010 - 84083685
门 市 部	010 - 84029450
经　　　销	新华书店及其他书店

印　　　刷	北京君升印刷有限公司
装　　　订	廊坊市广阳区广增装订厂
版　　　次	2015 年 12 月第 1 版
印　　　次	2015 年 12 月第 1 次印刷

开　　　本	710×1000　1/16
印　　　张	13.5
插　　　页	2
字　　　数	235 千字
定　　　价	52.00 元

凡购买中国社会科学出版社图书，如有质量问题请与本社营销中心联系调换
电话：010 - 84083683

目　录

绪论 ………………………………………………………………（1）

第一章　传统体系的形成及特征 ………………………………（1）

第一节　言情小说传统的形成及其体系性特征 ………………（2）

第二节　妓女的传统观念形态 …………………………………（22）

第二章　古典范式的传承与式微 ………………………………（33）

第一节　真情主题占据主流 ……………………………………（35）

第二节　名士与名妓的想象 ……………………………………（41）

第三节　梦与诗构筑的浪漫情节结构 …………………………（49）

第三章　寂寞的巅峰——《海上花列传》……………………（58）

第一节　生活新体验与劝惩主题的貌合神离 …………………（58）

第二节　传统拱卫下的艺术创新 ………………………………（64）

第四章　转型因素的活跃及影响 ………………………………（74）

第一节　新型作家队伍的生成 …………………………………（75）

第二节　都市读者群的形成 ……………………………………（79）

第三节　传播方式的改变 ………………………………………（86）

第四节　小说理论的推动 ………………………………………（93）

第五节　宽松的文化政策环境 …………………………………（99）

第六节　翻译小说的参与 ………………………………………（103）

第五章　世俗的喧闹与堕落 ……………………………………（109）

第一节　喧闹中的坚守 …………………………………………（110）

第二节 在堕落的快感中变异 ……………………………………（122）

第六章 转型的征兆与复辟 ……………………………………（130）
　　第一节 新言情小说的兴起 ……………………………………（133）
　　第二节 鸳鸯蝴蝶派对言情传统的复辟及转型的夭折 …………（160）

第七章 转型完成后的现代品格 ………………………………（168）
　　第一节 短篇倡门小说的现代意识及艺术探索 ………………（169）
　　第二节 长篇倡门小说的艰难转型 ……………………………（178）

结语 ……………………………………………………………（187）

主要参考文献 …………………………………………………（196）

后记 ……………………………………………………………（200）

绪　论

　　道咸以降，内忧外患频生，政治、经济、思想、文化等社会各个层面渐变于昔，总的趋势是由传统社会向现代社会转型。产生于社会生活，并以一定方式反映社会生活的文学，必然出现与社会生活变化相一致的运动。这就使近代文学表现出异于其他历史阶段的特点，它既是古代文学的承续和终结，又是现代文学的胚胎和先声，处在古代文学与现代文学的转型期，带有过渡性，又具有求新求变的性质。自 1922 年胡适揭示出近代文学这两大特点以来，得到后学普遍认同。① 因此，如何从古典向现代转型，如何新变，便成了近代文学研究的核心问题，也成为揭橥近代文学价值的关键指标。② 近代文学的变化分为"衰变"和"新变"二途，"衰变"指传统诗文的消亡，"新变"主要指小说戏曲的转化，这在近代文学研究界也形成了共识。③ 但对于"变"的原因，由于切入角度的差异，出现了"中西冲突融合"论、"自我变革主导"论和"外来影响主导"论的争议，"外来影响主导"论在小说、话剧、诗文、小说理论等局部研究中，逐渐成为主流。④

　　且不论三种观点的论据和结论如何，它们在论证过程中带有三个明显的共同倾向：一是其基本思路是"倒着看"，更多注意现代文学与近代文学的异同，相对忽略近代文学与古代文学的继承关系。比如，从现代话剧角度审视近代文学的变革原因，更多会得出西方文化主导论的结论，因为

----

① 胡适：《胡适古典文学研究论集·五十年来中国之文学》，上海古籍出版社 1988 年版，第88—167 页。

② 王飚、关爱和、袁进：《探寻中国文学从古典到现代的转型历程——中国近代文学研究的世纪回眸与前景瞩望》，《文学遗产》2000 年第 4 期。

③ 张炯、邓绍基、樊骏主编：《中华文学通史》第五卷《近现代文学编·绪论》，华艺出版社 1997 年版。

④ 裴效维主编：《近代文学研究》，北京出版社 2001 年版，第 56—72 页。

话剧是现代才从西方引进的,中国本无此种戏剧形式,可是,中国本无,何来转型?从现代诗文层面探讨近代文学的变革,又会遇到另一个疑问,即现代诗文是"五四"新文化运动以后,借鉴西方诗文形式发展而来,与已经衰亡的传统诗文几无关系。因此,西方文化主导论便成主流意见,但是,既已消亡,何谈过渡?二是其研究目的是为建立单一化、政治化的现代文学史提供历史支持,故只以"五四"以后的精英作家和官方经典为立论依据,将同时期的其他作品排斥在外,进而忽视或压抑了与现代主流文学关系疏远的一部分近代文学作品,削古适今,掩盖了近代文学的真正面貌。如作品数量众多,在现代影响巨大的通俗文学便被排斥在研究范围之外,致使许多延续至今的文学现象难以得到合理解释。① 三是偏重于宏大叙事和整体研究的路径,移植概念,大而无当,忽视细部考察和深入具体问题,致使宏观结论往往与个案属性产生龃龉。比如,存在不过两年时间(1902—1904),作品数量不超过20部,质量更是连梁启超本人都自顾失笑的政治小说,在当时的影响力实在不敢恭维,根本算不上近代小说的主流,却向来被视为"新小说"的中坚力量和近代小说转型的标志。这是一顶多么经不起推敲的光环。

要克服上述缺憾,就得转换研究思路,扩展研究视野和淡化研究的功利目的。近代文学既然被视为转折环节,那它就不仅仅对现代文学具有先导作用,也有对古代文学传统的继承色彩。因此,需以时间的正常流向"顺着看",讨论其过渡了什么,如何过渡,过渡后果这一核心问题,从而正确描述古代文学向现代文学演进的具体行程、特殊规律及类型特征这一近代文学的独特主题。近代文学创作与翻译活跃,作品数量庞大,类型丰富,形成了众声喧哗、复杂多样的格局,其发展方向也显露出多重可能性,并不指向单一目标,我们应追踪每一可能性的最后归宿,建立起属于它们自己的谱系。许多类型乍看似乎已无"后代",实则当我们将研究视野扩展到一向被我们忽略的现代通俗文学领域时,才会发现它们依然生机盎然、繁茂昌盛。诚然文学研究摆脱不了意识形态的影响,但也不必一味抱定特殊历史时期文学权力争斗的激烈心态不放,应该给那些曾被放逐的作品一些关注和宽容,把它们放回到文学本身的发展流程中进行考察,才能为我们的研究工作增添新的收获。

---

① 范伯群主编:《中国近现代通俗文学史》绪论,江苏教育出版社 1999 年版。

　　通观中国文学的演化过程，各体文学类型中只有通俗小说和传统戏剧从古代延续到现在。传统戏剧至今依然保持着它的程式与风范，转型的表现并不明显。通俗小说则不同，它在近代经历了由文学边缘到文学中心的位移，"嘉年华"式的狂欢过后，又被打入现代通俗小说行列，长期遭受冷落，可谓尝尽"人间冷暖"。当 20 世纪 80 年代以来港台言情小说和武侠小说席卷大陆时，人们发现它们的"祖宗"其实就是传统的通俗小说，它顽强地生存于一隅，逐渐兴旺发达起来，影响所及，遍布国土。所以，厘清近代通俗小说转型的历程、变化及路径，是我们解决中国文学古今演变的最佳角度和选择，具有重要的学术意义和价值。

　　并不是所有的近代小说都幸存至今，那些在"小说救国"高调催迫下，担负"揭丑""启蒙"与"教科书"重任而偏离小说本体特征的小说匆匆上阵，也迅速退潮，更多当下意义，显示不出其与古代小说和现代小说的关系。贯穿近代小说创作始终且延续到现代的两类作品——言情小说与侠义小说——却完整地体现了由古代小说向现代小说转型的过程。侠义小说另论。在"稗官争说侠与妓"风潮中，[①] 狭邪小说替代已处于衰势的才子佳人小说，成为近代早期言情小说的主流。在清末最后几年，它改换门庭，不言妓女之情而揭妓女之黑，进而成了社会小说的一个情节单元，说明它一直存在，并未消亡。20 世纪 20 年代，借助"五四"新文化运动的东风，以"倡门小说"的称谓卷土重来，掀起了一个创作小高潮。20 世纪 40 年代，长篇倡门小说《亭子间嫂嫂》风行一时，让我们看到转型完成后，具有完全现代文学品格的狭邪小说的最终面貌和形态。所以，探讨近现代狭邪小说的演变路径和背后的原因与动力，可以从细部实证层面更好地挖掘中国小说从古典到现代的嬗变特色。

　　把近代倡优题材小说称为狭邪小说，首见鲁迅《中国小说史略》：

　　　　唐人登科之后，多作冶游，习俗相沿，以为佳话，故伎家故事，文人间亦著之篇章，今尚存者有崔令钦《教坊记》及孙棨《北里志》。自明及清，作者尤夥，明梅鼎祚之《青泥莲花记》，清余怀之《板桥杂记》尤有名。是后则扬州，吴门，珠江，上海诸艳迹，皆有录载；

　　① 关爱和：《稗官争说侠与妓——十九世纪中国长篇白话小说的创作主旨与主题模式》，《文艺研究》1998 年第 2 期。

且伎人小传，亦渐侵入志异书类中，然大率杂事琐闻，并无条贯，不过偶弄笔墨，聊遣绮怀而已。若以狭邪中人物事故为全书主干，且组织成长篇至数十回者，盖始见于《品花宝鉴》，唯所记则为伶人。①

这段话梳理了唐以来记载妓女的笔记作品及其特点，可视为对狭邪小说"远亲"的追溯。狭邪小说产生的直接源头是《红楼梦》以来的人情小说：

《红楼梦》方板行，续作及翻案者即奋起，各竭智巧，使之团圆，久之，乃渐兴尽，盖至道光末而始不甚作此等书。然其余波，则所被尚广远，唯常人之家，人数鲜少，事故无多，纵有波澜，亦不适于《红楼梦》笔意，故遂一变，即由叙男女杂沓之狭邪以发泄之。②

在后来的《中国小说的历史的变迁》一文中，鲁迅重申了这个观点，直接称此类小说为人情小说。既属人情小说，那就与才子佳人小说不无渊源，所以，在《上海文艺之一瞥》的讲演中，便直呼狭邪小说为"才子佳人小说"了。由此，狭邪小说的渊源、产生原因及类型归属问题基本上解决了，后学未出其矩矱。

鲁迅先生在上述三作中提到了《品花宝鉴》《花月痕》《青楼梦》《海上花列传》《九尾龟》诸作，把它们分为"溢美""近真""溢恶"三种类型，分别给予评价。其后，一些学者展开了对狭邪小说具体作家作品的研究。从论文数量来看，百年来，《海上花列传》71篇、《花月痕》52篇、《品花宝鉴》28篇、《九尾龟》16篇、《青楼梦》13篇，《海天鸿雪记》10篇，其他如《风月梦》7篇、《海上繁华梦》7篇、《海上尘天影》4篇、《海上名妓四大金刚奇书》3篇，均未超过10篇，总计211篇。可见，这方面的研究相当薄弱，年均2篇左右，且集中于鲁迅提到的5部作品，开拓性明显不足。从研究内容来看，重复性的考证文章占了一大半，而那些涉及作品思想、艺术评价的文章因历史观、文学观及文学史观的不同，表现出相当大的差异。狭邪小说的综合研究，开始于20世纪80年代后期，

---

① 鲁迅：《中国小说史略》，《鲁迅全集》第9卷，人民文学出版社1991年版，第256页。
② 同上书，第263页。

多从女性形象演变，都市文学发生发展，叙事方式变革，士人心态变异，吴语书写等方面予以讨论，产生了 60 多篇论文。

学位论文方面，研究格局与已发表单篇论文相同。硕士论文 39 篇，《海上花列传》13 篇，《花月痕》《品花宝鉴》《青楼梦》《海上尘天影》各 2 篇，《风月梦》《九尾龟》各 1 篇，综合研究类 16 篇。博士论文 4 篇，侯运华《晚清狭邪小说新论》（河南人民出版社 2005 年版），朱国昌《晚清狭邪小说与都市叙述》（上海大学，2007 年），仇昉《近代狭邪小说艺术史论》（扬州大学，2008 年），岳立松《晚清狭邪书写与京沪性别文化研究》（上海古籍出版社 2013 年版，易名为《晚清狭邪文学与京沪文化研究》）。这些研究在已有成果的基础上，引入许多新理论，以新的视角对狭邪小说进行考察，取得了一定的成绩。但从狭邪小说在近代小说转型过程中的表现和作用的角度进行讨论的研究还比较薄弱，只有李爱红《〈海上花列传〉对传统的继承与创新》（山东大学，2005 年）、孙月霞《晚清狭邪小说的现代意味》（苏州大学，2005 年）、胡安定《游移于传统与现代间的"狭邪"小说》（西南师范大学，2005 年）3 篇硕士论文有所涉及。可惜这些论文古今打通不足，就狭邪小说作品本身立论，没有凸显转型视角和"史"的观照，继续研究的空间还很大。

民国以来，从主流创作跌入支流行列的狭邪小说继续发挥作用。大略言之，"溢美"一路的言情言爱旨趣和缠绵哀婉风格直接催生了鸳鸯蝴蝶派言情小说的格调，向被视为鸳鸯蝴蝶派的发端。"鸳鸯蝴蝶派"的名称就是源于《花月痕》第 31 回的回目，多位鸳鸯蝴蝶派作家声称他们的模仿对象就是《花月痕》①。"溢恶""近真"一路则融入民国社会言情类小说，妓女题材成为此类小说不可或缺的情节单元，除了情感寄托玩味，还承担着揭露社会黑暗腐败，谴责官民道德堕落，反映时风变迁，同情底层人物生活的功能。

20 世纪 20 年代以后，以妓院、妓女为描写中心的作品在通俗小说领域重新崛起。代表作有毕倚虹《人间地狱》、周天籁《亭子间嫂嫂》两部长篇，何海鸣的中篇《倡门红泪》。短篇更多，1926 年，周瘦鹃精选出其中 11 篇，组成《倡门小说集》，由大东书局出版。上述作品使用的"倡门小说"的命名，其实早于鲁迅狭邪小说的命名，但两个命名的所指是一致

---

① 袁进：《鸳鸯蝴蝶派》，上海书店 1994 年版，第 3—5 页。

的。由于众所周知的原因，它们的存在几被遗忘，直到范伯群主编的《中国近现代通俗文学史》于 1999 年问世以后，人们才知道它们曾经存在过、繁荣过。目前，对于它们的关注处于文献整理和作家作品介绍阶段，还没有从文学古今转型意义的角度讨论它们的成果。

近现代狭邪小说百年来的演变过程，完整经历了中国小说从古典走向现代的每个阶段，理清其间的嬗递过程、演化路径和内在关系，揭示其创作状况变化的规律与特点，对于探索近代小说乃至近代文学的历史进程和转型特征具有十分重要的意义。

这是一个相当有诱惑力，难度也相当大的课题。首先，转型是根据内在理路，由一个状态转变成为另一个状态的过程。对于狭邪小说来说，它之前有绵延千年的言情小说传统，它之后有繁复且不统一的现代性规定，狭邪小说承载了哪些传统基因，自身为此传统添加了什么样的因子，为后继者又传递了什么样的遗产，是一个多种因素交互作用的复杂运动过程，有相当大的不确定性。而我们只能进行静态的、抽象的、"肯定性"的"事后"描述，并不能还原"真实"的历史情境，容易掉入概念先行的陷阱。

其次，狭邪小说内部有着不同的价值取向和渐变式调整，这些取向和调整的变化情况及相互关系具有开放性和交叉性，并不指向单一目标，也不是必然导向现代性，所以，考察内部差异此消彼长的隐显因素，把握起来相当不易。

再次，与任何文学流派的演变进程一样，近现代狭邪小说的演变并不是简单的、封闭的直线推进过程，而是充满曲折和反复的动态过程。因此，寻找及梳理任何有意义的变化，哪怕是极微小的变化，都得小心翼翼，考虑前后左右，且要防止机械的、琐细的比对，概括出规律性的变化及其原因，的确在考验研究者的学识和耐性。

最后，小说的或文学的内部演化因素之外，政治、经济、文化、市场、传播、政策、翻译等外部因素的介入作用也不容小觑。如何把这些相互影响、相互制约的庞杂关系有机统一起来，分析清楚其中的经纬关节，困难是显而易见的。

如何解决上述困难？原则有三。一、以作品为核心。文学现象发展、变化的一切表现，最终必然反映在作品创作上。所以，作品研究仍是中心，但对作品审视和评价的角度要作调整，不再局限于作品的思想意义和艺术特点，应以历史的眼光分析其中的变化，寻绎承继脉络，探索背后关系。二、微观与宏观相结合。在全面掌握、深入分析作品的基础上，予以历史的宏观考察。超越作家作品介绍的线性小说史写作模式，将研究重点放在考察文学现象、事件间的脉络联系上，选取反映转折关系的典型作品，以点带面，考察类的演变历程。三、从作品的主题、人物、情节、叙事等小说基本组成要素的表现与变化及其成因探讨入手，揭示、论证、描述近代小说的文学观念、创作内涵、形式体制、语言模式、传播方式、作家队伍等构成要素的渐次转变，探寻整个小说创作从古典到现代的转型过程和途径。

具体切入点有七个。第一，言情小说起家的狭邪小说是中国古典小说发展到后期才出现的类型，在它之前，有着悠久的言情小说创作实践，留下了大量的作品，这些作品揉揉成体系化的传统。传统具有理所当然性和连贯一致性，后来者会自然而然地接受传统的价值信仰、经验象征和行为模式的规范制约。所以，言情小说传统对狭邪小说的宰制支配作用是我们首先要予以考察的。传统的"现在"形式是如何形成的，它有哪些核心要素，这些要素如何搭配组合，最终构筑起了何种形式的结构性框架，从而有效地规定了后来者的创作路径。另外，狭邪小说是以妓女为题材的，妓女的出现远远早于狭邪小说，对妓女的认识、看法、评价、描述也是一个历史积淀过程，其总体倾向性及应时变化必然对狭邪小说的妓女观和创作观产生前定影响，对这方面内容的梳理，也是必不可少的工作。

第二，作者既受集体意识的规制，又有着相当广阔的精神能动空间。他们的意识形态、知识背景、社会背景、价值期望、人生遭际和创作目的决定着作品的意旨、趣味及艺术表现。对每个作家的所属群体和个性特征的挖掘，是了解作品个别性形态的一把钥匙，也是理解作品变化的关键切入口。

第三，作品唯有出版才能在读者中流传，才能产生相应的社会反响，才能影响小说史的进程。传播媒介和方式的改善，市场需求的变化在很大程度上决定着小说创作的整体走向，所以，对于出版诸要素所发挥的作用不能不慎重对待。

第四，市场导向的指挥棒握在读者手里，尤其是对出版者形成压力，出版者反过来对作者提出要求，形成利益链条。读者的学识水平、兴趣爱好有高低雅俗之别，为优秀之作和平庸之作都提供了问世的空间。读者的阅读口味既有从众从俗的一面，也有求新求变的一面，它们构成了读者阅读兴趣的阶段性差异，推动小说创作的调整和变化。这方面的具体材料虽然非常有限，但做尽可能的挖掘还是必不可少的工作环节。

第五，创作受小说观的引领，创作实绩也反作用于小说观的生成，两者互相激荡生发，这是小说理论与创作关系的基本规律。理论有后置、前置之分。理论后置是对已有小说形式进行总结、归纳，肯定优点，批驳缺陷，促进某类小说成熟的同时，也提升其人气，从而影响后来的创作选择和进程。理论前置则可以指明、引导创作方向，使之向理论家期望的目标迈进，催生新的小说形式。不论是前置还是后置，理论的价值观和艺术观变化，尤其是重大的变化，必然传导给创作实践，引起整个小说领域的变动和转向，这在近现代小说界表现得相当突出，需要加以特别强调。

第六，作者想创作什么类型作品，出版者想出版哪类作品是一回事，能不能创作或出版又是一回事，这在一定程度上取决于统治者的文化政策及其执行力。清代的文化政策始终保持高压态势，也十分残酷，屡兴文字狱，稍有不慎，就有灭门之灾。在小说领域亦是审查严格，带有民族、种族言论和政治异议的作品绝无容身之地，描写男女之情的作品常因有碍风化被划入"淫词小说"范围，严厉禁毁。这种政策的效果和执行能力虽会因出版者和读者的抵制而有所剥蚀，但直到最后的一二十年才松懈下来，闸门大开，而这正是清代小说的大膨胀时期，其中的因果关系显而易见。

第七，与以往小说领域只存在"古今"演变的纵向关系不同，近现代小说还要面对中西交流的横向关系，大量翻译引进的域外小说为本土小说创作提供了新的参照系，也冲击着既有模式和框架。恰当评估翻译小说对既有传统和秩序的冲击力度，以及它对新小说范式构建的作用，是一个关键而又敏感的话题。目前学术界争议的"中西冲突融合"论、"自我变革主导"论和"外来影响主导"论，都离不开对此问题的判断，可以说，把翻译小说摆在什么位置，是研究近现代小说转型这一课题的核心议题，谁也绕不过去。

上述七个因素的性质和作用并不统一。大体来说，传统因素整体上属于保守力量，对近现代小说转型起约束牵制作用。转型就是扬弃传统的过程。传统是累积了无数的过去努力而以正当性的身份出现的"胜利者"，位居优势地位，人们自然而然地接受它所提供的经验、意义和价值，而且传统具有磁滞效应，不可能完全被剔除，消失无踪。面对挑战和冲击，人们首先会在传统里寻找庇护，权衡对照，稳定心态，所以传统从本质上来说是一股保守的力量。但是，传统又是学习、接纳新事物、新变化的基点。人是无法完全抛弃既有经验来应付、接受新事物的，只有找到传统与新变之间的平衡点后，人才能安心、踏实地接受新事物。日积月累，旧传统被慢慢稀释、淡化，原来的新事物亦成了传统，得到普遍的心理认同，冲击所带来的摇摆震荡重新稳定下来，人们又心安理得地栖息在传统的港湾中。所以，传统亦是可以更新替代的，并不是僵滞不变的，至于其变化的幅度和深度有多广多深，那要看传统的磁滞性有多强，新生事物的冲击力度有多大而定。狭邪小说虽然有自身的特征和个性，但并无异质性，很快被完全吸纳进言情小说传统的体系中，成为言情小说传统的新代表。传统既有维持"已在"的迟滞力，也有面对冲击而调适转型的内在动力，所以，它是近现代小说转型消极的而非对抗的力量，因缘际会，便会改弦易辙。相对于传统的象征意义和抽象结构，其他六个因素是推动近现代小说转型的积极力量，因为它们都处在当下，有适应形势或创造形势的紧迫性和主动性。虽然它们的作用力并不均衡，功能各异，主次地位变动不居，产生影响的时序也先后有别。可当它们汇聚在一起，交叉运作，形成合力，释放出集团能量的时候，传统的藩篱终于阻挡不住它们的冲撞，吐故纳新，更新换代，步入新的生命周期。

第一章　传统体系的形成及特征

文学的演进历程，即是各种样式作品的层积过程。每种文学体裁、类型的形成都要经历一个发生、沉积、定型、分流和异化的历史过程，由于多种文学要素参与其中，这个过程充满生机而又复杂曲折，绘制出波澜壮阔的文学生命画卷。

言情小说是文学大河中的一条支流，遵循着文学运行的基本规律，从源头一路奔来，不断发展壮大。它从价值取向、创作观念、题材选择、主题表达、艺术追求诸多方面塑造自己的本质属性，逐渐养成程序化的套路和模式。程序化标志着成熟和稳定，也意味着核心结构的形成。核心结构是判断作品归属的依据，唯有它才能决定具体作品的类属。围绕核心结构展开的流派纷呈的创作，组成外围结构，它们一方面巩固、强化核心结构的硬度，一方面扩展、延伸核心结构的向度。核心结构与外围结构的互动互助或者调整更换，便形成既有组织性、规则性、逻辑性，又具自主性、衍生性、维续性的体系。体系经过象征化、集体意识化就上升为传统。传统是大多数人理所当然、自然而然接受的经验符号，附着在习惯中，没有具象，其内在理路只有通过对具有"实体"性质的体系特征的挖掘、排列、论述才能浮现出来。所以，言情小说转型论题的展开，首先要对言情小说传统的体系进行梳理，离析出其核心结构，唯有通过核心结构，我们才能鉴定某部或某流派作品属于"另类"还是"派别"，从而揭开转型的"真面目"，不至于被表面现象所迷惑。

狭邪小说是言情小说的后来者，但它着力描写的妓女题材却有着深厚的历史文化积淀，并不是与狭邪小说同步现身的。妓女是一个存在久远的特殊而复杂的群体，历时形成的关于妓女的价值判断、认知方式、心理期待和欲望想象，通过野史、笔记、诗话、词话及诗词、散曲、戏剧、小说等艺术形式凝聚扩散，形成了雅俗共生、尊卑殊途、褒贬不一的妓女文化系统，对社会成员进行着潜移默化的渗透。这个系统对狭邪小说的创作立场和态度起着至关重要的影响，不论是赞美还是批判，其出发点都离不开已有观念的介入。因此，对妓女文化的考察，有助于我们更好地理解作品的内涵，也有助于我们了解言情小说转型过程中价值观波动的根源。

第一节　言情小说传统的形成及其体系性特征

纵观言情小说发展史，最早进行言情小说创作的是元稹《莺莺传》，它所产生的连锁作用，带动了整个言情小说的后续运动。

小说至唐传奇，始有意为之，真正使文学意义上的小说文体登上文坛。《莺莺传》之前的言情传奇有张鷟《游仙窟》、陈玄佑《离魂记》、沈既济《任氏传》、白行简《李娃传》、李朝威《柳毅传》和许尧佐《柳氏传》，除《李娃传》和《柳氏传》，其他则承魏晋志怪之余绪，叙男子与仙女、生魂、狐女、龙女、鬼女等非现实人物的风流艳遇和悲欢离合，搜奇记异，信其实有，满足现实中不可得的欲望想象。《李娃传》和《柳氏传》开拓了言情之作的纯人事题材，可前者意在表彰妓女节义，后者侧重离奇遇合，于男女本身之情较少关注。《莺莺传》首开青年男女爱恋题材，将小小情事，描写得凄婉动人，开辟出言情小说的新境界。此后，现实生活中的青年男女爱恋题材渐次成为言情小说的主流。

《莺莺传》叙写了青年男女追求情欲满足的曲折过程及对其后果的思考。这从作品本身散发的信息便可得到证明。张生追求莺莺的动机与《游仙窟》中的"余"、《任氏传》中的郑六、《柳氏传》中的韩翊、《霍小玉传》中的李益没有什么区别，都是源于"重色"逻辑，屈服于性欲的催迫。张生一见"颜色艳异，光辉动人"[①]的莺莺，便惑于美色，急不可耐地谋求通情，对红娘说："数日来，行忘止，食忘饱，恐不能逾旦暮，若因媒氏而娶，纳采问名，则三数月间，索我于枯鱼之肆矣。"真切表明张生的"恋色冲动"心理。当然，这是人性的本来面目，不必于此做道学考问。莺莺接纳张生的原因在她后来的信中讲得非常清楚："儿女之心，

---

① 本文所引唐传奇作品原文均来自汪辟疆校录《唐人小说》，上海古籍出版社 1978 年版，不详注。

不能自固。君子有援琴之挑，鄙人无投梭之拒。""儿女之心，不能自固"——不能抗拒男女欲望——这八个字，无异于一张自供状，把莺莺当时的行为动机明明白白地交代了出来。作品的主体就是描写二人性结合的曲折过程，莺莺的"先拒后奔"举动，将青春期少女的性羞涩心理和行为展现得入情入理，细腻体贴，充分揭示了作品情欲满足的主旨。性爱有独立性和非理性一面，与婚姻并不等同，婚姻只是社会中极其正统的性爱关系而已，不能完全覆盖性爱。有了性关系就一定结婚，不见得就是负责任和品德高尚的表现，尤其一方或两方已明显感到裂痕存在的情况下，勉强结合只会给双方造成一生的痛苦。如何看待没有婚姻结局的性爱，反映着整个社会的价值取向。在视性爱为平常事的唐人看来，张生与莺莺的婚前性行为并不是什么大不了的事，二人的分离也谈不上悲剧色彩，只觉得"耸异"而已，纷纷赋诗传异，看不出遗憾或谴责的迹象。可宋以后，"始乱终弃"行为便难以得到认同了。秦观与毛滂的《调笑转踏·莺莺》，赵德麟的《商调·蝶恋花》，一致同情莺莺的不幸，指责张生的薄情。王实甫《西厢记》更是安排了二人步入婚姻殿堂的美满结局。随着《西厢记》风靡大江南北，变异了的崔、张爱情故事成了家喻户晓的言情经典，影响着整个言情文学的创作思路。但不论怎样认识性爱与婚姻之间的关系，性结合永远是《莺莺传》影响下的言情文学的或显或隐的主题。

传奇者，记述奇人奇事也。奇在何处？非现实题材依靠的是讲述灵变怪异故事，现实性题材便主要依靠情节的曲折生动、腾挪变化了。不同于《李娃传》《柳氏传》和《霍小玉传》借助外部力量推动情节转折的方法，《莺莺传》主要通过人物的内在情感波澜和心理活动来完成对"奇"的渲染。

一段史传式人物身世介绍之后，作品以兵变的偶然事件作为男女主人公会面的导火索，以下便进入了男女追欢的前奏，表达意愿的手段是赋诗传情。以诗入小说是唐传奇开创的最富民族特色的小说写作方式，小说汲取诗歌的情思、意境、抒情手段，营造诗意化的情境，成为中国小说基本的艺术特色。据李剑国先生考察，唐传奇运用诗歌主要有五种情况：一是以诗歌代替人物对话，如《游仙窟》，炫耀诗才。二是录入作者或他人题咏作品中人物事件的诗歌，一般同情节发展没有关系，如《莺莺传》的杨巨源《崔娘诗》、元稹《会真诗》；有的则同情节发展有关联，如《非烟传》崔李二生所赋诗。三是鬼魅以诗自寓，如《玄怪录·元无有》，乃以诗为戏,以造文趣。四是根据情节需要为人物撰作诗歌,如《传奇·郑德璘》;甚至也未必是情节所必需,只是为增加作品文采而做的点缀,这种情况很常见,如《周情行纪》。五是根据规定情景通过人物自题自吟或赠答酬对,抒写人物的情绪,或有意识创造抒情氛围乃至意境。① 它们基本上涵盖了后世以诗入小说的方式和作用。

随之,作品跨入全文的关键情节——"先拒后奔"。莺莺为什么"先拒后奔"?这是女性常见的性羞涩心理的反映及克服的表现。性渴望是每个青春期少女的正常需求,"对于大多数成熟的女孩子来说,不论她们在辛勤的劳动还是在过着百无聊赖的生活,不论被禁闭在家还是有某种自由,找丈夫——或至少有个固定的情人,是一件越来越紧迫的事"②。17岁的莺莺正处在春心萌动、情窦初开的敏感阶段,"美风容"的张生恰在此时闯入她的生活,拨动了那颗躁动的心,异性相吸的自然法则促使她答应了与张生的约会。为什么突然变卦了呢?因为约会情形与她的预先设想不符,油然而生了羞涩之心。莺莺按约定留了门,可冒失的张生却将不知约会之事、已经就寝的红娘给惊动了起来,且让她去通报消息。第一次约会便被撞破,自尊心强、心性高傲的莺莺在计划败露和心急火燎的丫鬟面前,还有品尝禁果的心情和兴致么?初次偷情的大家闺秀面对陌生男人和家人在场的尴尬情形,难道没有羞耻感?因而莺莺构造出一篇大义凛然的高姿态托词遮掩私会行为,正在情理之中。如果此时莺莺接纳了张生,既不符合莺莺的身份教养,远离生活真实,也与人的正常心理反应相悖,失去情理真实。莺莺若成一简单浅薄的淫娃,与后来的明清性爱小说中一见面就上床的女性形象一样,完全成了肉欲的躯壳,有何美感价值可言。性羞涩不仅仅是人的生理层次的反应,更是人的道德美的反映。瓦西列夫云:"羞怯就是极力掩盖男女两性接触和亲昵温存……是一种'道德和审美反射',自我监督的表现……是心灵的一种特殊反应,表示它比肉体优越,羞怯是人的道德观念对性的裸露所持的批判态度,是人高于动物的特定形式。"③ 正由于性羞涩的表现,莺莺的形象价值才大大提升,进入了羞

① 李剑国:《唐五代志怪传奇叙录·唐稗思考录——代前言》,南开大学出版社1993年版,第90页。
② 〔法〕西蒙娜·德·波伏娃:《第二性》,陶铁柱译,中国书籍出版社1998年版,第424页。
③ 〔保〕瓦西列夫:《情爱论》,赵永穆、范国恩、陈行慧译,生活·读书·新知三联书店1997年版,第157页。

涩美、精神美的层次，也使作品上升到了反映人类普遍伦理观、价值观的高度。莺莺"数夕"之后在红娘陪同下的自荐枕席行动，是在没有受到进一步刺激和外部环境没有变化的情况下做出的。这就说明"自献"与"严拒"之间并不是对立、否定关系，而只是内心情绪的境遇性变化罢了。这正符合性羞涩心理的反应机制。性羞涩是内心肯定性活动而在面对具体性行为时的一种本能防御和隐秘不宣的心理反应，并不是原则性的、对立的、违反自身意愿的否定心理，在适时、适地的情景下较容易调整逾越。如果不能顺利调整逾越，那可就属于性心理歧变的范围了。有机会实现愿望而不去实现，所承受的痛苦要远远大于本没希望实现愿望所承受的痛苦。对于性心理正常的莺莺来说，严拒事件不但不能排遣掉她已经觉醒了的性欲望，反而会加剧折磨的程度。"儿女之心，不能自固。"在一浪高过一浪的渴望、退缩、徘徊、犹豫的煎熬之后，终于放弃挣扎，鼓起勇气，迈过羞涩这道坎，投入意中人的怀抱。正是"自献"的自我超越，莺莺的形象才更符合"人"的精神，也更"美"。美在青春的活力，美在激情的涌动，美在对人欲的尊重，美在对性之美的欣赏，尤其是美在对爱的渴望。作者对"先拒后奔"过程中莺莺的内心矛盾与斗争虽然没有直接交代，但作品在整个描写中，对莺莺的羞态是反复强调的。如献身时"娇羞融冶""终夕无一言"的情态，不为张生弹琴，不给张生看自己写的诗文，在信中自责"自献之羞"等。"羞怯这种心态，起初所以拒绝性交的，后来很快和别的冲动联合以后，就成为一个很复杂的东西。像怕引人憎恶的恐惧心理，维持男女有别的仪节和规矩，若即若离、半迎半拒的态度与行为等，都属于羞怯的内容。"① 莺莺的种种表现都在性羞涩的范围之内，没有夹杂其他因素，说明作者对人物心理的把握是相当主动、直接和清晰的。正是"先拒后奔"的奇特表现，完成了作品对情节之"奇"的美学追求，引起当时及后世读者的啧啧称异。

《莺莺传》所开创的以人物复杂心理活动和情感曲折变化为主轴，构建情节传奇性的方法，技巧性相当高，难度也相当大，后来的模仿者，很难把握到位。他们更多采用的还是设计外在阻碍因素来追求好事多磨式的情节曲折性。

《莺莺传》里的莺莺之母只是普通家长角色，没有干涉二人的交往和

① ［英］霭理士：《性心理学》，潘光旦译，商务印书馆1997年版，第44页。

通情，至《西厢记》方才成为阻碍力量的代表。侍女红娘的戏份也不多，但她传诗递柬的作用，逐步被放大，成为言情小说常见的助手角色。

在小说中插入书信，也是从《莺莺传》开始。那封缠绵悱恻、委婉尽情的致张生书，将莺莺的内心世界剖析得淋漓尽致，也将莺莺的文学才华显露无遗。张生身边的朋友正是通过这封信，了解了莺莺的特别之处，纷纷写诗纪异。

《莺莺传》一见钟情、传诗递柬、密约偷期、结局交代四段式结构形式是典型的线性叙事模式。叙事过程中加入诗歌、书信、议论等非叙事成分，文备众体，形成诗、文、论三位一体的结构，这是唐传奇的一个显著结构特征。受史传影响，《莺莺传》与绝大多数唐传奇一样，采用开头介绍人物姓名、字号、籍贯、身份等事项，中间讲述故事，结尾穷尽其事地交代人物结局的全知叙事视角，视点基本不做转换。

《莺莺传》在题材选择、主题表达、人物塑造、角色安排、情节结构、叙述方式等方面所确立的标准，随着《莺莺传》及其改编作品的广泛传播，影响着整个言情小说的创作。可以说，古代言情小说的内核结构的框架自《莺莺传》便形成了，其后的创作基本上是在这个框架内增减调换，产生不同风格类型的作品。

《莺莺传》之后对后世影响较大的唐传奇言情作品有《李章武传》和《步飞烟》，二作拓展出婚外偷情题材。《步飞烟》大量引入诗文，强化了以诗传情的定情模式，也为小说中引诗泛滥开了先河。

"宋一代文人之为志怪，既平实而乏文彩，其传奇，又多托往事而避近闻，拟古且远不逮，更无独创之可言矣。"① 言情小说的体制在此时期没有大的发展，唯通俗化趋势较为明显，将市井细民题材和情感趣味融入文人小说，显出朴素通俗的特点。如宋传奇的言情代表作《张浩》和《鸳鸯灯传》，加入喜剧性的公案官司，市井气息浓厚。不求诗意和深沉，只求曲折热闹，明显受到"说话"的影响。② 文人性与通俗性的结合，最终催生出元明中篇传奇这一言情小说的新品类。

元明中篇传奇是指篇幅在一万至三万字，以浅显文言摹写男女关系的

---

① 鲁迅：《中国小说史略》，《鲁迅全集》第 9 卷，人民文学出版社 1991 年版，第 110 页。

② 今存宋代言情话本，如《风月瑞仙亭》叙司马相如、卓文君之事，《刎颈鸳鸯会》讲淫妇遭报应，《张生彩鸾灯传》述书生张舜美与刘素香偷情终得团圆故事，均经后人改编，难窥原貌，故此处不论。

通俗言情小说。①

篇幅扩展是中篇传奇在言情小说发展史上最显著的贡献。文言小说自唐传奇建立起独立品格以来，均以短篇为之，至中篇传奇的开山作《娇红记》问世，才有突破，历时五百余年。篇幅扩展并不仅仅是字数增加那么简单，它涉及小说观念、体裁认知、创作方式等体制性问题的变迁，迈出这一步并非易事。

文言小说创作向来把持在文人手中，视之为神道辅教、补史之阙的工具，言情之作的理想不外"糅变化之理，察神人之际，着文章之美，传要妙之情，不止于赏玩风态而已"②。史传笔法的简短体制，足以应付教化化、知识化、文章化、雅驯化的创作目标。随着宋以来市民阶层的壮大，适应他们娱乐需求的话本小说占据了读者市场，其规模早就突破了短篇体制，如《三国志平话》就长达八万余字。这就要求文言小说要以更广阔丰富的题材、更曲折生动的故事情节和更细腻的描写来适应形势的变化。宋代便已开始的传奇通俗化趋势，至元明中篇传奇，完成体制上的变革，意味着文人对出自民间的小说娱乐观念和长篇形制的认同，标志着雅、俗两大系列小说合流的努力有了初步成果，为通俗小说的进一步发展奠定了基础。

中篇传奇的作者称自己的作品或曰"话本"或曰"传奇"，说明他们对小说体裁的特性并无清晰准确的把握。如何填充拉长的篇幅，对于没有体裁概念的初期探索者来说，强化"话本"和"传奇"共同的且定型的传统，是一个简单易行的好办法，以诗文入小说——这个得到传奇和话本共同青睐，具有悠久历史，且对擅长诗文的文人来说驾轻就熟的手法，自然成了首选。中篇传奇最醒目的特征就是大量掺入诗文，有的比重甚至超过整部作品篇幅的一半以上，连篇累牍，触目皆是，严重压缩了叙事空间，有脱离文体属性之嫌，故孙楷第先生称之为"诗文小说"。在批评其缺陷的同时，我们也应看到，正是中篇传奇过分倚重诗文的偏好，彻底巩固了诗文入小说传统。《莺莺传》高比例掺入诗文只是偶然尝试，《非烟传》起了推波助澜作用，但在整个唐宋传奇中，诗文入小说并不是铁定规律，大

---

① 以下对中篇传奇的论述受陈大康《论元明中篇传奇小说》一文启发良多，《文学遗产》1998年第3期。

② （唐）沈既济：《任氏传》，汪辟疆校录《唐人小说》，上海古籍出版社1978年版，第58页。

量掺入诗文的作品更是少见。自中篇传奇整体上强化诗文的作用，诗文入小说便成了后续小说创作的不二法门，虽然比例有所降低，但已成为必要的结构组成部分，固定了下来。

篇幅扩增最直接的办法是增强故事情节的曲折性和复杂性，这样才能真正激发一般读者的兴趣。在《莺莺传》四段式情节发展的基础上，中篇传奇的作者们绞尽脑汁扩充每一阶段的曲折波澜，制造好事多磨的噱头，从而增加作品的长度和吸引力。一见钟情之后，中篇传奇大多设计了男主角寓居女方家中的条件，让有亲谊关系的他们充分接触。从丫鬟传递到面对面地吟诗唱和，从半拒半迎到相思成疾。眼看好事来临，不是暴雨大作，便是醉失佳期，徒增惆怅。紧接着是男方有事离开，双方望眼欲穿，几经周折，方才如愿以偿。这是手法之一，即拉长追求过程。手法之二，是加大偷情期间难度和议婚受阻。二人卿卿我我之时，或女方得罪身边人，或遭其他女人嫉妒，设计揭破私情，逼迫男方再次离开，使得双方熬煎痛苦。男方求婚，或因父母不愿远嫁，或因姑表亲不能通婚，或因功名未达，初次议婚都以失败告终，双方再次经历相思之苦，反复寻找见面机会。其间有权豪势要介入其中，强娶女方，造成悲剧，有的则是经过双方努力争取，终得如愿，这个过程也能增加作品篇幅。这是一男一女的情况。一男多女则男方离别后，又遇到其他女子，或经历追求过程，或直接上床，重复先前故事，拉伸情节长度。当然，靠增加出场人物和添加雷同故事来延长情节长度的作品，其艺术技巧要逊色许多。手法之三是节外生枝。有的是拓宽生活范围，如《娇红记》里妓女丁怜怜的介入，《天缘奇遇》里穿插的忠奸斗争，便越出家庭圈子，从外围参与故事进程，有效增加了情节的容量。有的是掺入非现实题材，如《娇红记》中的女鬼幻化，《贾云华还魂记》中的借尸还魂，《天缘奇遇》中的仙女自献。中篇传奇中的非现实题材回炉，其意识和观念已不同于志怪的自神其教，而是世俗愿望的臆想，具有明显的民间性和通俗意味。手法之四是在结局上翻新花样。进士及第是必不可少的，这样才能顺利迎娶。婚后，大书特书男方屡立奇功，位极人臣，急流勇退，得道成仙，这就又增加了作品的长度。值得注意的是，自《钟情丽集》开创喜剧结局后，大团圆结局便成为中篇传奇的唯一模式，对后世影响甚大，成为《莺莺传》之后言情小说新增的一个内核结构。

情节增加，描写内容也相应扩容。早期的《娇红记》《贾云华还魂记》

和《钟情丽集》，赞颂一男一女的专注恋情，以欲的满足和情的升华为制高点，反复描写离合之事，渲染缠绵悱恻的情感。后期作品则分化为两种类型：一类是突出男女主人公的克己守礼，如《刘生觅莲记》《双卿笔记》《丽史》《怀春雅集》《双双传》等，来来回回纠缠于私会暗约，但又固守于礼法的矛盾情境中，啰嗦拖沓，平铺直叙。另一类是津津乐道一男多女艳遇式的情欲宣泄，典型之作如《花神三妙传》《寻芳雅集》《天缘奇遇》《李生六一天缘》《五金鱼传》，省略交往过程，频繁更换女人，将婚前私合镜头放大增量，重复色情镜头。不论何种类型，其具体描写的细腻程度远远高于之前的作品，为长篇言情小说铺陈细节积累了经验。

中篇传奇出现的人物既固定又多样。固定是指男主人公均是清一色的才高貌美书生，偶尔出格者是《李生六一天缘》里的李春华，出身盐商，但其艳遇都是弃商从学时进行的，为商期间没有一个女子垂青于他，一说到读书，刚出门便入了知府小姐的慧眼，随即就有五个大家闺秀投怀送抱，作者还是把他拉回到书生行列中来了。从此，书生成了言情小说的绝对男主角，其他身份的男人难以一亲佳人的芳泽了。多样是指女性形象的众多丰富。早期作品都围绕一男一女的真情相恋展开，与男主人公有瓜葛的女性较少，至多几个婢女加上侍妾，且多不发生性关系。从《怀春雅集》开始，中篇传奇转变为一男多女的艳遇式模式——即使道学气浓厚、反对婚前私合的《刘生觅莲记》《双卿笔记》也要完成二美共侍一夫的想望。除原有的大家闺秀、丫鬟、侍妾之外，有夫之妇、寡妇、继母、出家人、仙女等不同类型的女子都参与到性游戏中，使中篇传奇的女性群体呈现出多样化的特点。人物身份的多样化，必然引起生活场景和社会环境描写的扩大化，使言情小说的描写范围跳出家庭内部的小圈子，走向更广阔的天地。

中篇传奇在父母角色功能方面走了一个轮回。《莺莺传》里的老夫人对崔、张之事毫不知情，并不起阻碍作用，至《西厢记》方成为麻烦制造者。《娇红记》《贾云华还魂记》《钟情丽集》继续《西厢记》的余绪，让女方父母成为男女结合的主要障碍，直接造成了悲剧或波折。从《怀春雅集》开始，撤去了这道屏障，作品中的父母或不知情，或谅解，或主动成全，或干脆不露面，男女双方自由自在地交往，又回到了《莺莺传》的状态，反映了作者们的愿望和理想。小人拨乱角色由《娇红记》开创，承担这一任务的是父亲的小妾飞红和权臣势要，《花神三妙传》《寻芳雅集》《刘生觅莲记》《双双传》继之，在中篇传奇里已成势力，至才子佳人小说，更成为不可或缺的角色了。言情小说又增添了一个内核结构。

中篇传奇在形象塑造方面总体成就不高但形成了自身特点。一般来说，某一流派的始创作品常常具有创造力，艺术成就也较高。中篇传奇的开山之作《娇红记》成功塑造出申纯和王娇娘两个性格鲜明的人物形象。申纯对娇娘的追求，完全建立在真心相爱的基础上，不同于张生的以欲望满足为目的。与张生一样，申纯对娇娘的迷恋，也是起于"慕其美丽"①，但随着二人接触的增多，申纯逐渐陷入情的旋涡。娇娘约其幽会时，申纯没有激动万分，而是顾虑娇娘之危，由此可见，申纯是真钟情者，绝非贪欲之徒。为能与娇娘见面，为能长相厮守，申纯焦虑过、病过、痴呆过、努力过，直到身死殉情，成为言情小说史上第一个真正的"情种"。娇娘多才多艺，老成持重，没有莺莺那么复杂善变，始终保持着执着主动的性格主轴。面对申纯的热烈追求，她"常有疑猜不定之状"，"或对或否，或相亲昵，或相违背"，表现出大家闺秀应有的谨慎小心。确认了申纯的真情实意之后，便抱定"当以死谢君"的信念，主动约申纯幽会，不再迟疑犹豫。由于爱的执着，她时刻以申纯为念；由于爱的执着，她得罪了飞红；由于爱的执着，她屈身讨好飞红；由于爱的执着，她拒绝有权有貌的将帅之子；由于爱的执着，她忧病而亡。娇娘践行了誓言，言情小说史上第一个为爱而生、为爱而死的痴情女子形象就此诞生。中篇传奇是在对《娇红记》直接或间接模仿的基础上形成的一个流派。作品中的男女主人公或多或少带有申纯和王娇娘的影子，尤其是前期作品，基本是二人的翻版。他们组成了言情小说第一批痴情男女形象，古代小说也出现了第一批类型化人物形象。中篇传奇的人物形象自《怀春雅集》开始分流，宣泄情欲之作推出了一批浪男淫女，维护礼教之作制造出了一批节男贞女。他们作为作者臆想和说教的代言人，完全是虚拟化和概念化的人物，虚假失真、机械呆板、粗糙直露，几无个性可言，预示着中篇传奇走到了尽头。

中篇传奇的题材并不仅仅局限于男欢女爱，同性恋题材亦由其首倡。《金兰四友传》叙写一对男同性恋者苏易道和李峤的恋爱过程，基本程序与中篇传奇的一男一女相恋型作品没有区别，只是将佳人换成俊男而已。两人不仅保持着长久的关系，做官后还互帮互助，且成了儿女亲家，世世友好。

---

① 本文所引《娇红记》原文，均出自大连明清小说研究中心校点《才子佳人小说集成》（第一册），辽宁古籍出版社 1997 年版，不详注。

作者以羡慕的口气称赞他们是"而心相孚，而德所被，实为罕见"，反映了当时男风之盛及人之所好。此后，同性恋题材继如泉涌，绝大多数明清性爱小说都涉及之，并出现了《弁而钗》《龙阳逸史》《宜香春质》三部专题之作。

总体来说，中篇传奇在言情小说史上的创作成就并不高，多由平庸之作组成。但正是这些平庸之作，构成了承上启下的关键环节，其作用不可小觑。小说观念上，中篇传奇的作者处在文体混杂阶段，没有将创作重心放在人物形象塑造和情节安排上，而是汲汲于诗文掺入。不过，与同时期文言小说如《剪灯新话》《剪灯余话》及《大宋演义中兴英烈传》等通俗小说相比，诗文掺入比例并未明显偏高，说明这是当时小说创作的一个整体特征，是时代风气和读者阅读兴趣使然，不能苛求于中篇传奇。值得称道的是，中篇传奇接受了言情小说通俗化的观念并努力实践，在人物身份选择上和情节设置上都有取悦市民趣味的地方，为言情小说主流由文言小说过渡到通俗小说做出了贡献。题材内容上，大大拓展了男女关系题材的空间，开发出了同性恋题材。从一男一女的纯情相恋到一男多女的滥情纵欲，从只谈感情到附加功名富贵，从青春岁月拉长至急流勇退、得道成仙，现实题材与非现实题材杂烩，后世言情小说的绝大部分题材内容可以在这里找到源头。情节安排上，极尽曲折腾挪之能事。错失佳期、小人拨乱，把好事多磨的周旋空间推上更高阶段，一男多女、进士及第、归乡享乐、羽化飞升式的大团圆喜剧结局在这里定型，诗文传情的结构模式也被强化固定，后世言情小说的重要情节关目设置在此尽现。人物形象上，书生取得绝对地位，独占花枝，女子则雅俗同台，高低搭配，各显风情。情种痴女、荡男浪女、节士贞女纷纷亮相。真性情与假面目结队现身，类型化人物出笼。丫鬟穿针引线，小人制造事端，父母不再阻挠，角色人物的功能趋于稳定。

艳遇型中篇传奇水到渠成地发展出了一个新的言情小说流派——明清性爱小说，[①] 性爱小说的最早作品就是中篇传奇《如意君传》和《痴婆子

---

① 指明清时期产生的以性关系为中心，描写具体性行为、性心理和性意识的小说作品。此类作品向来命名庞杂，有艳情小说、色情小说、淫秽小说、猥亵小说、性欲小说等多种称谓。这些命名多从道德批判角度着眼，有对本无善恶之分的性本身亦做否定之嫌，缺乏客观性和严谨性。笔者认为，命名为性爱小说较为合理和恰当，既反映了作品的题材范围和内容倾向，又用客观和柔性的语予以表述，减少先入为主的道德气和否定意味，普适性更强，故本书统称为明清性爱小说。

传》。二作文言为主，夹杂口语、俗语的语言风格，万字左右的篇幅，传奇式布局谋篇方式，显为中篇传奇一脉。而占据作品绝大部分篇幅的赤裸裸性行为描写，宫廷、家庭淫乱题材和一女多男的人物配置，又使它们区别于中篇传奇的典型模式，预示着它们正在开创新的小说品类。

当我们争论《金瓶梅》是不是第一部文人独立创作的通俗小说的时候，我们忽略了现存的一部作者明确、创作时间可以大致确定的作品——《绣榻野史》。明代戏曲评论家王骥德云："郁蓝生，吕姓，讳天成，字勤之，别号棘津……勤之制作甚富，至摹写丽情亵语，尤称绝技。世所传《绣榻野史》《闲情别传》，皆其少年游戏之笔。"[①] 王氏与吕天成是多年朋友，此说当为可靠。那么，《绣榻野史》应是吕天成（约 1580—1618）20 岁以前，即万历二十五年（1597）至二十七年（1599）所作。成书未久，即刊行问世。泰昌元年（1620），张无忌叙《天许斋批点北宋三遂平妖传》时已提及此书。因此，目前所知出版最早的文人创作的长篇通俗小说当属《绣榻野史》。

《绣榻野史》的出现，标志着言情小说由文言为主体向白话为主体转型的完成，由中、短篇向长篇过渡的完成，通俗言情小说正式成型。言情小说的新流派——明清性爱小说登上历史舞台，言情小说的题材内容、主题、创作方法就此出现了相应的调整和变化。

现存明清性爱小说四十多部，所写内容不外两大方面：一是两性生殖器交接及围绕此目的所做的其他活动和心理反应；二是同性恋现象。这些内容在中篇传奇中都已出现，继承的线索清晰。

内容虽然简单，但其所要表达的主题却相当丰富多样，劝惩、游戏、寄托不一而足。《痴婆子传》《绣榻野史》《肉蒲团》《姑妄言》4 部作品的作者都声称他们的创作目的是劝善惩恶，作品也以因果报应思想和以淫止淫写作思路来布局谋篇。可由于过多的性镜头展览，使其客观效果大打折扣，招致了宣淫障眼法的指责。大部分明清性爱小说并不借助劝惩这块遮羞布，而是直奔娱乐游戏主题。《浪史》为整个娱乐型性爱小说鸣锣开道，其序云："今之人开卷无味，便生厌心，一见私情比睨之事，便恨其少。况山林野人，不与学士同其眼力，有通俗可以入雅，未有入雅可以通俗。

---

① （明）王骥德：《曲律》卷 4《杂论第三十九下》，陈多、叶长海注释，湖南人民出版社 1983 年版，第 246 页。

嘻！则此书正以是传也。"①《龙阳逸史》程侠叙明确提醒："寓目者适可以之怡情，幸勿以之赘念。"《桃花影》的作者在跋语中夫子自道："予貂敝囊空，愁城难破，乃以传玉卿事，不胜欣慕击节，然只以自怡，友人必欲授之梨枣，但不知世有观者，果信之耶？抑疑之耶？"《闹花丛》的作者亦在自序、自跋中屡次声明创作该作品的"自怡"性，是"友人必欲请之梨枣"，才"公诸国门"，让读者也"怡一怡"。可以看出作者的创作心理与目的——通过编造风花雪月的艳想与飞黄腾达的梦想举办一次精神会餐，既自娱也娱人。娱乐本是小说最初、最基本的功能，其价值和意义不见得就比劝善惩恶或寄托思想认识的作品低。

同性恋内容贯穿于整个明清性爱小说，且出现了《弁而钗》《龙阳逸史》《宜香春质》三部专题之作。综合这些描写，可以看出，明清性爱小说对同性恋者的表现形式、身份关系、心理活动都有充分而真切的反映，也真实地表达了时人对待同性恋的态度。

一般来说，同性恋有三种表现：一是真正的先天性逆转，非同性不恋；二是双性恋，对同性异性均有爱好；三是拟同性恋，或因一时旷怨、或因性能痿缩、或因好奇爱异寻求一些刺激而对同性感兴趣。第一种情况很少，大多属于后两种情况。

在明清性爱小说的众多同性恋者中，真正只好男风不喜女色的人物只有一位——《杏花天》里的傅贞卿。其他人则或是双性恋或是境遇恋，均非纯粹意义上的同性恋者。根据恋者双方的身份和被动方的目的，他们大致分为三大组。

第一组是士人与娈伴及士人充当被动角色的同性恋行为。他们主要以相互性满足和感情依恋为目的，双方的地位相对平等，被动一方虽有一些额外的想望和收获，但不存在金钱交易和性剥削现象。依据被动方所得到的利益差异，此组又可细分为两种类型。一类是得到与主动方的妻妾发生性关系的好处，作品有《绣榻野史》《浪史》《桃花影》《春灯闹》和《浓情快史》。第二类是从主动者身上获得了学习的本领、未来的社会关系或持久真挚的情感和友谊，从而提升了被动者的社会声望和地位。在这种关系中性已退居次要地位，作者更关心的是主动者和被动者的纯洁情感和人

---

① 本文所引明清性爱小说原文，均来自陈庆浩、王秋桂主编《思无邪汇宝》，法国国家科学研究中心、大英百科股份有限公司 1994—2000 年版，不详注。

格品质，尤其对表现出优秀品格的被动者给予正面的肯定和赞扬，其代表作是《弁而钗》中的四篇作品。

第二组是家主与仆人之间的同性恋关系。一般来说，仆人只是充当着主人的泄欲工具，是性剥削的对象，是永远的被动者。他们所付出的一切，在所有人看来都是他们对主人应该尽的自然义务，所以不存在道德评价问题。

第三组是大老官与男妓之间的同性卖淫关系。从现有资料来看，职业男妓于宋代时便已出现。《癸辛杂识》有如此记录："书传所载龙阳君、弥子瑕之事甚丑，至汉则有籍孺、闳孺、邓通、韩嫣、董贤之徒，至于傅脂粉以为媚。史臣赞之曰：'柔曼之倾国，非独女德。'盖亦有男色焉。闻东都盛时，无赖男子亦用此以图衣食。政和中，始立法告捕，男子为娼者杖一百，赏钱五十贯。吴俗此风尤盛，新门外乃其巢穴。皆傅脂粉，盛装饰，善针指，呼谓亦如妇人，以之求食。其为首者号师巫行头。凡官府有不男之讼，则呼使验之。败坏风俗，莫甚于此，然未见有举旧条以禁止之者，岂以其言之丑故耶？"①男妓之盛到了官府立法禁止的地步，可见其数量之多和对社会影响之广。至明代，男妓发展成专业化的"小唱"群体，并具有地域色彩，"京师自宣德顾佐疏后，严禁官妓，缙绅无以为娱，于是小唱盛行，至今日几如西晋太康矣……大抵此辈俱浙之宁波人……近日又有临清、汴城以至真定、保定儿童，无聊赖亦承乏充歌儿，然必伪称浙人"②。"清承明代男色极盛之后，顺治时即已猖狂……狎优风气，乃成为习惯了。延及康雍，慕好男色，仍而未辍，至乾隆朝而极盛，迄于光绪末叶，男色风靡一世，殆与清室兴亡相始终。"③男妓亦与清室兴亡相始终。康熙朝吕种玉《言鲭》云："……明代律有鸡奸之条，然而有莲子胡同之承应。今此风愈炽，至有开铺者。京师谓之小唱，即小娼也；吴下谓之小手。遍天下皆然，非法之所能禁矣。"④致使清中期以后京城出现了"有歌童而无名妓"现象，《燕京杂记》谓："京师娼妓虽多，较之吴门白下，邈然莫逮。豪商富官，多蛊惑于优童，鲜有暇及者。"《金壶遯墨》亦云："京师宴集，非优伶不欢，而甚鄙女妓。士有出入妓馆者，众皆讪之。"⑤

---

① （宋）周密：《癸辛杂识》，吴企明点校，中华书局 1988 年版，第 109 页。
② （明）沈德符：《万历野获编》卷 24《小唱》，中华书局 1959 年版，第 621 页。
③ 王书奴编著：《中国娼妓史》，上海三联书店 1988 年版，第 317—320 页。
④ 同上书，第 322 页。
⑤ 转引自吴存存《明清社会性爱风气》，人民文学出版社 2000 年版，第 174 页。

至于那些名噪一时的伶旦"相公"们，大多充当着男妓的角色，成为清代男色的独有特点。明清性爱小说反映男妓生活的作品主要有两部——《龙阳逸史》和《宜香春质》，对明代的同性卖淫情况做了较为详细的反映。作为被动方的小官与主动方的大老主要存在两种关系——包养或临时买卖，都是以金钱为纽带，简单而又直接，没有多少感情因素。

通过明清性爱小说中的同性恋描写，我们可以大致了解明清时期一般人对同性恋所持的态度。

第一，明清时期是一个允许同性之间存在性关系的社会。在这样的社会里，要搞清楚他们的真实态度是一个相当复杂和困难的问题，我们很难用"宽容"或"不能容忍"之类的概念去说明这个现象。其原因是，一方面，处于主动或支配地位的角色永远被赋予了肯定的价值，无论是基于感情爱恋，还是用金钱购买，他们都不大会受到怀疑和谴责；另一方面，那个必须处在被动的、受支配地位一方，则会受到种种道德检验，稍有不慎，就可能落入受鄙视、受责难的境地，体现出明显的不平等性。所以，我们难以用一个简单的图式来给这种态度找出一个规定性来。

第二，在当时人的观念中，对同性或异性的欲望是同一的，偏爱同性的男子并不感到自己与那些追求女人的男子有什么区别，而且可以同时进行。也就是说，同性恋和异性恋的实践，在他们的心中不会发生抵触，也不构成区分个人性态的类别范畴。

第三，"情"是同性恋双方受到称赞的最高标准，只要有了这个字，不论双方做出什么样的举动，都是可以接受的。如果没有"情"的因素，被动一方不是因为对主动方心存感激或有钟爱之情而委身于他，就不可避免地要受到蔑视和嘲笑，成了自私自利、放荡无耻、下流卑贱的典型。尤其是追求金钱的小官，更是受到了无情的羞辱，即使因衣食所迫也得不到原谅。

第四，被动方的身份和地位影响着对他甘心服从行为的社会评价。奴仆不是关注对象，职业小官基本上是受谴责的群体。只有社会阶层较高的士人才具有充当没有情感因素的被动者的合理性，即使动机肮脏而且结果下贱，因为双方的同性恋关系最终转化成了有社会价值的友谊或洒脱不羁的文人风流。

第五，同性恋评价体系与异性恋几乎没有多少区别。理想的被动方不仅长着美女般的容貌，也具备女人般的性格和情感。主动方视被动方为妻妾，被动方亦以主动方的妻妾自奉。不论是仆人、小官还是娈伴、士人，作为被动方自身基本上没有同性恋倾向，而是为了获得其他利益或满足主动方的需求而献身，处于非对等状态，在某种程度上他们其实就是女人的替代品。

明清性爱小说所描写的同性恋的内容和形式，涵盖了人类同性恋行为的普遍形态，其所反映出来的观念、态度，却是中国特有的，形成了中国同性恋小说的独有特色。虽然此时期的同性恋题材多是长篇性爱小说的辅助成分，专题之作也全是短篇，还未真正独立，但它已经限定了未来同性恋小说的内容和观念走向，为《品花宝鉴》这样成熟的同性恋小说的出现，打下了基础。

明清性爱小说大大丰富了言情小说的人物类型。男性形象虽以书生为主体，但帝王、官员、商人、农民、僧侣、市民等各种身份的男子均有出场表演的机会。他们具有不可抗拒的性魅力和强大的性能力，爱红妆也恋少年，滥情纵欲，无拘无束，过着自由放荡的猎艳生活，且有着光明的前途和理想的未来，大多能够升官发财、子孙昌盛，甚至得道成仙，也能给投怀送抱的女性以幸福的婚姻和社会荣耀，是一群典型的概念化超人。女性形象包括了各个年龄层次，从十来岁的幼女至七八十岁的老太婆都沉浮于欲海。她们的身份也是多种多样，女主、嫔妃、妻妾、寡妇、大家闺秀、小家碧玉、婢女、尼姑、道姑、妓女，花妖狐魅亦偶尔现身，囊括了所有生活中及想象中的女性。与几无个性可言的男性形象相比，女性形象塑造还算差强人意，每种身份、每个年龄段都有代表性的形象出现，将同类女性的所思所想、所作所为充分表达和展示了出来。人物塑造方法也有拓展。比如，从性审美的角度描绘人体美，虽然满纸沉鱼落雁、闭月羞花的陈词滥调，但从性吸引层面来说，却符合人的性择感官规律，加上对性征和气质的多层次描摹，明清性爱小说最早提供了言情小说的性审美取向和标准，独具特色。以性活动中的行为、语言、心理、意识为描写中心来刻画人物性格，场景虽然集中而单一，但表现得丰富多样，颇有借鉴之处。

明清性爱小说是通俗言情小说的起步阶段，在情节结构的组织安排方面经历了摸索、试验的过程，逐渐定型。早期作品便由于取法路径不同，表现出不同的走向。《绣榻野史》开头的"入话词""话说"及行文中大量出现的口语，市井生活内容和趣味，从介绍主人公的身世背景切入故事主体并交代结局的讲述方式，有明显模仿话本的痕迹。可《绣榻野史》毕竟是文人独立创作的作品，它基本摆脱了说话人口气和主观叙述的方式，采用第三人称客观叙述的方式，具有开创意义。《绣榻野史》的一些具体情节，如丈夫牵头让妻子跟娈童通奸、调包计、偷窥行房、异人传授房中术、同床杂交、因果报应等，都成为后来性爱小说的常见情节。《浪史》说话人的口气更浓，但只是形式上的仿照，其布局谋篇方式和情节构成单元的真正来源是艳遇型中篇传奇，许多地方甚至直接抄自《李生六一天缘》。在风流艳遇、侍女通情、艳女（妾）夜奔、连床胜会、金榜题名、功成身退、得道成仙这些中篇传奇传统情节基础上，吸收了《绣榻野史》的丈夫牵头让妻子跟娈童通奸、调包计、偷窥行房、同床杂交情节，添加了借母奸女、老婆子说风情、人财两得、朋友赠财赠妻情节，集性爱小说情节之大成。此后的《桃花影》《春灯闹》《杏花天》《巫梦缘》《巫山艳史》基本上就是《浪史》的翻版，它们作为艳遇式中篇传奇的后继，完成了中篇传奇的彻底白话化，推动了言情小说通俗化的进程。言情小说的其他传统情节，如小人打搅好事，多出现在入清以后的作品中，那已是才子佳人小说的天下了。

追求情节的传奇性依然是明清性爱小说的主要目标，除了《肉蒲团》，余则几无其技巧性可言，基本沿着艳遇式中篇传奇开创的高频率转换出场人物、堆砌床笫生活密度的方式进行，只是增加了一些戏剧性场面和偶然性巧合，缺乏真实性和现实性，情节的艺术成就整体偏低。结构上的最大变化是减少和降低了诗词曲赋的数量及作用，尤其是《肉蒲团》这样的高水平作品，在叙述过程中有意回避掺入诗词，纯粹叙事，说明此时的作者有了清楚的文体意识，不再乞灵于诗文，标志着通俗言情小说叙事主体的确立。

大量露骨、粗俗、没有美感的性描写，既脱离了文学创作原则，也越过了正常的社会道德底线，所以，明清性爱小说历来受到舆论谴责和官方禁毁，研究者也没给其好脸色。但作为中国小说发展史上的一个重要流派，其积极作用却是不容忽视的。明清性爱小说完全沟通了文言小说与白话小说之间的创作分野，首开文人独立创作通俗小说的风气，具有特殊意义。它最早进行了通俗言情小说编创手法的探索和实践：第一次取材于身边的人和事，直面现实生活和人生。扩大小说的人物类型范围，以人的性活动为中心，通过性征美、性行为、性心理、性意识描写，塑造出许多颇有个性、血肉丰满的形象。情节结构方面，在继承传统的基础上，创造了许多富于想象力的模块，成为流派的标志，尤其是纠正了诗词掺入比重过大的问题，树立起言情小说叙事为主体的新标杆。叙事方式上，《绣榻野史》的第三人称客观叙述，《痴婆子传》的第一人称叙述、倒叙及视点转换，《肉蒲团》成熟的夹叙夹议，都具有重大意义。

明清性爱小说的流行，还激发了才子佳人小说的产生和创作热情。才子佳人小说的奠基之作《平山冷燕》和《玉娇梨》的评者和序者，都把矛头指向性爱小说，批评其伤风败俗的负面效应，承担起挽救世风的责任，说明才子佳人小说有着对性爱小说自觉的反动意识。所以说，明清性爱小说是促成才子佳人小说产生的重要力量之一。

才子佳人小说也不是凭空出世，它是纯情型中篇传奇的直接后裔，与性爱小说同宗。

才子佳人小说数量庞大，写男女婚恋的只是其中的一部分，且多出现在清初，大量作品在摹写情事的同时，涉笔世情、战争、侠义、神怪等内容。尤其是清中叶以后，杂糅成为潮流，花前月下，卿卿我我的柔情被两军对垒、社会动荡、神魔斗法的激烈所取代，才子佳人小说融入了历史演义、世情、英雄侠义、神魔诸种题材，显示出古代小说合流的趋势。才子佳人小说具有浓厚的理想色彩和浪漫情调，不论内容如何调整，才子配佳人、恋爱婚姻自择、功名事功、家族荣誉、永世富贵幸福，是其永恒的追求和主题，成为定式。

主题一成不变，形式必然模式化。才子佳人小说的情节结构主干由三部分组成：一见钟情，吟咏唱和；生旦别离，经历坎坷；金榜题名，终得团圆。这些在中篇传奇中就已定型，才子佳人小说所要做的只是如何让每个部分翻空出奇，曲折生动。比如，才子佳人见面的方式由寓居旦宅扩展到邂逅、慕名拜见、患难相救、女扮男装等。姻缘阻隔的原因除了父母阻挠、小人拨乱，还有世事纷争、阴差阳错、政治斗争、战事爆发等。进士及第后常出现权要许亲、众美身份暴露等小插曲，但都不影响洞房花烛的喜剧结局。煞尾时则不外官运亨通、家业兴旺、子孙科甲不绝，或急流勇退，或得道成仙。这些都是中篇传奇以来的熟套。较之中篇传奇，主流才子佳人小说坚决摒弃婚前私合情节，男女主人公没有一丝性欲冲动，有情无欲，且特别注重"父母之命，媒妁之言"和"奉旨成婚"，在婚姻对象上能选择而无决定权，强调风流与道学的统一。这也许是对明清性爱小说的过度反应，走上了另一个反面，使情节的真实性大打折扣。当然，才子佳人小说追求的是情节的奇和巧，多在故事的戏剧性、巧合误会上下工夫，有许多创意和技巧，贡献良多。与性爱小说相比，诗词曲赋的数量和作用有所增加，但还没有回到中篇传奇占据半壁江山的老路上去，稳住了叙事为主的格局。

人物是通过情节来塑造的，情节模式化，形象自然也就固定化了。经历了明清性爱小说的众声喧哗，才子佳人小说把笔墨集中到了书生和闺阁少女身上，剥夺了其他身份和类型人物充当主人公的机会。才子的形象固定，貌如美女，出身多为下层，才华横溢，擅诗善考，情感丰富、专一，品德高尚，有的还文武双全，既能行侠仗义，也能上马平寇，出将入相，没有丝毫缺点，是那个时代最成功的好男人，但也是理想化的男人，难逃概念化和类型化的定位。佳人同样如此，倾国倾城貌自不必说，多才多艺，琴棋诗画样样精通，聪明机智，胆识过人，多情忠贞，有的也能连科及第，平定内忧外患，绝对的完美无瑕，人间难觅。小人拨乱在中篇传奇里只是偶尔出现，至才子佳人小说，成了情节转折、行进不可或缺的关目，小人形象因而重要了起来。以前的小人多出现在家庭内部，如婢女、侍妾，才子佳人小说的小人则延伸到了社会，亲戚、宗师、假才子、强梁、恶霸、权贵、盗寇、叛贼都有。他们之间的形象差异很大，反而个性突出，有血有肉，比才子、佳人形象活泼生动。与小人重要性日渐突出相反，助手的作用却日渐削弱，丫鬟传诗递柬的戏份越来越少，有的甚至从不露面，这个从唐传奇开始的传统内核结构被扬弃置换了。如此处理，可以集中笔墨描写主人公，不致喧宾夺主，也更能突出主人公主动、大胆追求心上人的性格特点，是言情小说在人物设置上更加成熟的表现。女方家长又活跃了起来。后期中篇传奇已让家长退居幕后，这当然不符合实际生活，任何时候，家长都不会对女儿与男人的交往不闻不问的。才子佳人小说让家长复活，不过他们这次不是一味扮演阻碍角色，而大多以开明的形象出现，积极操持女儿的选婿、成婚事宜。这既接近生活状态，又让地下恋爱变得光明正大，婚姻关系也得到伦理保障和社会认可，使多少有些离经叛道的才子佳人小说减少了来自道学的非议，不失为聪明之举。

模式化是才子佳人小说的最显著特征，但这并不是才子佳人小说突然的、特意的选择，而是言情小说历经千年发展，经过反复实践、校正、打磨、沉淀后的必然结果，才子佳人小说正好承接了其最终的定型形态。

言情小说以描写男女爱慕、交往为中心，其主题从《莺莺传》注重性与爱的统一，至后期中篇传奇分裂为宣欲、重情两途。宣欲类最先得到青睐，发展出明清性爱小说，没走多远，便被主流社会抛弃，转而垂青于重情类，才子佳人小说应运而生，以宣扬绝对纯情站稳了脚跟。当然，这个选择不仅仅来自小说内部的洗刷，也与当时的政治形势、社会状况、文化氛围、道德观念等历史条件息息相关。随着形势的变化，后续言情小说主题的侧重点也会做出相应的调整，但无论怎样调整，不外纵欲、纯情、情与欲统一三种情况，都能找到源头，这就是传统的力量，谁也无法抹去它们的印记。

言情小说的主要人物设置变化较小。《莺莺传》就已现身的才子、佳人、家长、丫鬟，中篇传奇增加的小人，一直保留了下来。当然，他们的身份、功能经历了消长盈亏的变动。书生和闺阁少女一直充当主力，即便在性爱小说里，地位受到一定冲击，也占八成以上比例，至才子佳人小说，则完全确立了绝对主力的位置，无法撼动。家长的作用从不闻不问到阻挠婚嫁、退居幕后，再到主动撮合，经过了反复调整，可见他们是不好安排的角色。不闻不问、退居幕后不合情理，出面阻挠力量过大，不好回旋，只有主动撮合矛盾最少，这个问题的解决耗费了千年时间，可见传统形成之不易。丫鬟的传诗递束作用呈下降趋势，在中篇传奇和性爱小说中相当活跃的丫鬟们，到才子佳人小说那里却"失业"了，最多执行一下李代桃僵的任务。这一方面是因为《西厢记》以来的言情戏中的"红娘"们过于活跃，抢了戏份，案头化的才子佳人小说不需要太过热闹的舞台效果；另一方面，说明小说创作成熟了起来，明白了创作中心所在，紧跟在小姐身边的丫鬟既不能扩大活动范围和生活圈子，也不能突出主角的性格，沦为鸡肋也就不足为奇。相反，小人的身份变化和活动余地更大，可以扩展描写范围，也易于增加故事的波澜曲折，所以，从可有可无上升到了不可或缺的位置，成为小说中最活跃的因素。

情节上力求完整性。《莺莺传》开辟的介绍生旦身份、一见钟情、男女交往、交代结局四段式情节进展方式，一直在延续，只是做了一些细节上的调整。见面的形式由单一的男居女家扩大至各种可能的相遇。见面后因目的不同而有简单、复杂之分，宣欲型大多是一见面就上床，压缩过程，放大结果，重情型则突出情感交流和才华展示，传诗递束，吟咏唱和。有合就有分，离别显真情，分离的原因由自身需要过渡到外部势力的介入，增加困难和波折，把好事多磨的不确定性辗转释放。结局不外悲喜二途，找乐子的大众容不得悲悲戚戚，通俗化后的言情小说无不以大团圆收场，再加上金榜题名、众美归一、官运亨通、富贵寿禄、家族兴旺、得道成仙等好事，皆大欢喜，娱人娱己。

"奇"是言情小说情节美学的一贯追求。莺莺谜一般的"先拒后奔"举动，惹得千古文人竞相猜。普通大众不愿费这心思，他们喜欢曲折生动、节奏明快的故事，戏剧性、离奇性、巧合、误会便成为通俗言情小说情节安排的主要手段，波澜顿生，张弛交替，给平淡庸常的生活增添一点跳动的乐趣。

文人坚守的阵地是诗、词、文入小说的结构形式。唐人创造这一形式时并无明确的文体意识，只是显露一下才华而已。中篇传奇的作者却拿它当写作的不二法门，连篇累牍，喋喋不休，差一点被踢出小说队伍。幸有后继起而振弊，性爱小说回归到叙述主体，才子佳人小说卖弄诗文的冲动也收敛了许多，叙述为主，诗文辅之的结构框架得以确立。

史传叙事方式对古代小说的影响无所不在，即便是说话人也难逃藩篱。直线顺叙、第三人称全知叙述、视点基本固定、头尾交代完整，始终是言情小说的叙事主流。性爱小说实验的倒叙、第一人称叙述、视点转移、第三人称限知叙述全都昙花一现，没有得到普遍认同。

这些就是古代言情小说经过千年冲刷形成的核心结构的特征，它们具有不可化约性，是作品属性的判断标准，符合上述条件的作品自然应归属于传统范围，跳出这个框架的，另当别论。可是，真正要跳出这一框架是何其不易，即使是最具创新精神的《红楼梦》，也难以完全挣脱其束缚。

《红楼梦》是中国小说的巅峰之作，博大精深，本非言情小说家族的成员，但谈情是其主线之一，故与言情小说能叙上亲谊。《红楼梦》对以才子佳人小说为代表的言情小说传统模式相当不满，劈头就批评它们"千部共出一套"的僵化和"不近情理"的虚构，后来又让贾母出面，嘲笑了一番，可《红楼梦》还是断不开与这位"亲戚"的血缘关系。据学者们查证，《红楼梦》中的"补天"思想来自《五色石》，"山川秀气尽付美人"的见解出自《平山冷燕》，太虚幻境的描写可以溯自《金云翘传》里的断肠会，"葬花词"受过《金云翘传》开卷曲"月儿高"的影响，王熙凤毒设相思局受到《五凤吟》的启发，大观园里逞才作诗、结社会文的生活跟《平山冷燕》《两交婚》的描写极其相近，甚至整段移入《定情人》的文字，来描摹宝、黛的痴情表现。这些都是《红楼梦》的重要情节关目，可见它与才子佳人小说的亲密程度。

对照言情小说的核心结构，《红楼梦》的言情部分也难脱干系：宝玉和黛玉，从相貌到才艺、从一见亲昵到痴情相恋都带有才子佳人的胎记，吟诗唱和亦是二人情感交流的重要渠道。拆散二人的多只"黑手"其实就是"小人"和"家长"的结合体。丫鬟们作用也不小。大量出现的闹矛盾场景，就是才子佳人小说生旦别离，经历坎坷情节的变体，才子佳人小说是离别见真情，此处是生气显深意，而矛盾多来自误会，这可是才子佳人小说惯用的手法。悲剧结局也不是什么新鲜事，早期中篇传奇都是如此结果。对奇人、奇情、奇事的反复强调，贯穿着以奇为美的美学思想和追求。铁杆支持融入诗词曲赋文的结构方式。若剥离附着在言情骨架上的人和事，依然是线性叙事方式，第三人称限知视角也不是第一个吃螃蟹者，《绣榻野史》早就实践了。叙述者视点转换的方法，在《痴婆子传》那里已运用，才子佳人小说中也有许多成功先例。

《红楼梦》的谈情部分虽然没有摆脱传统的约束，但因为它与作品的其他部分勾连交叉，组成了整体出现聚变效应，释放出远远大于各部分单独释放之和的能量，从而极大地提升了各组成部分的品质和境界。就言情部分来说，《红楼梦》所言之情已从男女之情上升到了探索情的本体价值的层面。贾宝玉和林黛玉、薛宝钗是全新的、复杂的、个性的、典型的人物形象，与概念化、类型化的才子佳人形象不可同日而语。情节的传奇性之外，更强调真实性和典型性，把三者完美统一起来，达到了情节美学的最高层次。诗词曲赋和叙事语言水乳交融，实现了小说诗化的艺术理想。娴熟运用第三人称限知叙事方式，视点转换灵活，说书人语式淡化，角色叙述占据高地。这些在传统基础上的创新，使言情小说的思想和艺术水平跃上了新台阶，后世作者取法《红楼梦》来创作纯粹的言情小说，也就在情理之中了。

第二节　妓女的传统观念形态

妓女是非主流生活女性的代表，作为一个弱势群体，从来就没有获得过话语权，关于她们的一切，都来自他人的诠释。不同的诠释，塑捏出不同的妓女模样。在道学家眼里，她们是无耻下流的典型，也是造成男人堕落的根源。在风流士子眼里，她们是放浪形骸行为和艳异想象的触媒。而在性欲发泄者那里，她们是销魂荡魄的肉体。道学家不屑一顾，皮肤滥淫者没有鼓吹的兴趣和能力，诠释的权力自然落到了文人士子那里。文人士子们对妓女的诠释，一方面体现自己的价值观和理想追求，另一方面把自己的价值观和理想追求强加在妓女身上，引导、规制妓女的主流形象。这个过程充满误读、装饰、虚伪，甚至残酷，造就了复杂多样的妓女文化形态。

唐以前，中国没有形成真正意义上的妓女群体。来自战俘和罪犯家属的女性所组成的营妓和官妓，惩罚性地为军队和官府服务。被买卖的家妓，仅是一种财产，只为主人服务。她们就是性奴隶，没有营业性和自由流动性，不具备妓女以身体换取生活资料的大前提。

唐代也实行官妓制度，但除宫妓外，一般官员、举子和新及第进士都能享用平康娇娃。唐代官员多出身科举，所以，读书人便成了教坊的主要客源。从此，妓女与士人建立起了特殊关系，妓女开始了被塑造的历史进程。

由于接待的多是文人，为适应客人的身份、爱好，妓女初入行便培养歌令和言谈应酬功夫，住处和饮食亦颇为讲究，她们一开始便被纳入了重塑的模子。性满足并不是不缺女人的官员和士子冶游北里的主要目的，他们更注重的是交流和娱乐，色相平平、年过三旬不是问题，只要能"善谈谑，能歌令，常为席纠，宽猛得所"[①]，便大受欢迎。妓女的毁誉、盛衰以诗人一言为进退[②]，以诗名世的薛涛、关盼盼之辈，由于得到元稹、白居易等诗界领袖的赏识，更是千古流芳。作诗成了妓女安身立命的根本，已经扭曲了妓女的本质，若再套上钟情[③]、守节[④]等枷锁，妓女所负日渐沉重。

---

① （唐）孙棨：《北里志·天水仙哥》，虫天子编《香艳丛书》，人民文学出版社1994年版，第1274页。《北里志》所记载妓女均以言谈诙谐、擅音律、充席纠为特长，客人也最看重这三点，不独天水仙哥一人使然。

② 崔涯者，吴楚之狂生也。与张祜齐名，每题一诗于娼肆，无不诵之于衢路。誉之则车马继来，毁之则杯盘失错……又嘲李端端诗曰：黄昏不语不知行，鼻似烟囱耳似铛。独把象牙梳插鬓，昆仑山上月初生。端端得此诗，忧心如病。使院饮回，遥见女子，蹑屣而行，于道旁再拜，战惕曰："端端祗候三郎六郎，伏望哀之。"又重赠一绝句，粉饰之。于是大贾居豪，竞臻其户。［（唐）范摅：《云溪友议》卷5，《笔记小说大观》第1册，江苏广陵古籍刻印社1983年版，第72页。］

③ 崔徽，河中府娼也。裴敬中以兴元幕使蒲州，与徽相从累月。敬中使还，崔以不得从为恨，因而成疾。后东川幕府白知退归，徽对镜写真，谓知退曰："为妾语敬中，崔徽一旦不及画中人，且为郎死矣。"发狂疾卒［（明）梅鼎祚纂辑：《青泥莲花记》，陆林校点，黄山书社1998年版，第107页］。

④ 盼盼，姓关氏。张建封节制武宁，门下客皆词人名士。至于歌舞妓，必求知者。盼盼乃徐府奇色也，初纳之燕子楼，三日乐不辍，后别构新楼贮宠之。公薨，盼盼感恩，誓不他适。或有问答，皆以诗，有《燕子楼集》三百首。白乐天有《和燕子楼》诗……后仲素以予诗示盼盼，乃反复读之，泣曰："自公薨背，妾非不能死。恐百载之后，人以我公重色，有从死之妾，是玷我公清范也，所以偷生尔。"乃和白公诗云……盼盼得诗后，往往旬日不食而卒［（明）梅鼎祚纂辑：《青泥莲花记》，陆林校点，黄山书社1998年版，第104—106页］。

　　词的主要功能是佐觞侑酒，娱乐消遣。承担演奏、歌唱任务的妓女不仅要具备音乐才能和文学修养，其美色和风情也得到进一步强调。词的"侧艳"特点，凸显出妓女的情色意味，产生了大量针对妓女的露骨艳词，倒是回归到了妓家本相，可是，对妓女忠义贞节的期待也在这冶逸的氛围中更上层楼。梁红玉识英雄于尘埃的慧眼和擂鼓战金山的豪迈倾倒了多少落魄士子。不事叛臣的毛惜惜，誓死守护清白的郝节娥，双双入选《宋史·烈女传》。屡遭严刑拷打的严蕊极力维护士大夫的名誉。痴情而死的杨爱爱、王幼玉、陶师儿，用生命换来了文人们的敬重。像她们这样青史留名的妓中楷模，人数虽然不多，却在强大的舆论支持下，成为妓女中的代表，给妓女们起模范带头作用，引导她们向着社会精英设计的道路前行。这条道路充满荆棘和艰辛，甚至要付出生命的代价，某种程度上说，她们只是道德话语的祭品，也把许多后世姐妹引上了不归路。

　　宋代开始，妓女分出高级与普通的层次来。环绕在官员士子周围的官妓唱词、作词，于灯红酒绿中卿卿我我，制造唯美而浪漫的幻象，在高调道德感召下，实践"立牌坊"的悖论。与此同时，大批流连于瓦舍①，酒楼②，歌馆、茶坊③，从事直接皮肉交易的私妓在为生活而奔波，也尽力发

---

　　① 瓦舍者，谓其"来时瓦合，出时瓦解"之义，易聚易散也。不知始于何时。顷者京师甚为士庶放荡不羁之所，亦为子弟流连破坏之门。杭城绍兴间驻跸于此，殿岩杨和王因军士多西北人，是以城内外创立瓦舍，招集妓乐，以为军卒暇日娱戏之地。今贵家子弟郎君，因此荡游，破坏尤甚于汴都也〔（宋）吴自牧：《梦粱录·卷十九》，孟元老等《东京梦华录》（外四种），文化艺术出版社1998年版，第291页〕。

　　② 凡京师酒店，门首皆缚彩楼欢门，唯任店入其门，一直主廊约百余步，南北天井两廊皆小阁子，向晚灯烛荧煌，上下相照，浓妆妓女数百，聚于主廊槏面上，以待酒客呼唤，望之宛若神仙。〔（宋）孟元老：《东京梦华录·卷二》，孟元老等《东京梦华录》（外四种），第16页。〕和乐楼、和丰楼……以上并官库，属户部点检所，每库设官妓数十人，各有金银酒器千两，以供饮客之用。每库有祗直者数人，名曰"下番"。饮客登楼，则以名牌点唤侑樽，谓之"点花牌"。元夕诸妓皆并番互移他库。夜卖各戴杏花冠儿，危坐花架。〔（宋）周密：《武林旧事·卷六》，孟元老等《东京梦华录》（外四种），第406页。〕熙春楼、三元楼……以上皆市楼之表表者。每楼各分小阁十余，酒器悉用银，以竞华侈。每处各有私名妓数十辈，皆时装衒服，巧笑争妍。夏月茉莉盈头，香满绮陌。凭栏招邀，谓之"卖客"〔（宋）周密：《武林旧事·卷六》，孟元老等《东京梦华录》（外四种），第407页〕。

　　③ 平康诸坊，如上下抱剑营、漆器墙……皆群花所聚之地。外此诸处茶肆，清乐茶坊、八仙茶坊……及金波桥等两河以至瓦市，各有等差，莫不靓妆迎门，争妍卖笑，朝歌暮弦，摇荡心目。〔（宋）周密：《武林旧事·卷六》，孟元老等《东京梦华录》（外四种），第408页。〕人情茶坊，本非以茶汤为正，但将此为由，多下茶钱也。又有一等专是娼妓兄弟打聚处……水茶坊，乃娼家聊设桌凳，以茶为由，后生辈甘于费钱，谓之干茶钱〔（宋）灌圃耐得翁：《都城纪胜·茶坊》，孟元老等《东京梦华录》（外四种），第83页〕。

挥着看人下菜、欺诈诓骗的本领。① 她们全都淹没在嘈杂的生活中，没有留下任何痕迹，而她们才是妓女的真正主体。

元代妓女实际了许多，少有唐宋的浪漫情调。舞文弄墨、吟诗作文者寥寥无几，脸蛋漂亮算不上本钱，歌舞表演，谈笑诙谐才是硬道理。登台演出杂剧是其重要生活来源，妓女走向了大众化和副业化，不再依靠文人士大夫的捧场招徕生意。当然，比妓女境况好不到哪里的读书人没有了闲情逸致，也没有了仁义道德的理论诉求。他们融入世俗社会，以平等心态，用市井语言与妓女们打情骂俏、嬉戏玩闹，表现出妓女最真实、最自然、最活泼、最洒脱的一面，妓女第一次不受忠孝节义和超现实爱情的压抑，做回自己。

传统诗词所描写的歌妓舞女个个貌美如花、妙解风情，元曲中咏美妓的作品也不少，但揭丑之作竞相迭出，开启了嘲妓风气。既有对妓女容貌的嘲讽，也有对妓女们虚情假意、迎新送旧、破人家财、认钱不认人等低劣品质的揭露。这些嘲弄、揭丑之作把前代文人建立起来的理想妓女的虚幻美彻底击碎，娇嫩、妩媚、浪漫、美丽、楚楚依人、风情万种、情浓意蜜、如胶似漆……全蒸发了；自私、势利、绝情、贪婪、丑陋、无耻……现实的真实存在。

"俗"是元曲的最大特征，"俗"也是妓女的本来面目，二"俗"结合，构建起另一种妓女评价体系。这个体系以"真相"为底色，以"贬损"为核心，同样谈不上尊重的态度和人道的关怀。但在揭露妓女之"恶"的同时，触及底层妓女悲惨的生活境况和麻木的精神状态，打开了观察妓女的另一扇窗口。从此，理想化与世俗化两种截然相反的观念体系并行于人们的理念中，影响着人们对待妓女的态度。

世俗的，永远是民间的，只能暗中涌动，进入不了历史的候选区。随着文人重新进入权力中心，他们又掌握了塑造妓女的话语权。明代的名妓形象在恢复到唐宋时期状态的基础上，有了更加严苛的要求。诗妓迭出，稍有名气的妓女都会作诗，仅《列朝诗集小传》所录，就不下 30 位。工书

---

① 除官库子库脚店之外，其余皆谓之"拍户"……庵酒店，谓有娼妓在内，可以就欢，而于酒阁内暗藏卧床也。门首红栀子灯上，不以晴雨，必用箬盖之，以为记认。其他大酒店，娼妓只伴坐而已。欲买欢，则多往其居……大抵店肆饮酒，在人出著如何，只如食次，谓之下汤水，其钱少，止百钱五千者，谓之小分下酒。若命妓，则此辈多是虚驾骄贵，索唤高价细食，全要出著经惯，不被所侮也［（宋）灌圃耐得翁：《都城纪胜·酒肆》，孟元老等《东京梦华录》（外四种），文化艺术出版社 1998 年版，第 80—81 页］。

善画、鼓琴弈棋、度曲吟诵，亦是强项。房间布置得清洁幽雅，诗情画意，具有林下风致。拥有自然天成、娇小玲珑的江南美人风貌。这些是明代名妓的基本条件，领袖群伦者还需具备特殊的品质，如马湘兰挥金如土、济人所困的侠义风范；董小宛重情轻财、侍夫持家的贤姜美德；李香君面折奸佞、大义凛然的爱国情操；柳如是通达权变、劝夫殉君的民族气节，等等。直教青楼不让须眉，恁把妓女推上祭坛。

妓女之所以担当起与本来身份不相适应的示范天下的重任，与明代妓女和文人建立起了更为紧密的关系有关。明代禁止官员狎妓，使得秦淮风月如同专为士子所设一般，"旧院与贡院遥对，仅隔一河，原为才子佳人而设。逢秋风桂子之年，四方应试者毕集：结驷连骑，选色征歌，转车子之喉，按阳阿之舞，院本之笙歌合奏，回舟之一水皆香。或邀旬日之欢，或订百年之约。蒲桃架下，戏掷金钱；芍药栏边，闲抛玉马。此平康之盛事，乃文战之外篇"①。由此，士子们的家国责任、道德观念、人生追求便过渡到了妓女身上，典型的例子莫过于"花榜"之选，从"状元""榜眼""探花""解元""女学士"这些名目便可看出，士子是如何"绑架"妓女的。"大概娼妓负盛名的，固恃她自身的才情色艺，而王孙公子翩翩裘马，一掷千金，文人学士的诗文酬答，标榜揄扬，亦大有影响。所谓美人名士，相得益彰。"② 从此，名妓被文人裹挟，合二为一，成为名士的附庸。她们要风姿绰约、才艺全面、知心知意、同情贫困，不慕权贵，爱国忠君、守护贞节、轻生甘死。总之，凡是士人应该做的，她们就应做到，甚至士人做不到的，她们也要做到。《青泥莲花记》集历代名妓事迹之大成，总结出忠、义、孝、节、从、藻六条选取标准，这个标准比忠臣鸿儒、节妇烈女的要求有过之而无不及，真切揭露了儒家高调道德主义的虚伪与残酷，生活在这样舆论环境中的妓女们的精神压力可想而知。

高级妓女套上了精神枷锁，普通妓女也好不到哪儿去，她们大多挣扎在生存线上，为衣食所忧。谢肇淛云："今时娼妓满布天下，其大都会之地动以千百计，其他穷州僻邑，在在有之，终日倚门卖笑、卖淫为活，生计至此，亦可怜矣！"③《梅圃余谈》曰："近世风俗淫靡，男女无耻。皇城

---

① （明）余怀：《板桥杂记》，虫天子编《香艳丛书》，人民文学出版社1994年版，第3642页。
② 王书奴编著：《中国娼妓史》，上海三联书店1988年版，第209页。
③ （明）谢肇淛：《五杂组》卷8《人部四》，上海书店出版社2001年版，第157页。

外娼肆林立，笙歌杂沓，外城小民度日难者，往往勾引丐女数人，私设娼窝，谓之窑子。室中天窗洞开，择向路边屋壁作小洞二三。丐女修容貌，裸体居其中，口吟小词，并作种种淫秽之态。屋外浮梁子弟，过其处，就小洞窥，情不自禁，则叩门入，丐女队裸而前，择其可者投钱七文，便携手登床，历一时而出。"① 张岱《陶庵梦忆》卷4《二十四桥风月》对低等妓女生活描写甚详："广陵二十四桥风月，邗沟尚存其意。渡钞关，横亘半里许，为巷者九条。巷故九，凡周旋折旋于巷之左右前后者，什百之。巷口狭而肠曲，寸寸节节，有精房密户，名妓、歪妓杂处之。名妓匿不见人，非向导莫得入。歪妓多可五六百人，每日傍晚，膏沐熏香，出巷口，倚徙盘礴于茶馆酒肆之前，谓之'站关'。茶馆酒肆岸上纱灯百盏，诸妓掩映闪灭于其间，疤疢者帘，雄趾者阃。灯前月下，人无正色，所谓'一白能遮百丑'者，粉之力也。游子过客，往来如梭，摩睛相觑，有当意者，逼前牵之去；而是妓忽出身分，肃客先行，自缓步尾之。至巷口，有侦伺者，向巷口呼曰：'某姐有客了！'内应如雷。火燎即出，一俱去，剩者不过二三十人。沉沉二漏，灯烛将烬，茶馆黑魆无人声。茶博士不好请出，唯作呵欠，而诸妓醵钱向茶博士买烛寸许，以待迟客。或发娇声，唱《擘破玉》等小词，或自相谑浪嘻笑，故作热闹，以乱时候，然笑言哑哑声中，渐带凄楚。夜分不得不去，悄然暗摸如鬼。见老鸨，受饿、受笞俱不可知矣。"低等妓女的生活如此艰难和困苦，却没有得到高高在上的文人士大夫的同情和怜悯，不是指责她们扇起淫风，就是当作笑谈，张岱接着便以此开玩笑："余族弟卓如，美须髯，有情痴，善笑，到钞关必狎妓，向余噱曰：'弟今日之乐，不减王公。'余曰：'何谓也？'曰：'王公大人侍妾数百，到晚耽耽望幸，当御者不过一人。弟过钞关，美人数百人，目挑心招，视我如潘安，弟颐指气使，任意拣择，亦必得一当意者呼而侍我。王公大人岂过我哉！'复大噱，余亦大噱。"更有许多恶谑等着她们，陈所闻选编的《南宫词记》里孙百川和无名氏的40多首［黄莺儿］，《摘锦奇音》里的"时兴各处，讥妓要孩儿歌"数十首，大多失去元散曲的幽默诙谐和自嘲成分，而是以直接丑化、挖苦为乐趣了。

　　妓女的评价体系，至明代完全定型。高级妓女被送上祭坛，扛起精英评价体系的重担；低等妓女被踩入谷底，成为世俗评价体系的"主力"。

---

　　① 转引自王书奴编著《中国娼妓史》，上海三联书店1988年版，第200页。

她们均成为观念符号，视需要而对号入座，凭概念而褒贬抑扬。

清代虽然取消了官妓制度，但娼妓事业仍然发达，南京、苏州、扬州等传统风流渊薮繁盛依旧，广州亦有后来居上之势。妓女中才情色艺俱佳、人品高尚者不乏其人，可清中叶以前并无名妓出现，其原因无非妓女没有傍上名士而已。官僚、名士们要么眷恋于相公，要么埋头于故纸堆，对妓女们多不待见。所以，她们除了接待一般士子外，多把心思用到大富贾和市井纨绔身上，更加依赖修饰和唱几句昆曲及小调，赌博、吸鸦片亦渐渐流行起来。妓女行业整体向商业化转型，自然变得实际、势利、庸俗，不再幻想风花雪月的浪漫故事，也不必借助文人学士的鼓吹宣传。嘉、道以后，这种趋势愈加明显，不但寒儒别想拿诗词作缠头，名士值几个钱的疑问也公开提出，读书人对妓女持续千年的特权，终于瓦解了，妓女的精神解放了。

描写妓女的小说作品伴随着妓女观念形态产生和变化的全过程，虽然它们基本上是主流观念的摇旗呐喊之作，但较之笔记短札、诗词曲文，能更加形象、细腻地传递出妓女们的生存状况和内心世界，让读者听到她们的些许心声。

最先出现的青楼小说是唐传奇《李娃传》和《霍小玉传》，李娃尚节义，小玉崇真情，她们把这美好的德行和情感全都奉献给了士人，使士人一开始便占据了主角位置，从此稳居上位。作为文学形象，李娃和小玉要比《北里志》所记录的生活中的妓女漂亮得多，李娃"妖姿要妙，绝代未有"，"明眸皓腕，举步艳冶"，小玉"姿质秾艳，一生未见"，"若琼林玉树，互相照曜，转盼精彩射人"，全是绝色佳丽。李娃善"诙谐调笑"，小玉"音乐诗书，无不通解"，均为妓中妙品。二作定下了妓女才色艺俱佳的共性标准。个性方面，李娃痛改前非，在精神与物质上全力支持穷困潦倒的郑生取得功名，婚后"妇道甚修，治家严整"，是"节行瑰奇"、品德高尚的典范，也给妓女们指出了一条自我振拔、获取富贵与尊敬的正途。这对后世妓女的吸引力着实不小，多少妓女想抓住落魄士子这根稻草游上彼岸，从而付出了一生心血。小玉"不邀财货，但慕风流"，是纯情主义的坚定信仰者，虽然她的不懈追寻换来的是薄情寡义，但赢得道义的同情和支持，为妓女有情争得普遍认同。"长恸号哭数声而绝"所带来的震撼和冲击，使痴情而死的悲剧美获得永恒魅力，被情折磨得心力交瘁的妓女在心灰意冷之时，殉情常常是她们主动而毅然的选择，我们在悲叹香消玉殒的同时，也领教了"以情杀妓"的残忍。

《李娃传》和《霍小玉传》充分利用、调动小说的叙事特长，通过情节设计和性格塑造，艺术而非概念地诠释了作者的观念、主张，影响更为深远广泛。

《李娃传》的情节极尽曲折变化之能事，深得传奇之精髓。李娃与郑生的偶遇，未脱言情小说一见钟情的套路，但"坠鞭"和"回眸凝睇"的细节，还是相当有新意。初次相会，郑生的"狡黠"很快败给假母的"老实"，有惊无险地如愿以偿。床头金尽、无情被逐是不计后果的狎游青楼者的常见结局，作者于此简单易行之事中亦掀起波澜来，假母和李娃没有直接下逐客令，而是用尽心机方得如愿，整个过程虚实相间、逐层剥落，让人眼花缭乱。郑生进退无门，沦为凶肆歌者，生活渐趋稳定，不意平地陡起风波，遭父毒手，险些丧命，从此陷入绝境，以乞食维生。正当郑生山穷水尽之时，迎来了"柳暗花明又一村"，二人戏剧性地再次相见，使一波三折的情节流程达到高潮，此后便舒缓释放，平稳进入尾声。《李娃传》的情节非为奇而奇，而是与人物性格的塑造紧密结合。偶遇时的"坠鞭"举动，把郑生好色而又有所顾忌的"正派"王孙公子特点精练地点了出来。李娃"回眸凝睇，情甚相慕"的表现，将一个久历风尘者的习惯动作和心有所触的感受打包送出，为她后来的矛盾行为埋下伏笔。第一次相聚，李娃一直徘徊在有情无情之间："侍儿不答，驰走大呼曰：'前时遗策郎也！'娃大悦曰：'尔姑止之。吾当整妆易服而出。'"说明她对郑生有着很好的第一印象，平时在人前念叨过郑生，连侍儿都看出来了，郑重迎接显示了她对郑生的重视。此时的情境，与其说是李娃对郑生有情，毋宁说郑生是李娃十分中意的客人，有亲近的愿望。随后，李娃和假母一唱一和，施展出妓家纵擒之术，郑生欣然入彀，"岁余，资财仆马荡然"，虽然"娃情弥笃"，究竟抵不过"姥意渐怠"，合作出演双簧，弃郑生如敝屣。这个过程隐藏着微妙的关系，本来印象不错，加上朝夕相处，日久生情也不为奇，但此时李娃的情至多是一种情人之情，并没有上升到至情的高度，是经不住利益冲击的，面对"囊中尽空"的现实，李娃做出无情的抉择亦在情理之中。李娃对郑生似有亦无、似深亦浅之情，十分真实地揭示了妓女的职业特点。李娃这样"与通之者多贵戚豪族，所得甚广"，"非累百万，不能动其志也"的成熟妓女，对某个客人有所偏爱是可能的，让她真正爱上客人的概率是相当低的，这正显示了作品的现实主义品格。善于处理职业与情感的关系，已把李娃老练、成熟、理智、冷静的性格特点反映了出来。当郑生"饥冻之甚"的凄切之音传入她的耳朵时，沉寂许久的歉意让她良心发现，开始了自赎的历程，其间表现出的缜思和退让，是良知、道义、责任、奉献的具体显现，远远超越了男女之情的层次，使李娃的形象上升到了道德楷模的高度，作品由此完成了主题的升华。

与《李娃传》的生活化格调不同，《霍小玉传》集情的纯洁和恨的决绝于一身，更多理想成分，开辟了青楼小说奇崛美的风格。作品的情节由两大块组成，前段渲染爱的缠绵，后段宣泄恨的凄戾，双峰并峙，大起大落，大开大阖，集中凸显小玉的情痴性格。小玉出身高贵，从小受到良好的教育，刚入倡门，还保留着少女的纯洁和浪漫，所以，选客人首重才调和容貌，"不邀财货"，见到倾慕已久的才郎，便难掩羞涩之态。情字萦绕在心头，便会有担忧，便会以盟誓来自我麻痹，明知一生厮守不可求，却提出了八年之约，盟约逾期，辗转寻觅，致使"羸卧空闺，遂成沈疾"。爱之极必然恨之极，再会负心郎时的倔强刚烈、以死明志，把小玉的情痴性格推上极致，也把作品的题旨发挥得淋漓尽致。

宋传奇中明显模仿《李娃传》和《霍小玉传》的作品有叙负心的《王魁传》（夏噩），写真情的《王幼玉记》（柳师尹）、《谭意哥记》（秦醇）和《义倡传》（钟将之）。《王魁传》中的桂英助读、梦兆和死后报复，王幼玉和柳富的缠绵动情与相思成疾，谭意哥的贤良和美满结局，义倡的倾慕才子等情节，都留有《李娃传》和《霍小玉传》的痕迹。它们多是概念宣传之作，直白浅陋，缺乏艺术感染力，加之过分突出神怪梦征之事和掺入诗词，冲淡了主题表达的凝聚力。

《甘棠遗事》（清虚子）详细记录了名妓温琬的奇才异行，她"善翰墨，颇通孟轲书，尤长于诗笔，有节操廉耻，而不以娼自待。而交游宴会，名硕多礼貌之，然虽士君子不能远过。平居所为崇重，经时足未尝践外庭，邻居亦不识其面。又所与契者，尽当世豪俊之士，至于轻浮儇浪之狂子弟，皆望风披靡，而不敢侧目以瞩视"[①]。青楼小说出现了"道学妓女"形象，也许实有其人，但只能生存于宋代的文化环境中，且仅此一人而已，妓女若被道学挟持，她们可真不堪重负了。《盈盈传》（王山）亦号称纪实之作，可成仙成神的虚妄夸饰，使之既缺现实意义又乏浪漫精神，

---

① 李剑国辑校：《宋代传奇集》，中华书局2001年版，第205页。

但妓女成仙题材就此产生，颇可注意。

李师师的故事说法众多，受宋徽宗宠昵，亦与宋江、周邦彦有染，结局有南迁、嫁贾人诸说，（佚名《李师师外传》）则给出了在金人面前痛骂卖国贼而死的版本，具有强烈民族气节的妓女形象就此诞生。

理论上说，来自民间，反映市民生活情趣的话本应体现低层妓女的生活情况和观念意识，其实并不尽然。"三言"以妓女为主角的作品共有 6 篇：《众名姬春风吊柳七》为文人讳，把《柳耆卿诗酒玩江楼记》中柳永霸占周月仙的恶劣行径转嫁到刘二员外身上，柳永反而得了个成人之美的好名声，且将《义倡传》的情节改头换面，让谢玉英守节而死，宣扬妓女贞节意识。《钱舍人题诗燕子楼》敷衍唐代名妓关盼盼的事迹，继续《剪灯余话·田洙遇薛涛联名记》的路径，显诗才显贞节，完全是文人口吻。《玉堂春落难寻夫》和《杜十娘怒沉百宝箱》虽然有浓厚的市井气息，但讲述得依然是名妓与士子的故事，且可见《李娃传》和《霍小玉传》的影子，均未摆脱文人尚义重情的妓女观。只有《新桥市韩五卖风情》和《卖油郎独占花魁》另立门户，从市民角度观察妓女的生活和情感，展现出世俗妓女观的内涵。

《新桥市韩五卖风情》把色欲伤身的古老观念引入妓女领域，"警戒色欲"的主题本不新鲜，可其完全以普通人为主人公及生活化的描写却别有风味。吴山是开丝绵铺的商人，金奴是"私窠子"，二人的相识和交往简单直接，一个贪色，一个爱钱，非常符合生活中妓女与嫖客的关系。金奴一家偷偷摸摸却是正正规规做生意，能得到正常客人的眷顾就心满意足了，不贪不诈，好长时间给五两银子便欢欣雀跃，对客人也是倾力巴结、联络感情，从不耍奸卖乖。吴山的色痨之症一则是自家身体不好，再则是枉死鬼寻找替身，金奴只不过是个引子罢了，没有归罪金奴的意思。金奴一家因四邻反对，屡次搬迁，无处容身，反映出私妓的生活艰辛和普遍困难。这些都是之前青楼小说没有出现过的内容。作者以平和的心态看待妓女，不人为拔高，不刻意丑化，按照生活的本来面目讲述故事，让我们看到了那个时代私妓的真实生活状态和市民对低层妓女的态度。

《新桥市韩五卖风情》是一份关于低层妓女的原生态记录，《卖油郎独占花魁》则是一幅寄托了普通市民想望名妓的憧憬图。辛瑶琴是市民想象中的名妓，她的吟诗作赋、琴棋书画素质，多从作者介绍和侧面描写而来，没有直接地表现。相反，权且忍耐、积攒私房、比对人选、设计嫁人等谋划行为却表现得很充分，少了文人笔下名妓的浪漫和洒脱，多了市民心中的实际和屈从。她是市民阶层认为应该如此的名妓，因此，有了下嫁卖油郎的可能。秦钟是市民眼中的好小伙，孝顺和气、吃苦耐劳、诚实忠厚，依靠双手打拼人生，这些优秀品质加上坚持不懈和温柔体贴，一定可以打动名妓的心，这当然也是市民们的良好愿望，所以，创造条件让他如愿以偿。二人演出的"癞蛤蟆吃得天鹅肉"喜剧，介于奢望与可能之间，从庶民层面反映了理想化的名妓观念，与文人的臆想殊途同归。从良是妓女的普遍归宿，从谁，如何从却是个问题，瑶琴这样的名妓，接触的是王孙公子、富室豪家，自然是他们的匹配，一般文人士子也沾不上边，何况日进分文的小生意人。作者想出了征服妓女之心的办法——"帮衬"——"但凡做小娘的，有一分所长，得人衬贴，就当十分。若有短处，曲意替他遮护，更兼低声下气，送暖偷寒，逢其所喜，避其所嫌，以情度情，岂有不爱之理。——这叫做帮衬。"这是一个新想法，不同于书生们的"慕才"想象，也许更贴近生活真实。对于从良的种种变数，作品也有深入的观察，真从良、假从良、苦从良、乐从良，趁好的从良、没奈何的从良，了从良、不了的从良的总结，道尽妓女从良的酸甜苦辣。没有丰富的生活经验和对妓女职业的充分了解，是不可能总结得如此到位的，文人作品就做不到这一点，从而增加了青楼小说的厚度。

观念决定内容。在整个妓女评价体系、价值判断和审美倾向的影响下，描写妓女的小说作品基本上以挖掘、展示名妓的道德、情感、理想、现实为中心，贯注贞节和痴情理念，辅之才色艺的外在需求。人物设置上士人占据绝对地位，显示了文人的话语权力和理想追求。艺术表现上与言情小说同步发展，吸收言情小说的形式和技巧，培育出许多经典名篇。这些特点在一定程度上构成了一个小说次传统，此传统既受妓女观念形态牵绊，又得到言情小说哺育，其调整变化必然在二者的共同作用下才能完成，实非简单易行之事。

第二章　古典范式的传承与式微

《红楼梦》是古典小说的顶峰，也是断崖，"自有《红楼梦》出来以后，传统的思想和写法都打破了。"[1] 面对不可企及的"破"，后来者的"立"谈何容易，只能蜷缩在它的阴影里。《红楼梦》以后的通俗小说创作跌入低谷，也开始了艰难的突围。目前所见，乾隆五十七年（1792）至道光十九年（1839），共刊行通俗小说58部，其中人情12部，英雄传奇11部，历史演义9部，《红楼梦》续书9部，神怪8部，公案3部，杂家小说3部，儿女英雄2部，侠义公案1部。这些作品中，流传久远的历史演义、英雄传奇、神怪、人情等类型的小说，数量相对不少，可内容陈旧、形式僵化、文笔简陋、了无新意，已处于衰落挣扎时期，影响甚微。

《红楼梦》的续书虽然借《红楼梦》东风，兴旺了一阵子，但毕竟有取巧之嫌，并非小说创作正格。不论这些续作如何殚精竭虑，花样翻新，自它们产生起，就受到续貂之讥，少褒多贬的批评，预示着其前途并不光明。

摆脱困境的唯一途径是创新，寻找出路的新一轮运动就此萌生。儿女英雄、杂家、侠义公案类小说兴起，刊行了《绿牡丹》《岭南逸史》《镜花缘》《施公案》等较有影响的作品。

《镜花缘》虽有在《红楼梦》外另树一帜的雄心，亦的确有别开生面的气息，可惜热衷炫耀才学，并使之成为杂家小说的主要特征。小说创作需要那么多学问技艺的知识储备，令后生望而却步，且难让读者驱赶睡魔，自然继起乏人，杂家小说便也昙花一现。

富有生机活力和深远影响的创作来自儿女英雄小说和侠义公案小说。

---

[1] 鲁迅：《中国小说的历史的变迁》，《鲁迅全集》第9卷，人民文学出版社1991年版，第338页。

儿女英雄小说与侠义公案小说联系相当紧密，相似的人物，相近或重叠的情节，共同的价值取向，使二者逐渐合流。《施公案》《三侠五义》《彭公案》及它们的续书所塑造的男性英雄形象奠定了近、现代武侠小说江湖好汉的基础。《绿牡丹》中的花碧莲、鲍金花，《岭南逸史》中的李小环、梅映雪，尤其是《儿女英雄传》中的十三妹，在《儿女英雄传》的12次续写过程中，渐渐淡化家庭婚姻关系，突出行侠仗义和智破悬案，成为近、现代武侠小说中不可或缺的天马行空的江湖侠女形象的胚胎。儿女英雄小说的核心情节是丈夫统领武功出众的妻妾，侠义公案小说是清官统率草莽豪杰，精神内核是一致的。有的情节甚至相同，如《绿牡丹》的众英雄聚集在狄仁杰麾下的情节，就与侠义公案小说的情节套路完全一致。锄奸除暴，伸张正义，高扬忠诚、道义、公正、智慧的价值观，是侠义公案小说与儿女英雄小说共同的理想和企盼。它们一道成为现当代武侠小说的先河。

《绿牡丹》和《施公案》的言辞风格和叙述程式带有明显的说书人的口吻，观念和意识也具有浓厚的民间色彩，说明这新一轮的新变继续遵循着来自民间、吸引文人、终被雅化的文学发展规律。这是《红楼梦》以后小说发展的一个方面。另一方面，通俗小说发展至《红楼梦》毕竟已完全成熟，沿着《红楼梦》确立的典范前行，汲取已有文学创作经验，在继承中创新，开辟新的写作空间，亦是小说乃至文学发展的基本规律。这条道路经过直接续写《红楼梦》的失败摸索后，改求佳人于倡优，别辟情场于北里，用《红楼梦》的笔调去写倡优之事。于是，历史上一直低位运行的青楼小说走上前台，步入长篇通俗小说行列，狭邪小说从此崛起，成为言情小说创作主流。

道光二十九年（1849）《品花宝鉴》首次刊出，标志着狭邪小说正式产生，相继出版了十多部有影响的作品。根据它们在主题、人物、情节、叙事等小说基本组成要素的表现与变化特点，笔者将其大致分为四个发展时期：1849—1893 年为古典延续期；1894 年为重大转换期；1895—1911年为现代过渡期；1912—1943 年为转型完成期。

第一个时期，共有 5 部作品：邗上蒙人《风月梦》32 回，完成于道光二十八年（1848），首刊于光绪九年（1883），"申报馆丛书"排印本。陈森《品花宝鉴》60 回，至迟完成于道光二十九年（1849），同年刊出，刊本。魏秀仁《花月痕》52 回，大约完成于同治五年（1866），首刊于光绪十四年（1888），闽双笏庐刊本。俞达《青楼梦》64 回，完成于光绪四年（1878），同年刊出，"申报馆丛书"排印本。西泠野樵《绘芳录》80 回，完成于光绪四年（1878），同年刊出，"申报馆丛书"排印本。

　　狭邪小说之外，道光二十年（1840）至光绪十九年（1893）共刊行通俗小说 36 部：侠义公案 8 部，神怪 8 部，英雄传奇 6 部，才子佳人 5 部，《红楼梦》续书 2 部，历史演义 2 部，公案 2 部，寓言小说 1 部，儿女英雄 1 部，杂家 1 部。综观这些小说，传统类型虽在数量上还占一定比例，但与前一阶段一样，毫无新意，勉强支撑，正在走向终结。儿女英雄和杂家类的代表作品问世，但后继乏力。续写《红楼梦》的热情退潮。侠义公案类小说盛行。侠义公案小说的兴盛，反映了刚从民间兴起的文学样式或流派在发展初期都是蒸蒸日上、生机盎然的普遍规律。狭邪小说作为此时期的另一个创作中心，其创作情况及发展变化则全面体现了《红楼梦》以来古典范式的传承、调整及式微的过程，这都显示在其主题、人物、情节、叙事等基本组成要素的表现与变化之中。

第一节　真情主题占据主流

　　狭邪小说的第一个发展阶段，中国虽然跨入了近代历史时期，但整个社会还处在传统的笼罩之中，没有真正进入"近代社会"。诗文领域的新思想、新事物、新题材虽时有涌现，可其创作观念和实践整体上仍属于传统文学范围，变化缓慢而不明显。相对来说，面向下层社会的通俗文学更难得到近代因素的刺激和支援，推动小说发展变化的积极因素——作家的身份构成和知识结构、读者的阅读期待、统治阶级的文化政策、小说理论、出版者的择稿标准和印刷业的技术水平，基本保持原样，没有对传统的惰性力量形成压力。所以，承续千年来的言情小说传统便成为此时期狭邪小说创作的突出特征。当然，作为言情小说的新成员，它本身必然带有一些不同于以往的新面貌和新气象，对传统的外部结构进行一定程度的微调。这些微调若形成燎原之势，便会定型并与核心结构交换，造成传统的内部更新。传统更新的过程，就是转型的过程。第一阶段的狭邪小说正处于对传统的外围结构进行微调的阶段，它的表现，预示着言情小说甚至中国小说转型的可能路线和轨迹。

　　五部狭邪小说，四部在谈情。作者都是情本论的追随者，《花月痕》

和《绘芳录》的开篇即将"人生五伦之乐，皆可言情"的观点宣示了一番。"情之所钟，端在我辈。君臣、父子、兄弟、夫妇、朋友，性也，情字不足以尽之。然自古忠孝节义，有漠然寡情之人乎？"（《花月痕》第1回）"出身事君，鱼水之情；居家事亲，色笑之情；昆弟联棣萼之情；夫妇笃燕好之情；朋友有投赠之情；推之于日月、四时、虫鱼、花鸟，目见之而成色，耳遇之而成声，皆足怡我性、悦我情。"（《绘芳录》第1回）这些论调虽然没有多少新意，亦可说明他们作为汤显祖"至情说"、冯梦龙"情教说"的信徒，所秉持的情为万物根柢的人生信念。

晚明以来，言情小说在情本论影响下逐步扩大描写范围，从单纯的男欢女爱之情扩展到整个人生、人情，因为情始于男女，而流注于君臣、父子、兄弟、朋友之间而汪然有余。① 所以，言情小说在男女之情这条主线之外，于科名、宠遇、事功、孝亲、良友、子嗣多有涉及，以显示情无所不在的力量。青楼小说本有言情和尚德两大宗，至此，言情被突出，尚德则被整合到具体事件中去。言情小说就这样收编了青楼小说，开始打造狭邪小说的内容和主题。

"大抵人之良心，其发见最真者，莫如男女分上。"（《花月痕》第1回）狭邪小说所言之情无不以男女之情为发端。男女之情首辨"情"和"淫"，《品花宝鉴》《青楼梦》《绘芳录》《花月痕》均在开篇处即将情与淫区别开来，崇真情而黜淫邪，表明它们才子佳人小说正宗继承人的身份。可对于情之内涵，却有着不同的理解：《品花宝鉴》力捧纯情，《青楼梦》宣扬艳情，《绘芳录》畅言钟情，《花月痕》抒发悲情，各自发散。

专门描摹同性恋之情的小说可以追溯到元明中篇传奇《金兰四友传》，那是两个地位平等的文人之间的缠绵。文人与伶人的真情相恋，始自醉西湖心月主人的《弁而钗·情烈纪》，落难戏子文韵与穷书生云汉成为知己，生死相守，其情之浓烈，比异性恋有过之而无不及。《品花宝鉴》是此类作品的进一步发展，继承了其观念意识和描写方式。所可注意者，作者把具有职业卖淫性质的相公分出正邪来，既为职业，便与金钱发生关系。《品花宝鉴》之前的同性恋文学对此类行径全都嗤之以鼻，没有丝毫容忍空间。《品花宝鉴》却于此中揪出几个痴情种来，个中原因，一是当时的相公中确有品性超群者，如李桂官识毕沅于风尘之时，资助毕沅状元及

---

① （明）詹詹外史评辑：《情史》序，张福高等校点，春风文艺出版社1986年版。

第，并缔结终身之好的佳话便是一例。① 据说这就是作品中田春航和苏蕙芳的生活原型。二是清初以来，形成文人学士狎玩优伶的风气，干旦身份自然附骥尾而显。清初名士"王文简公、钱牧斋、龚芝庵、吴梅村辈，诗酒流连，皆眷王紫稼"②，他们为王紫稼写了大量诗歌，表达那深深的眷恋思念之情。阳羡词派领袖陈维崧与冒辟疆家的伶童徐紫云，演绎了一段缠绵悱恻的浪漫爱情故事。乾隆时期执文坛牛耳的袁枚亦是一生酷好男风，文集中有大量有关自己或别人与娈童相交的诗歌文章，有人认为他就是作品中假仁假义的侯石翁。书画大师郑板桥一生也离不开娈童陪伴，在《板桥自叙》中称自己"酷嗜山水，又好色，尤多余桃口齿及椒风弄儿之戏"③，甚至作了一篇改刑律中笞臀为笞背的千古奇文《与豸青山人》，引得素相攻讦的袁枚也大加称赏。④ 所以，《品花宝鉴》对待职业男妓的态度是有现实生活基础的，生活基础的变化影响到其观念的相应转变。

《品花宝鉴》所推崇的纯情，是不牵涉肉体欲望的精神相恋，有点柏拉图式恋爱的味道，这在第 10 回试探梅子玉对杜琴言之情的描写和第 13 回田春航视苏蕙芳为"宝友"的议论中做了集中交代。梅、杜之情纯洁无瑕、坎坷曲折、聚少离多、悲戚哀婉、细腻缠绵，更多理想成分，当得自才子佳人小说的滋养，也受到《红楼梦》的影响。田、苏之恋大刀阔斧、意气风发、畅快淋漓，正是红拂女、梁红玉识英雄于草莽传统的承续。《品花宝鉴》排斥情中之欲，把情提纯净化的一尘不染的观念，显然是步明代中篇传奇《刘生觅莲记》《双卿笔记》《怀春雅集》《丽史》《双双传》至才子佳人小说这条发展线索之后尘，概念化、道德化气息较浓，有脱离生活真实与情感真实之弊。

《青楼梦》一开始便批评近来的豪华子弟，好色滥淫，恃骄夸富，非艳说人家闺阃，即铺张自己风流，妄诩多情，实未知情字真解，意图通过

---

① 袁枚《随园诗话》云：李桂官与毕秋帆尚书交好，毕未第时，李服侍最殷。病则秤药量水，出则授辔随车。毕中庚辰进士，李为购素册界乌丝，劝习殿试卷子，果大魁天下。〔（清）袁枚：《随园诗话》卷 4，人民文学出版社 1960 年版，第 117 页。〕

② 徐珂编：《清稗类钞·优伶类·像姑》，中华书局 1986 年版，第 5094 页。

③ （清）郑燮：《郑板桥文集》，巴蜀书社 1997 年版，第 151 页。

④ 蒋敦复《随园轶事》曰：唯先生多外宠，则与先生有同嗜，余桃断袖中，自无不可引为知己。桥尝欲改律文笞臀为笞背，闻者皆笑之。先生语人曰："郑大有此意，惜断不能办到。然其所以爱护金臀者，则真实获我心矣。"〔（清）蒋敦复：《随园轶事·郑板桥》，江苏广陵古籍刻印社 1991 年版，第 17 页〕

男主人公的艳遇来诠释作者对情的痴、真、欢、离、愁、悲六种表现的认识。然而，作品过多沉溺于对金挹香与30多个女人之间旖旎缠绵、绸缪缱绻的反复描写，俗滥而又冶荡，非但没达到创作初衷，反而比"豪华子弟"们有过之而无不及。作者与评者梁溪潇湘馆侍者一再声称此书模拟《红楼梦》，实则这种占尽天下美女与富贵后肉体飞升的模式早已成型。首开风气者是明中后期的中篇传奇《天缘奇遇》，后继的《李生六一天缘》《传奇雅集》《五金鱼传》起而效之，《浪史》《巫山艳史》《闹花丛》等明清性爱小说推波助澜，遂成定式，《红楼梦》的续书亦有仿此者。此类艳想俗愿，疯狂而又可怜，展现了那个时代在热闹场中落寞的穷措大的蓬户呆望，本身已成体系。《青楼梦》集此体系之大成，囊括时人的所有世俗想望，其思想核心并不来自《红楼梦》，只是借助《红楼梦》的构思和情节予以强化而已。《青楼梦》之前的同类作品热闹多悲凉少，主人公大多在结尾时突然成仙，不像《青楼梦》用了近一半的篇幅描写悟道前的准备工作，反复强调繁华过后的失落，表达作者才不得施、情不得寄、人生如梦的慨叹，这一点应是受到《红楼梦》的启示。

　　《绘芳录》是半部狭邪小说，第44回以后，杂叙他事，已与男女之情无关。第44回以前，以祝伯青与聂慧珠有情人难成眷属的苦恼，构成男女之情的主线。二人一直保持着正正经经、坐怀不乱、连戏言都少有的纯洁友谊，情致绵绵，互相期许，等待步入婚姻殿堂。可是，伯青遇到了父不允、妻不容的困局，慧珠连"小星"的位置都争取不到，有情无缘，唯有愁苦悲闷，以泪洗面。这正是作者对钟情的理解："秦楼楚馆，随时狭邪；白首争盟，黄金买笑；间或得一知己，两两情浓，生死不易；若者虽非情之正，亦情之钟也。其余如朝暮阳台，沉酣云雨，则谓之淫。"（第1回）从思想的角度来看，《绘芳录》是5部作品最平淡无奇的，它集合了此前才子佳人小说和青楼小说的俗套，吸收了宝玉与黛玉的肠断秋风，借鉴了《品花宝鉴》的纯情观念，主题散漫，说明作者并无统一的创作思想。

　　《花月痕》具有强烈的个人抒情色彩，"名士飘零，美人沦落"，同声一哭。韦痴珠、刘秋痕哀婉凄凉的情感历程和人生悲剧在韩荷生与杜采秋功成名就、事事如意的衬托下愈发让人伤感，也使全书笼罩在悲凉的氛围中。《花月痕》的思想受《红楼梦》的影响极为明显，作者将《红楼梦》的主题概括为一个"空"字（第25回"影中影快谈红楼梦，恨里恨高咏绮怀诗"），韦、刘之恋便照摹这个"空"字，且比宝、黛之恋更"空"，是

"空"之"空"，因为作者所感伤的不是花落月缺之悲，而是花月不得有之的痕迹之悲（《花月痕》后序）。但作者却难以忘怀花开月圆之盛，以韩、杜之圆满寄托名士美人伉俪相携的愿望，又使得"空"而"不空"，执着人生，正是这个执着，愈发显出"空"的悲哀和无奈。应该说，《花月痕》于《红楼梦》的确心有戚戚，且有自己的思考和个性，是《红楼梦》后继中的佼佼者。

男女之外，这4部作品最热衷谈论的就是科举了。八股取士以来，读书人的出路只有科举一途，不仅个人前途系此一线，还承负着家庭乃至整个家族的期望，岂可等闲视之。但是，能在千军万马中杀出一条血路的人毕竟是少数，皓首制艺、老于牖下者比比皆是。已知的狭邪小说作者都是这条道路上历尽艰辛的失败者，只能借小说浇胸中块垒，让书中的主人公实现那遥远的梦。《品花宝鉴》中的梅子玉、田春航，《绘芳录》中的祝伯青、陈小儒、王兰、江汉槎，皆是一考即中，且是高中，全不费力。《青楼梦》中的金挹香亦是府试、乡试一路凯旋，只是无心恋战，放弃会试。《花月痕》里的韦痴珠少年公车，意气风发，随后却文章憎命，奔走游食，正是这个反差，造成了他的悲剧人生。

科举获麟，自然就要出仕。出仕则为官清廉，为君分忧，仕途顺利，升迁迅速，知府、学政、巡抚、总督、内阁学士，得之不费吹灰之力。官场得意之时，正是退隐山林之机，急流勇退，去过悠游山水园林，携妓东山的风流名士生活。子嗣们亦能光宗耀祖，少年科第，政声远播，成为世世簪缨望族。《青楼梦》对人世间所能得到的荣华富贵还不满足，更要肉体飞升，得道成仙，永远享乐。《花月痕》带着对人世蹭蹬的不甘，让韦痴珠成仙，令其子韦小珠少年及第。科举入仕之外，作者们还幻想着军功成名，以显示经世之才。《绘芳录》中的云从龙，《花月痕》里的韩荷生即是这种幻想的代表。他们均是科第蹉跎，却能在平定内患中建立奇功，封侯拜相，从另一途径获得成功，实现人生理想。这当是作者从同、光之间不由科第而以军功起家的左宗棠、郭崑焘、刘蓉等人出将入相中看到的希望。

祝伯青、金挹香声称自己淡泊功名，参加科举和出仕并不是自己的真实意愿，而是为了上报君恩和父母，下为封妻荫子。因为这些是"情"的更高级的映现，若只顾男女之情，没有上升到君臣、父母、妻子儿女之情，便是"私情"，非真正的我辈钟情。忠孝观念和家庭本位本是几千年来中国家族社会的核心观念，《绘芳录》和《青楼梦》没有丝毫突破，亦可理解。可是它们却假撇清，既难忘人生繁华，又为身处寂寞寻求安慰，令人感到矫情而非真情。这应是作者对贾宝玉批判功名利禄的拙劣模仿，画虎不成反类犬，倒不如《花月痕》汲汲于功名和事功来得真实。

人生活在五伦中，当然不能少了朋友之情。上述四部作品用了大量篇幅来描写朋友之间的亲密交往和相互帮助，大都是对传统"情义"观念的重复，未有突破性理解。

美妓、名伶之真情，功名、事功之报恩，父母妻子之封荫，良友之信义，构成了《品花宝鉴》《绘芳录》《青楼梦》《花月痕》的基本内容，透过这些内容，我们可以看出它们的核心思想完全属于中国传统观念，近代意识并未渗入其间。

与上述四部作品充满理想化的人生追求不同，最早成书的《风月梦》却面向底层，以写实的笔调揭露了妓女们的"虚情假爱"，抹去了青楼文学寄托在妓女身上的光环。月香迷骗陆书，桂林陷害吴珍，凤林轻离贾铭，巧云卷资魏璧，将妓家强笑假欢、以财利己、朝秦暮楚、卑污无情的伎俩做了形象的揭露。双林虽然真心对待袁猷，且为袁猷殉情，可正由于她的介入，使袁猷家庭破裂、纵欲身亡，其危害更甚。《风月梦》的男人们均是一般市民，他们没有上报君恩、下抚黎民的宏愿，也没有孝顺父母、封妻荫子的想望，只是混迹市井，谋食求欢，代表了现实生活中大多数人的生活状态。妓女之外，《风月梦》对朋友之义也失望之至，贾铭、吴珍、袁猷、陆书、魏璧5个结拜兄弟，只不过是寻花问柳的伙伴，只有酒肉友谊，没有多少情分可言。袁猷甚至借吴珍落难发了一笔小财，这样的损友，与恶妓一样，让人看到人心的险恶。

《风月梦》创作意图是"可警愚醒世，以冀稍赎前愆，并留戒后人，勿蹈覆辙"（《风月梦》自序），延续了《新桥市韩五卖风情》的劝诫主题，第一次把元散曲就已出现的直面现实、揭露妓女假丑恶的观念形态引入言情小说领域。《风月梦》虽然没有背离青楼小说传统，却颠覆了言情小说谈情说爱的正宗主题，言情小说的核心结构在主题方面首先遭到撤换。值得注意的是，入侵者并非新锐，而是与它同样古老的劝惩话题，两个老传统的对话和易位，拉开了言情小说转型的序幕。

第二节　名士与名妓的想象

人物塑造是小说创作的核心。人物形象的心理状态、行为动机、生活态度、鉴赏趣味和内心欲望，虽不能与现实生活中的人物等同，但作为更高级、更完整的经验的、想象的世界的主人，他们具有"应该"存在的情理真实性，也是小说"观点"的直接映射。

梅子玉、金挹香、祝伯青和韦痴珠有着共同的特征：读书人，才华横溢；易动情，情感丰富，充满同情心；品行超群，没有人格缺陷；追求事业、家庭、情感完美，充满男人的责任与梦想。

他们也有着各自占统治地位的性格特点。梅子玉专一缠绵，平生只有杜琴言一个"红颜知己"，为"他"魂牵梦绕，绝无他顾，频遭阴差阳错，受尽相思之苦。为了突出用情专一，作者只为梅子玉安排了简单的生活方式和冲突，使之成为一个性格单一的王孙公子，形象单薄浅显。

金挹香贪婪矫情。作为一个"假宝玉"式人物，他有占尽天下名花的奢欲，创小说人物占有女人之最，却无护花的本领和行动，唯以长跪不起和哭得死去活来表达所谓的真情，俗滥而造作。然后让众美英年早逝，在仙界永远围绕在自己身边。享尽人间富贵繁华，又要飘然飞升，长生不老，满足作者无止境的欲望和幻想，庸俗而浅陋。他身上集中了那个时代人们的全部梦想，是个概念化的，缺少必要真实性大全式人物。

祝伯青淡泊软弱。他与聂慧珠的交往，略似宝玉、黛玉，虽可以自由见面，总有无形的压力相伴随，不能畅快尽兴。与宝、黛不同是，他们始终淡然而处，凄然而别，既没有误会，也没有争吵，于平淡中显深情，但也缺少活力和生机，显得沉闷乏味。对功名富贵，他只满足于中举孝亲慰妻，不汲汲于高官厚誉，勉强做一任学政，即退居园林，奉亲教子，没有功成身退的念头。面对父亲的反对和妻子的冷嘲热讽，祝伯青没有任何挣扎的行动，甚至没有动过争取的念头，唯有沉默吞悲，软弱可怜。

韦痴珠志高落拓。他素怀经国济世大志，于平戎治国方略成竹在胸，然终不见用，不仅国事无预，家事也无能为力，甚至屡遭鸨儿白眼，无力保护一个弱女子。命运的捉弄与抗争，事业与情感的巨大落差，造成韦痴珠的性格张力。书生意气式的挥斥方遒终被现实击得粉碎，身死异乡。韦痴珠的悲剧既是自身性格的逻辑必然，也是现实生活的写照，与其他三人相较，丰满而有个性，人物塑造比较成功。

男主人公之外，四部作品在男配角的勾画上也花了不少笔墨。他们共同构筑了一个纷繁的男人世界，多侧面地传达作者的人生态度和生活观念。

《品花宝鉴》中的田春航傲骨痴情，潇洒不羁；徐度香通情达理，宽容大度；华公子奢靡济困，使气直爽；众名士风流倜傥，重情重义。奚十一骄横霸道，恶劣下作；潘其规猥琐胆小，贪婪小器；侯石翁虚情假意，落井下石。他们分别代表了情与欲两极，正邪分明，把作者的观点鲜明地表达了出来。但从人物塑造的角度来说，一目了然的人物，虽易于确定人物的身份地位和表现性格的鲜明性，往往缺乏深度和个性，流于概念化和类型化。最见作者人物塑造功底的形象不是这些正面或反面人物，而是亦正亦邪的魏聘才。魏聘才是穿针引线的篾片式人物，通过他将书中正邪两组人物勾连起来。他本是个角色人物，不是作者的主要刻画对象，但正由于他穿梭在两极之间，受到君子与小人的共同影响，使之性格中的精明圆滑与忍耐自立有机统一起来，具有复杂性和发展性，更符合人的本来面目。作为《金瓶梅》里应伯爵的"后裔"，魏聘才虽也善于见风使舵，溜须拍马，但比起应伯爵，多了一些骨气和自立精神，少了唾面自干的油滑和无耻。虽也有忘恩负义的小动作，但还不至于做出丧尽天良的苟且之事。应该说，魏聘才更接近生活中的帮闲角色，是古代小说帮闲人物的发展。

《青楼梦》中的邹拜林既是作者生活中的知己，也是本书的评点者，其形象自然具有浓郁的生活气息，于应酬日常琐事和跑腿说媒时尽显其幽默风趣的性格。但因为有这层亲密关系，邹拜林只能作为正面形象出现，不可能成为血肉丰满的人物。他积极参加科举并获成功，以及弃官悟道的举动，也许是生活中的邹弢的实践和理想，也是作者对朋友的期许。

《绘芳录》中的人物虽有主次之分，但作者在配角身上的用力并不比男主人公少，甚至第44回以后，配角们反成了主要描写对象，说明作者在每个人物身上都寄托了观念取向。陈小儒老成干练，属于治世能臣类型，在男女之事上恪守儒家本分，不与妓女们纠缠，有着儒门弟子的谨厚。云从龙科第蹭蹬，却以军功起家，位登封疆，他身上有股昂然向上、勇于担当的英气，为科举无望者扬眉吐气。王兰少年气盛，敢作敢为，为和洛珠结合，与妻子、岳父斗法，终获称心。作为祝伯青的对立面，王兰的斗争更加衬托出祝伯青的温吞和软弱。冯宝是个浪子回头型的人物,挫折虽多,只要有益友相助,自己收心向上,还不失为正人君子,做出一番事业,是作者劝诫意识的主要体现者。反面人物阵营由刘蕴挂帅,他与才子佳人小说中的拨弄小人一样,出身权贵,丧尽廉耻,欺压良善,寻衅滋事,受人捉弄,最终落得身败名裂的下场,是古代小说惯用的推进情节转换的结构人物。他的出现,将《绘芳录》与才子佳人小说紧密联系在一起。

魏秀仁认为《红楼梦》只写了个宝玉,其他人是代宝玉写生,钗、黛都是子虚乌有的人物。在人物塑造方法上,宝玉是正对,妙玉是反对,以妙玉反衬宝玉,暗中影射(第25回)。《花月痕》中的韩荷生正是作者模拟《红楼梦》人物塑造方法的创作实践。他一直作为韦痴珠的反对出现,如影随形,凡是韦痴珠不能实现的人生理想,都在韩荷生身上得到实现。事业上受到伯乐赏识,能够运筹帷幄,平叛灭贼,封侯拜相,功成身退。情感上红颜知己相伴左右,情意浓浓,永不分离。其性格和韦痴珠大致相同,只是少了一些执着,多了一份潇洒,是韦痴珠积极入世的“应该”写照。韩荷生是古代小说明确出现的影子式人物,这种人物塑造方式的灵感虽得自《红楼梦》的启示,却是作者对《红楼梦》独特理解基础上的有意识创造,并非邯郸学步式的模仿,具有人物塑造方法论上的意义。

《风月梦》以讲故事和表达劝惩观念为创作主旋律,没有人物塑造的自觉,人物描写分量比较平均,但人物性格在一些细节描写中却体现得非常鲜明。袁猷是贯穿全书的线索人物,以放高利贷为生。作品通过讨债、吃陆书游玩费用回扣、赚吴珍落难的银子、送双林对联等细节表现其生性刁猾和胸无点墨。但他对双林倒是一心一意,积极为双林排忧解难,临终把财产交给双林,并劝其另嫁,很有人情味,是个具有多重性格的人物。贾铭富于同情心,得知凤林的家庭负担重,便私下给钱让其补贴家用,却并不急着住夜,可见其色心不重。在贾铭心里,是把凤林当情人看的,颇多温情,负担起凤林全家的开销,可凤林却另攀高枝,头也不回地走了。交代凤林另嫁的第29回,是全书写得最好的部分,将贾铭欲留难留的矛盾心理及凤林的绝情干练之处刻画得相当到位,似有生活基础。另外,贾铭在朋友之义上大节不亏,只有他劝陆书早日回头,在资助陆书回乡时出银最多,其实,他与陆书的关系并不如袁猷密切。陆书是典型的纨绔子弟,忤逆长辈,无主见、无心计,唯以挥霍钱财与人结交,是风月场中最易上当的对象,梳拢月香不辨处女与否,做了整个妓院的摇钱树,难免财尽受辱。吴珍性格的附属标记是吸鸦片，随处开灯，一刻不离，终受鸦片之害，招来牢狱之灾。魏璧是两淮候补的公子，使气骄纵，作威作福，封船、发飙，一派衙内作风，不意被巧云诳骗，吃了个哑巴亏，很有反讽意味。这几个人中，贾铭用情，陆书施财，魏璧使势，都没有得到妓女的欢心，徒然伤心，可见妓女之无情。袁猷虽得到双林的真心，可闹得家破人亡，得不偿失，也见妓女祸人之不浅。吴珍被难与桂林的两面三刀有直接关系，可知妓女之不可信。可以说，五个男性形象的经历与结局，将作者的创作主旨较为清楚地揭示了出来。

一般来说，古代言情小说在人物塑造方面有"女强男弱"的规律，即女性形象大多比男性形象鲜活饱满。第一阶段狭邪小说塑造的妓女形象（包括同性恋的被动方）主要有理想型和现实型两种类型，她们总体上比男性形象塑造得更成功。

理想型妓女是青楼文学的传统形象。通过一代代文人的叠加，累积成为具有文化意义的文本意象：她们如花似玉，柔情似水，品德高尚，举止娴雅，独具慧眼，善解人意，精通琴棋书画、诗词文赋，才艺超群，散发出浓郁的艺术气质，其中的出类拔萃者甚至成为忠孝节义的典范，加上可怜可悯的悲凉身世和脱离苦海的诚意决心，得到文人尤其是失意文人的垂青推许。对于文人来说，青楼名妓既是女神，可以附着理想女性的一切想象及自己的人生追求，也是现实中可以自由交流的红颜知己，满足情感寄托和恋爱的感觉，性追求反而是次要的。

杜琴言（《品花宝鉴》）、聂慧珠（《绘芳录》）属于纯洁柔弱型，这类人物往往性格内向，多愁善感，情感专一真挚，与其贴心的常常是缺乏独立性和阳刚气的文弱书生。他们没有肉体的结合，只有心灵的契合，共同演绎悲戚的缠绵故事。

琴言虽为男童，但比女性更加美丽，"真是天上神仙，人间绝色。以玉为骨，以月为魂，以花为情，以珠光宝气为精神"（《品花宝鉴》第1回），只有女子中"清如浣雪，秀若餐霞，疑不食人产烟火食者"（第6回）的琼华小姐方可比拟。其实，作为梅子玉妻子的琼华只不过是陪衬琴言的正对而已，二人外貌惊人地相像，性格也至为接近，可知写琼华实际上是在写琴言，一笔两用。琴言出身音乐家庭，其父是制琴弹琴高手，被豪贵凌辱而死，母亦悲痛而亡，而他则被婶娘卖入梨园，童年经历使得琴言极端厌恶艺人生涯，"投缳数次"。心性高洁，内向倔强，不与狎客交接的性格，造成了许多磨难，正由于这样的性格，又让他的感情专一、细腻，忠贞坚定，唯以子玉为念。这些性格特征均以其标志性行为——"哭"得以体现：见子玉哭，不见子玉哭，受委屈哭，得赏识哭，悲伤哭，高兴也哭，情感在哭泣中流淌，生活在哭泣中忧伤，使得一个幽怨、自怜、不甘命运安排，又无力挣脱命运摆布的纯情干旦形象跃然纸上。这样的形象，我们似曾相识，那就是林黛玉。作者心中装着一个含泪的林黛玉，也让琴言时时以泪示人，虽然其形象因身份地位和生活环境的差异，与黛玉不能完全等同，有其个性在，但模仿黛玉的痕迹昭昭在目，不属于有独特价值的人物形象。

慧珠亦有林黛玉的影子，刻刻悲伤，知己灵犀，但她身上流露更多的是传统名妓的气质。情绪内敛，精通琴棋书画，卖艺不卖身，没有鸨儿牵制，渴望找到如意郎君从良。可她偏偏遇到了妓女从良常见的不见容于家庭的坎坷，命运多舛，屡经风波，最终勘破情关，回归仙位，又带上了仙话色彩，使其成为一个有共性而无个性的形象，是古代妓女形象中的普通成员。

与纯洁柔弱型相对照的是以苏蕙芳（《品花宝鉴》）、杜采秋（《花月痕》）为代表的侠骨柔肠型。她们识英雄于尘埃，主动积极地争取幸福，并不忸怩等待，豪迈之气中包裹着聪明机变。她们不仅是心上人生活中的贤内助，且是他们事业上的关键帮手。在苏蕙芳的资助和劝说下，田春航收心向学，春闱折桂。杜采秋更是巾帼不让须眉，亲自披挂上阵，助韩荷生成就平逆伟业。她们是作者对梁红玉式妓女的想象，传奇性和浪漫性是其最大特点。作为书中女主角的反对，苏蕙芳和杜采秋时时照应着杜琴言和刘秋痕，使女一号柔弱细腻、楚楚可怜的性格特点更加显豁，其本身形象的个性化水平并不突出。

汇集理想型妓女最多的作品无过于《青楼梦》，有30多个，类型也概括殆尽。"歌衫舞扇，前代有贵为后妃者。他如绿珠奋报主之身，红拂具识人之眼，梁夫人勋垂史册，柳如是志夺须眉，固无论矣。即马湘兰之喜近名流，李香君之力排阉党，风雅卓识，高出一筹……又况梨涡蕴藉，樊素风流，过虎阜而吊真娘，寓钱塘而怀苏小，胥属文人墨士眷恋多情之事也。"（第1回）作者意欲以上述名妓为蓝本设计人物，然才力殊不逮，没有塑造出一个像样的个性化或有类型标志的人物来，围绕着"眷恋多情之事"游玩享乐，热闹嘈杂，啰嗦重复，在女性人物塑造方面实无可取之处。

真正成功的，有影响力的和历史地位的作品必须塑造出属于自己的人物形象。这个形象必须独立于其他作品，具有个别性和标志性。这就需要创造与整个作品观念和兴趣相统一的"现实型"人物，理想化或类型化的人物只会使作品归入平庸的行列。《花月痕》之所以成为第一阶段狭邪小说的领军作品，与它成功塑造刘秋痕这一现实型人物形象关系甚大。

刘秋痕的生活原型是太原歌妓刘栩凤，她的出身更加悲苦，曾为婢女，又被匪掠，流落风尘，非其所愿。"性和婉，善解人意。每酒酣烛灺时，虽歌声绕梁，而哀怨之诚动于颜色。旋倾心于遢客，欲委身焉。以故多忤俗客，弗能得假父欢，益虐遇之。遢客坐是爱怜特甚，而以索价奢，事中止。姬亦遂抑郁憔悴，以病自废。"（《花月痕·栖梧花史小传》）《花月痕》通过秋痕将生活中的刘栩凤更加艺术化和形象化。秋痕一出场就与众不同，洒落大方，不与群妓争风，不向权贵献媚。平时"终是顾影自怜，甚至一屋子人酒酣烛灺，哗笑杂沓，他忽然淌下泪来；或好好的唱曲，突然咽住娇喉，向隅拭泪。问他有甚心事，他又不肯向人说出。倒弄得坐客没意思起来，都说他有些傻气"（第9回）。她一哀身世，再哀眼前，性格中卓荦不群的一面隐隐若现。吟诗作文非其特长，却擅画菊、艺菊，显其高洁品格，"工昆曲，尤善为宛转凄楚之音"（第7回），显其底层歌妓身份。作者在交代秋痕这些外部特征时，并无刻意拔高之弊，符合人物的生存现实。她的主体性格在与韦痴珠的交往过程一点一滴地显露出来。

看到痴珠旅途之萧条，听到痴珠坎坷之遭际，虽未谋面，已生可怜之心，说明秋痕虽身处下贱，却富于同情心，是个感情丰富的人。同病相怜之情使她与韦痴珠一见如故，她第一次开怀大笑，第一次大声说话，第一次为客人伤心落泪，第一次心甘情愿地弹唱，第一次送给客人礼物，那颗孤寂的心，终于感受到了生活的快乐和希望，可看出秋痕有着追求幸福的热情和浪漫，并不甘于沉沦。但他们一个是羁旅天涯，一个是身不由己，现实的困难使他们无法畅怀尽意，只能走一步看一步。秋痕每时每刻盼望痴珠到来，可每次见面又无不以泪洗面，那种悲中有喜、喜中含悲的情绪和氛围，将秋痕痴情真诚和不屈不挠的性格特点渲染得淋漓尽致。秋痕性格中坚贞、抗争的一面终于在狗头的欺凌和假母的荼毒中爆发，为痴珠守身，为痴珠挨打，为痴珠守清苦，为痴珠卧病，直至为痴珠殉情，完成了秋痕性格的升华。

秋痕的痴与哭虽有《红楼梦》以来的影子，但她的表现却有着自身的生活环境和性格特征因素，与整个作品的兴趣与风格相统一，现实性与艺术性相得益彰。在惯例的基础上有了进一步的发展，很有立体感，成为《红楼梦》以后言情小说所塑造的女性形象的佼佼者。

《风月梦》塑造的均是底层妓女形象，除了皮肉本相，没有才艺，没有地位，没有光环，挣扎在生存线上，代表了大多数妓女的生活状态，现实性和生活味更加突出。

月香狡诈无行。假装处女，口蜜腹剑，背后接客，当面撒泼，或主动出击，或配合老鸨，挤榨、欺负陆书，最终无情地将陆书扫地出门。桂林愚蠢胆小，经常受无赖吴耕雨敲诈，不敢反抗；不计后果、毫无保留地传递是非信息，不仅让唯一的长客吴珍身陷囹圄，自己也陷入泥潭，仓皇出逃。双林是个反差人物。作者似有让其成为正面人物的意图，情真意切，贤淑忠贞，知书达理，且把她送入烈妇祠。但这个人物的表现却与作者的创作初衷背离，只好在结尾处让她承担了破坏家庭、以色迷人的罪过，人物性格与作品观点矛盾分离，是个塑造失败的人物形象。巧云机巧善骗，周旋于新旧客人之间，几句话就让横行霸道的魏璧入彀，卷资回乡，将妓女骗人的伎俩发挥尽致。这三个人的性格有普遍性和概括性，但缺乏特殊性，并不鲜活。《风月梦》塑造的较为成功的女性人物，应属凤林。凤林久历风尘，成熟老练，自如沉稳，虽养家拖累重、吸鸦片花费大，并不死缠留客。看准贾铭心肠软，好施舍，便一心一意扑在他身上，施展床上秘术，拴住贾铭的身心。平时相处，也是淡然往来，不耍心眼，不主动要钱，且能与贾铭的妻子相处融洽，比起双林搞得袁猷夫妻反目，凤林的手腕的确更胜一筹。她两次尽心竭力地侍候贾铭的肮脏之病，甚至舔咂眼中脓血，说明凤林对贾铭是有真感情的。但她为什么瞬间判若两人，绝无他顾地另嫁而去？这正反映出凤林成熟干练的性格底色，也使凤林成为一个现实感凸显的人物形象。面对贾铭不能娶，自己的家庭如火坑的现实，凤林怎能幻想未来？早就买下一个女孩为将来打算，如今有人能给她提供新生活的保障，自然不愿放弃。再者，凤林是和贾铭商量着嫁了自己，可见，在凤林心里，贾铭是她生活中的好伙伴或朋友，而非情侣。她对贾铭的感情更多的是感激而不是爱恋，有了更好的伙伴，另攀高枝也是理所当然。这全是现实生活的应对，剔除理想，落到实处，合理而又必然。凤林这个形象有很好的底子，可惜作者才力不继，在描写凤林远嫁的情景时，过多突出她狠心无情的一面，而对人物行为的必然性和心理复杂性方面着力不够，轻易失去了一个塑造出更有韵味，更经得起推敲的形象的机会，也失去了提升作品档次的机会。

通观第一阶段狭邪小说的人物形象，既有性格没有随着情节的变化而发展的静态型类型化人物，也有属于映现作品观点和情趣的个性人物，更有大量的背景人物。他（她）们的行为、趣味、欲望构成了多姿多彩的情理世界，一定程度上反映了作品产生时代人们的生活状况和理想追求，是有价值和意义的。但是联系那个时代的历史实际，除了吸鸦片，我们看不出他（她）们与前辈的生活距离和变化。文人们在富贵功名之外，企盼情感慰藉，他们把这股恋爱冲动挥洒在声色场所，或心满意足，或垂头丧气，或细腻缠绵，或悱恻悲凉，寻求红颜知己和心灵交流是其主要目的，继承了几千年来文人风流传统，未有突破。市井细民在平康中呼朋唤友，嬉戏玩乐，正是一般生活经验的铺展，倒可见出底层社会的人情世态。当我们看到薛真娘、苏小小、梁红玉等历史名妓的身影时，那些美貌纯情、品质高尚、才艺超群的优伶妓女便给人以似曾相识之感。她们的音容笑貌虽异，但精神气质类同，如同名画的复制品，没有独立价值。作为男人浪漫想象的产物，她们被定格在抽象的理想化位置，成为模特式人物，而那些虽不完美但有个性气质的人物如刘秋痕、凤林之类，却散发着生命气息和历史信息，成为她们之中的亮点。

从形象构成来看，才子佳人小说所确立的文人气质的男性形象占了绝对比重。女性形象由闺阁小姐下移至北里娇娃，一定程度上摆脱了才子佳人小说的规定性，精神面貌、生活场景都有了新变化、新气象，可她们受传统名妓事迹的制约，难以形成独立的形态，树立新的标准。所以，他（她）们在整体上仍属于"旧人"，缺乏新的精神气质和理想追求。值得注意的是，他（她）们中显露出"新人"的萌芽。刘秋痕虽是跳出火坑型妓女形象的延续，但她的坚定性和斗争性特征，来自于独特的生活经历，与同类型的妓女区别明显。《风月梦》集中暴露底层妓女的生存状态和世俗本色，虽不成功，但毕竟是新视角，对后来的狭邪小说具有启示性，新形象呼之欲出。

人物塑造方法是小说创作中最难突破的环节，不外乎肖像、语言、行为举止、心理描写这几个部分，如果人物形象的性格和观点没有新意，苛求突破性，便有些不近人情。五部作品没有横空出世式的人物，其形象塑造技巧自然了无新意，大都有历史线索可寻。总体上，《品花宝鉴》《绘芳录》《青楼梦》《花月痕》继承了文人化小说程式，语言文雅，举止得体，按部就班，在心理描写方面颇有成绩，更多得益于《红楼梦》的滋养。《风月梦》的口语化和市井气息则与话本关系密切。具体形象上，女性形象的直接模仿对象无过于《红楼梦》，哭是杜琴言、聂慧珠、刘秋痕的典型附属标记，明显模拟林黛玉，《风月梦》在人物外貌服饰的描写中笨拙呆板地借鉴了《红楼梦》的手法。也许贾宝玉式的叛逆形象真如旷谷幽兰，难以追步，男性形象只有金挹香的哭闹和歪缠，得见宝玉的影子，其他人都是才子的嫡系，举手投足间透出书卷气和修齐治平理念，向往着佳人垂青。具体手法上，古典小说在性格和形象塑造上的基本技法都有运用。最常用的是对比法。杜琴言与苏蕙芳一柔一刚，聂慧珠与聂洛珠一软一辣，杜子玉与田春航一细腻一豪爽，是反衬法；韩荷生、韦痴珠与杜采秋、刘秋痕两组人物宾主相得，明暗相生，是正衬法的拓展，也是"绿叶扶花法"的实践，按照作者的意图，全书其实只写一个韦痴珠，其他三人都是陪衬。这种方法也存在于《品花宝鉴》《绘芳录》和《青楼梦》的主要人物与次要人物的关系中，不过表现得明显琐碎，缺少《花月痕》的整体性和含蓄性。其他如皴染法、扬抑法、弄引法、白描法、以景写人法、移干绘枝法、宾客避主法、背面敷粉法等，在具体人物的刻画上，屡有应用，非本文主旨，就不展开详细讨论了。

第三节　梦与诗构筑的浪漫情节结构

叙事文体的主题思想及人物塑造都是在故事的讲述中完成的，故事的叙述结构及事件之间的因果关系构成情节结构形式。从叙事学的角度来看，第一阶段狭邪小说在叙事时间采用连贯叙述，在叙事角度上采用第三人称全知视角，在叙事结构上采用情节为结构中心，继续着古典小说的叙事传统，无须申论。但从具体作品来说，它们既有共同之处，差异也不少，这些差异一些是对已有情节模式的偏好，一些是建立在创作实际需要基础上的创造，需做细致的辨析。

当我们看到《青楼梦》《风月梦》这样的书名时，就知道作品与梦相关。其实，《品花宝鉴》和《花月痕》也无不与梦相关，而且，梦是全书的最大关目，托起全书的整体结构框架。

　　梅子玉和杜琴言第一次邂逅便有似曾相识之感，脉脉传情，原来，他们的缘分早在梦中前定。琴言进京前一夕，梦见在梅林游玩，陷入深坑，得美貌少年救助，寻觅中得一玉质的梅子（第5回）。这一梦定终身，梦境的预言贯穿全书，梅、杜的情感及生活轨迹一直沿着梦境的结局指引，因此，琴言的这个梦构成了全书的主线。此外，每到情节转折之处，也离不开梦的提示。两人三次见面都是一闪而过，无缘聚谈，在徐子云撮合之前，琴言屡屡梦见与子玉同笑、同哭，送别、谈心，甚至同唱《惊梦》（第10回），以具体化梦境预示二人见面之后的情感历程。梦中情形果然一一应验，初次定情，琴言破题儿第一次笑了；此后便好事多磨，一面缘悭，惹得二人牵肠挂肚，病体恹恹，涕泪涟涟，应了同哭；少有的几次相见，促膝谈心，何等畅快，应了谈心之兆；琴言随屈道翁出京，拭泪相送，正是送别之验。琴言否极泰来之时，也是通过梦境指点前生将来（第56回）。子玉的相思之苦和纯洁情感亦通过第53回的梦境表达，可见梦在全书中的地位。梦惊散，终将圆，梅、杜苦尽甘来，长相厮守，成就一段奇缘。

　　《品花宝鉴》模仿《红楼梦》的地方很多，如人物性格刻画、园林描写、开篇模糊时间、作者的故弄玄虚等，但其以梦为情节核心的手法却不是来自《红楼梦》，而是直承《牡丹亭》。书中有多处提及《牡丹亭》，初次介绍琴官，又是杜丽娘还魂的形容（第2回），琴言的梦境与杜丽娘、柳梦梅之梦极为相似，琴言最拿手的曲目是《惊梦》，也是在唱《惊梦》的过程中与子玉眉目传情，就是二人的名字，也有借鉴杜丽娘和柳梦梅的痕迹。

　　《品花宝鉴》的情节展开完全取法戏剧技法。首先是生旦开场，第一回梅子玉出场，第二回紧接着杜琴言上场，以下围绕二人推动故事进程，是典型的生旦为纲的传奇程式。其次，作品基本上按照正邪人物轮流上场的方式推进，这种正邪交叉的结构形式，正是传奇冷热相间结构形式的照搬。另外，正邪两条主线之外，作者安排了李元茂、孙嗣元、孙嗣徽三个小丑式人物，插科打诨，极尽丑诋，这在小说可有可无，可在戏剧，却是调节气氛、吸引观众的不二法门，不可或缺。

　　《品花宝鉴》之所以有"别开生面"之誉，依笔者看来，主要在于它在一定程度上摆脱了以《红楼梦》为代表的言情小说情节结构模式，从戏曲中吸取经验，给读者耳目一新之感。

　　《青楼梦》处处模仿《红楼梦》，基本构思和情节都可以在《红楼梦》中找到蓝本，尤其是梦境描写反复出现，成为作品的主题性象征，可以归入《红楼梦》仿作的范围。《青楼梦》于第 1、3、11、12、31、53 回 6 次写梦，除第 11 回梦花神思凡、第 53 回指点破案外，其余 4 梦是《红楼梦》第 1 回和第 5 回的分拆，其内容也是作者梦中得书、书中人物前生为仙童仙女、下凡历劫、终回仙宫，为情节发展举纲。当然，《青楼梦》对梦境的描写过于坐实，也过于倚重，使之成了现实的必然归宿，削弱了象征性意味，与《红楼梦》的虚灵跳脱不可同日而语。《青楼梦》虽然出场人物众多，但都是男主角金挹香的陪衬，全书仅仅围绕金挹香一人展开情节，属于单线结构。单线结构虽有紧凑、明了的优势，但情节线索单一，容易平铺直叙，缺少波澜，这是为文之大忌。此外，《青楼梦》还犯了叠床架屋、拖沓啰嗦的毛病，与《红楼梦》以男女恋情带动家庭生活乃至辐射整个社会的圆形结构相差不啻千里，难免皮毛之讥。

　　《风月梦》对《红楼梦》写梦的意义理解至为肤浅。第 1 回以梦中遇月下老人、过来仁授书模仿《红楼梦》第 1 回，但徒具形式而已，没有引领全书的作用和象征意义，也没有交代主要人物来历。以下所写与第 1 回基本没有关系，只是结尾处让过来人唱了一曲仿照《好了歌》的《烟花好》，勉强算首尾照应。《风月梦》的第二个梦出现在第 10 回，双林梦与袁猷游园，见一对鸳鸯被打死，预示了二人的结局。这两个梦不足以承担作者的劝惩意图，也与全书内容游离，但其以梦收束全书的意识是明确的，只是没有贯彻到位。《风月梦》没有绝对主人公，五对人物在书中所占比重大体相当，因此，其情节结构属于多线推进型，五条线索交叉成网格状，倒还完整，没有支离破碎之感。

　　同样是学《红楼梦》，《花月痕》就高明了许多。与《红楼梦》一样，《花月痕》也是在第 5 回描写梦幻，以签谱和梦中碑文预示人物行踪和命运，成为引领全书的最大关目，以下所写，就是这一签一梦的应验。这一签一梦在第 19、24、25、32、36、40、51 回反复出现，指挥情节推进。另外，作者随时让书中人物做梦，来交代人物关系和情节转折。第 7 回荷生之梦和第 36 回采秋之梦，分别说明采秋、秋痕，荷生、痴珠合二为一的关系。第 32 回秋痕梦狼追，预示韦、刘好事结束，噩梦接踵的转换。第 41 回痴珠梦秋心院女鬼和秋痕落水，不久秋痕自缢。第 43 回痴珠梦游仙境，交代了主要人物的前生及今世结局。第 44 回秋痕梦痴珠

死，突出二人灵犀相通，跛脚梦秋痕成仙，交代秋痕结局。《花月痕》在
5 部作品中写梦最多，有关系全局的草凉驿之梦，有交代人物关系的身
份模糊之梦，有预示情节发展的征兆之梦，对表达"人生如梦"主旨，
展开故事进程起到了关键作用。《花月痕》强调梦的作用的创作手法，颇
得《红楼梦》真谛，可其结构形式却没有模仿《红楼梦》，而是自成一
格。作品塑造了两组人物，情节也沿着两条线索发展，但是，韦痴珠和
刘秋痕是现实的，韩荷生和杜采秋是理想的，即韦、刘是实，韩、杜是
虚，似可归结为一条线索。可现实与理想同时出现，互为犄角，虚线的
作用并不比实线小，又不能简单地视为一条线索，所以说，《花月痕》的
结构可概括为虚实重叠并进型。这种结构类型应是《花月痕》的首创，
它没有一主一副型清晰，又比单线型复杂，是整部作品最具创造性的地
方，丰富了古典小说的结构类型。

　　《绘芳录》学习《品花宝鉴》的地方不少。如慧珠与祝伯青的未婚妻
素馨相像，出自琴言像子玉的妻子琼华，苏蕙芳像田春航的妻子苏小姐。
伯青对待相公金梅仙、柳五官的情态及众名士护持窦琴官等 6 个干旦的举
动，都是《品花宝鉴》的遗响。作者对戏曲也很熟悉，开篇即云："暇日
无事，遍阅诸家说部，如《西厢》《还魂》《长生》《琵琶》等书，写得淋
漓尽致，无非发挥一个情字。"（第 1 回）对《红楼梦》也心有戚戚，"即如
稗官野史，说部诸家，一言于才子佳人，情而生者，情而死者，比比皆
然。《牡丹亭》魂归月夜，死犹不忘。《红楼梦》肠断秋风，生偏多憾"。
（第 20 回）所以，对梦在情节转换中的作用也有所认识。慧珠期望落空，
梦入仙境，观览双面宝镜，受一僧一道点化，得知前生身后事，从此一心
向佛，澄明见性，欢然解脱，这明显是受《红楼梦》影响。此梦将伯青与
慧珠的感情历程分为两节，前为痴情，后为绝情，从二人关系发展线索来
说，具有转折意义，是个重要关目。由于作者缺乏明确的结构意识，看似
存在私订终身、小人挑拨的主轴，但整个篇章杂糅松散，没有一线贯穿，
弱化了决定主人公命运的重大情节结构在全书中的地位和作用，使得《绘
芳录》中的梦的重要性没有其他作品突出。

　　情节本身又是由较小的叙述结构即插曲和事件组成。相对于整体结构
框架，五部作品的次要情节构件的相似度更加明显，它们大体由宴会、游
玩、诗词曲文、园林、灯谜、酒令、笑话、花选、论学、花榜、神道等形
式构成。见下表：

	品花宝鉴	青楼梦	绘芳录	风月梦	花月痕
诗	39	161	30	18	208
词	6	3	5	2	14
曲	6	6	8	21	4
文	19	19	7	9	17
对联	30	16	6	2	28
灯谜	51	9	0	32	29
酒令	13	5	6	1	10
笑话	3	5	3	1	0
论学	2	0	2	0	1
花榜	8	24	0	0	10
宴会	19	8	18	4	19
游玩	1	3	5	3	1
园林	怡园 10，锦春园 4	2	1	0	榆园 4，寄园 1
神道	5	7	7	0	5

列表说明：

诗词曲文以内容完整为准，残句残篇不计，引用前人作品不计。

对联不计妓女室中楹联。

酒令以事件出现次数为准，具体数目过于庞大，未做统计。

宴会只统计大型聚会，小型聚会和清谈不计。

神道指神仙鬼怪正式出场显灵，不计梦境。

这些情节组成了作品的血肉，构成了作品的显著特色。从小说形态流变角度来看，基本没有脱离古典小说的范畴。

诗词曲文入小说可以追溯至唐传奇，代有发展，一直是中国古典小说的民族特色之一。这个特色在这五部作品中表现得依然抢眼：首先是数量庞大，占每部作品的篇幅很多，尤其是多人联句、唱和及长篇文章有时占据整回甚至多回。其次是频率加快，四项合计，《品花宝鉴》70 篇，《青楼梦》189 篇，《绘芳录》50 篇，《风月梦》50 篇，《花月痕》243 篇，对照其回数，几乎每回都有它们出现，《花月痕》更高达平均近 5 篇，直追明中期的中篇传奇小说，有伤小说体裁之嫌。最后是各体兼备，诗有律、绝、古体、歌行等，词则长调、小令间出，曲既有完整戏剧，如《花月痕》最后一回把全书用戏剧形式再次演绎了一番，也有出自妓女之口的民间小调。文章有信札、八股、官府告示、圣旨、骈文、赋、奏议、降表、碑文等。

游玩不外逛灯会、游湖、上山入寺，反映中国传统节日的活动形式和氛围，灯谜就是灯会的产物，这也是古代小说经常描写的内容。

酒令、笑话、唱曲是宴会的组成部分，通过宴会集中表现人物，推进情节发展是古代人情小说常用手法，但多次描写大规模宴会，在宴会上作诗联句、大玩酒令应是《红楼梦》开启的。

同样，把人物聚集在大型园林，屡次描写园林景色的手法也是来自《红楼梦》，《品花宝鉴》第 46 回，《绘芳录》第 47 回甚至完全仿照《红楼梦》大观园的写法。

《风月梦》之外的 4 部作品热衷于长篇累牍谈论学问、诗艺、琴棋书画技法，吸收了清中期出现的杂家小说的特点。

志怪是中国小说的源头之一，以神仙鬼怪表达善恶观念和终极理想是古代小说惯用的手段。《风月梦》以外的作者把虚妄荒诞的神道写得煞有介事，天宫地狱，成仙遇鬼，灵异妖术，算命相面，阵前斗法，无不给人津津乐道的印象，可见时人的神秘观念和传统小说的势力。

五部作品因题材关系，也有不同于先前小说的情节。首先是将花榜引入通俗小说。品评妓女的花榜始自嘉靖隆庆间，晚明其风甚炽，然无人长篇小说者，《品花宝鉴》《青楼梦》《花月痕》十分看重花榜的作用，使之成为介绍人物基本情况的主要手段。

其次是对相公寓所和妓院陈设的描写。理想型作品大多遵循以景写人的方法，能达到情景融合的境界，然特色不明显，唯《风月梦》比较纪实，室内标志性陈设是有一幅首字嵌妓女名字的楹联和烟榻。

最后是吸鸦片。奚十一（《品花宝鉴》）是烟土大王，吴珍（《风月梦》）烟枪一刻不离，《花月痕》有专揭鸦片之害的长诗《鸦片叹》（第 31回）。妓院已成了鸦片传播的最大渠道，"目下时兴鸦片烟，在这些玩笑场中更是通行。但凡玩友到了这些地方，不论有瘾没瘾，会吃不会吃，总要开张烟灯，喊个粉头睡下来代火。那有瘾的不必说了，那没瘾的借着开了灯，来同这粉头说说笑笑，可以多耽搁一刻工夫。今日吃这么一口两口，明日吃这么三口四口，不消数日，瘾已成功，戒断不得"（《风月梦》第 1回）。俗妓更是深受其害，"闻诸父老：二十年前，人说鸦片，即哗然诧异。迩来食者渐多，自南而北，凡有井水之处，求之即得……至青楼中人，则什有八九。遂令粉黛半作骷髅，香花别成臭味。觉岸回头，悬崖勒马，非具有夙根，持以定力，不能跳出此魔障也"（《花月痕》第 31 回）。《风月梦》中的妓女均程度不同地沾染鸦片。而且，鸦片之易得，也成为妓女自杀的新方式，章如金吞烟自尽（《绘芳录》第 51 回），钮爱卿吞烟斗假母（《青楼梦》第 20 回），这些都成为后来狭邪小说的主要情节内容。

《风月梦》写鸦片和唱曲最多，诗、词、宴会、酒令最少，文虽不少，多是短札，没有长篇大论，而园林、神道、花榜、论学却未见踪迹，这一多一少一无，正预示了狭邪小说的未来走向。从艺术成就和历史影响来说，《风月梦》比不上《品花宝鉴》和《花月痕》，但就促进狭邪小说转型的层面来说，成书最早的《风月梦》却直接影响到后来的狭邪小说创作，其价值不可低估。

第一阶段狭邪小说的内容与主题所津津乐道的泛情论、功名富贵、忠君孝亲、家庭荣耀、劝善惩恶等观念，既是传统社会生活的核心追求，也是古代小说一以贯之的主题。大部分人物形象属于传统类型的延续，还未成功地塑造出紧贴现实、个性鲜明的成熟"新人"形象。人物塑造的方法技巧也停留在既有程式范围，难觅新意。叙事方式和情节结构安排都紧守门户，按照已有模式布局谋篇，无论主要情节结构，还是具体情节构件，除了可以按图索骥，相互间也有高度的相似性，说明它们有着共同的体系框架。因此，我们可以说，第一阶段的狭邪小说整体上属于古典小说中的一员，并不具备近代小说的元素。

任何事物的性质变化都不可能一蹴而就，都有一个渐变的过程，总是先从部分甚至微小的地方开始，慢慢衍化，逐步扩大，佐以适合的环境和时机，最终完成整体性质的转变。第一阶段狭邪小说不同于以往作品的地方虽不多，但细究起来，也有一些，且这些看似无足轻重的差别，却积细流成江河，成为影响狭邪小说甚至言情小说转型的重要因素。

最明显的是题材的变化，青楼文学由来已久，大多记录杂事琐闻，演绎成为长篇小说自《品花宝鉴》始。通俗言情小说向以闺阁小姐为主角，至此变为北里娇娃，敷陈艳迹，铺张艳情。作为青楼文学与言情小说合流而产生的新的小说类型，狭邪小说一方面充实提升了青楼文学的深度和广度，将累积了千百年的青楼文学条理化、形象化；另一方面，拓展了言情小说的创作空间，描写范围由家庭转移到风月场所，活动空间扩大，社会反映面更加广阔。应该说，狭邪小说的问世，为题材老化枯竭的言情小说开辟了新的出路，为中国小说的转型提供了必要的支持。

二是情感表达丰富，情感价值取向多元化。五部作品虽在题材和内容描写上接近，情的观念也未超越情本论的规定性，但对儿女之情的理解却各有侧重，纯情、痴情、悲情、艳情、欢情、虚情、薄情、邪情，各尽其性，并不仅仅囿于未婚男女慕才恋色一途，提供了多层次、多向度的情感表现，发散了情的内涵。情可施之于君臣父母妻妾子女，可施之于闺中小姐、清白女儿，亦可施之于干旦和妓女，张扬婚外情，挑战传统道学，这在言情小说中是一个不小的突破，施情对象和情的价值观更加多元，扩充了情的适用范围，扫除了创作此类题材作品的观念性障碍。

三是新人形象萌芽。第一阶段狭邪小说的大多数人物未摆脱才子佳人旧套，没有出现精神气质迥异的"新人"，但干旦、妓女作为形象类型第一次集体亮相通俗小说舞台，不论演出成功与否，毕竟是新面孔，带来了新的生活气息，假以时日，经过打磨，她们的后辈中必有脱颖而出者。另外，她们中的刘秋痕（《花月痕》）、凤林、月香、桂林（《风月梦》）表现底层妓女的酸甜苦辣和心思活动，贴近生活，原汁原味，新气象已露头，启发后继者的形象创造的角度和灵感。

四是情节结构出现新形式。《花月痕》创造了虚实重叠并进型的结构形式，使作品的包容性和复杂性增强，艺术性随之提高，给古代小说提供了新的结构类型和艺术实践，惜后继无人，没有形成模型优势，进一步扩大影响力。但有艺术追求的作者可以从中得到创新意识启发，创造出有艺术底蕴的结构形式。抽鸦片、争花选等一些符合妓家生活的情节构件亦出炉。它们在现阶段虽属非常次要的情节，但随着写实性作品登上主流地位，它们将成为不可或缺的主要描写内容和情节构成，更真实地反映妓女生活，确立狭邪小说的主体性特征。

五是叙述风格分野明显。《品花宝鉴》《绘芳录》《青楼梦》和《花月痕》属于理想型小说，它们承袭了言情文学尤其是《红楼梦》的抒情、浪漫、感伤、唯美的叙述格调，渲染情的理想成分，摹绘柔情，风雅缠绵，文人化、诗文化，是古代小说雅化的延续。《风月梦》重在纪实，继承话本传统，叙述口吻市井化、口语化，突出通俗性和民间性，尤其是将苏白、扬白与官话熔于一炉的语言风格为方言小说兴起提供了先例，大量运用对话和白描手法写人叙事也校正了静态抒情和作者现身介绍模式的乏味。

六是《风月梦》的开风气之先作用。在第一阶段狭邪小说中，《风月梦》是孤独的，长期积压在书箱，问世后也没有引起人们的注意。如果说其他4部作品是传统言情小说的传承，《风月梦》则标志着言情小说传统的式微。

它第一次将笔触伸向了妓家风月的阴暗面，放逐理想，面对现实，抛弃青楼文学和言情文学对儿女之情的幻想，展示底层妓女的困苦生活，揭示生存危机逼迫下的虚伪狡诈。面向下层，便把世俗妓女评价观念和劝惩主题引入了言情小说系统，引起不同传统之间的交流和更替。

它最早从现实需要角度审视妓女和嫖客行为，塑造出生活化、职业化、市侩化的人物形象，勾勒出世俗型、生计型人物类型轮廓，他（她）们的面目在后来的狭邪小说中越来越清晰。

它较早觉察到鸦片的危害性及它在人们日常生活尤其是寻欢场所中的普及性，把它作为重要的情节线索贯穿全书。后来，妓女与鸦片如影随形便成了狭邪小说的标准化情节。

它避开优雅的叙事节奏，直接取法生活原声，借鉴"说话"腔调，引进方言土语，打破言情小说占统治地位的雅化叙述风格，近俗就俗的叙述风格成为后来狭邪小说的自觉追求并发扬光大。

《风月梦》的出现，传递出一个明确的转折信号。《红楼梦》把通俗小说雅化到极致，物极必反，新一轮小说发展开始经历俗化运动，有的从民间起步，如侠义公案小说，有的由雅返俗，狭邪小说就是如此。《风月梦》就代表了这个转折，当然，事物的发展都是曲折的、反复的，对传统与惯例留恋的作品在它问世之前便已完成，使这个转折显得势单力薄，隐而不彰。但是，出世十年后，它所倡导的回归现实、迹近真实的创作理念便结出了硕果——《海上花列传》出版了。

第三章 寂寞的巅峰——《海上花列传》

　　1894年是不平凡的一年，甲午战争爆发，中国意想不到地败在了日本手下，历史进程由此出现了剧烈震荡。狭邪小说乃至中国小说也在这一年界临拐点，同年4月韩邦庆的《海上花列传》64回刊行。《海上花列传》的艺术性得到了众多研究者的一致认可，被誉为19世纪中国小说的艺术巅峰，是《红楼梦》以来最成功的小说。的确，《海上花列传》的个性化人物塑造、"穿插藏闪"结构、吴语对白、冷静写实风格都达到了精湛的程度，可以当之无愧地站在19世纪中国小说艺术的最高成就领奖台。韩邦庆的创新意识还不局限于小说艺术的创新，他创办了中国第一份小说杂志《海上奇书》，用来登载自己创作的小说作品，成为第一个摆脱出版机构控制，独立发行小说的作家。他花大价钱在《申报》上刊登广告，推销《海上奇书》，成为最早具有商品意识的作家。他最早描写上海的光怪陆离，成为第一部反映上海生活的都会小说，遥领海派文学风格。诸多率先，使《海上花列传》被认定为现代通俗小说的开山之祖。①

第一节 生活新体验与劝惩主题的貌合神离

　　《海上花列传》写上海堂子里的事。他们的生活单调而又重复，不外吃花酒、打茶围、坐马车、逛公园、吸鸦片、碰和、听戏几件事，除了坐马车、逛公园具有上海特色，其他活动都是传统项目，只是商业化色彩更加浓厚。比如，妓女出局与《花月痕》所描写的太原情形相对照，基本一

---

　　① 参阅范伯群《中国现代通俗文学史》第1章第1节，北京大学出版社2007年版。栾梅健《论〈海上花列传〉的现代性特质》，章培恒、胡明、梅新林主编《中国文学古今演变研究论集二编》，上海古籍出版社2005年版，第659—673页。

致，也是有叫必出，到则唱曲、侑酒，不同的是，上海倌人只代酒不吃饭，可以中途转局。这不吃饭和中途转局，说明客人与妓女之间的非固定性商业关系更加突出，妓女的职业化程度更高了。倌人们也常常以做生意称呼自己的行当。

既为生意，买卖双方首先遵守的是商品交换规律。客人局账清楚，倌人周到服务；客人可以同时做几个倌人，倌人也可以有多个客人；倌人不计较客人的学问，客人不关心倌人的才艺。其次是遵守职业道德。对客人来说，再熟也不能闯房间、吃醋、发飙，漂账更是为人所不齿，信用全毁，难以在风月场立足。妓女则随着身份地位高低有所区别，野鸡、花烟间、台基之类为贩夫走卒服务者，唯一的要求是不可传染性病；长三、幺二的禁忌要多一些，主要有三条——姘戏子、轧马夫、养恩客，不仅塌自家的台，连带客人受辱，长客更是颜面扫地。

交易关系是妓女与嫖客最本质的关系。入清以来，取消官妓，开放私妓，妓女产业得到空前发展，南京、苏州、扬州都是著名的风流渊薮，其商业化程度居于各行业前列，形成了一系列本行业的陈规和惯例。这些我们在前期的狭邪小说中已略见一斑，只是那些羞于言利的文人们很少去捅破这层窗户纸，且把风尘女子视为情感寄托的对象，以特例替代普遍，予以美化，致使读者只能看到满篇卿卿我我、节义忠贞。其实，这只是遮蔽或提纯了妓女与嫖客的关系，并不意味着传统社会的妓女与嫖客的交易关系弱化。经过近50年的发展，19世纪90年代的上海已成为中国最大的商业城市，商业化水平与世界接轨，言利不言义，赚钱是第一要务，没人关心赚钱的途径和职业的高低贵贱。妓院是领有执照的公开营业场所，妓女缴纳捐税，也受到租界当局的监督和保护，完全进入职业化甚至专业化的层面，在商言商，其思想观念和行为方式在传统基础上有所变化，更加强调金钱纽带，亦属正常。

妓女们不觉得吃把势饭是丢人的事情，没有整天想着跳出火坑，诸金花屡遭毒打，也没有萌生退意。她们接待职业多元的客人，从不介意客人的学问才学，自己也没有成为才妓的打算，对诗感兴趣的文君玉便成了众人嘲讽的对象。嫁人是遥远的，眼下急迫的是学会做生意，成为红倌人，俘获一个有钱的长客，狠敲竹杠，方显手段本领，沈小红之于王莲生、黄翠凤之于罗子富、周双玉之于朱淑人，莫不如此。周旋于不同客人之间，随机应变，更见功力，黄翠凤把罗子富、钱子刚玩弄于股掌，姚文君、孙素兰成功摆脱赖公子纠缠，比之赵二宝就技高一筹。这些都是缺少施展手腕平台和空间的传统妓女难以轻易做到的。

韩邦庆虽然也是科举失意文人，但他并没有走传统失意文人坐馆入幕的老路，而是当了《申报》编辑，自由撰稿，自食其力，成为职业文人，并具有小说商品化的自觉意识。他不会去刻意掩盖妓女与嫖客之间那赤裸裸的金钱关系，不会幻想婊子只谈恋爱、不爱钞票，如实记录了上海滩风月场所的风气变化，揭破妓女与嫖客的本质关系。

当然，这个变化是基于上海社会生活的变迁，还是具有浓厚的传统色彩，并没有受到所谓洋妓带来的西方式直接皮肉交易关系影响。直接皮肉交易不需要洋妓传教，低档妓女与底层嫖客早就进行着实践。高级妓女则不一样，首先得有熟客引荐，绝不可能一见面就上床，吃过几台酒，碰过几次和后，如果她愿意，经过媒人牵线头，方才留宿，若不愿意，客人难以近身，这是传统名妓遗风。其次，对她们的职业道德要求带有浓厚的中国特色。敲竹杠、骗财、假处女、挖墙脚、争风吃醋都属于正常范围，就像买到赝品古董自认倒霉一样，没人去指责和追究。但是，若与戏子、马夫有染，就是自贬身份，被人耻笑，说明她们依旧背负着传统的等级关系，更重要的是，这样的行为严重损害了正式客人的尊严，令他们往往避之唯恐不及。至于养恩客，损害了老鸨的经济利益，当然严加防范，更为关键的却是客人极为不满，认为拿客人的钱去倒贴其他客人，违反了买卖双方的角色定位和公平性，且伤害了出钱客人的面子，亦受到客人们的一致抵制。这些完全是中国式的观念，在西方文化中是不可想象的。

金钱是妓女与客人首当其冲的纽带，但他们的交易毕竟直接面对的是人而不是货物。人是有感觉和感情的，这就使他们之间存在着或正面或负面的情感纠葛，给金钱涂抹上了一层人性的外衣。《海上花列传》的成熟、伟大之处，就在于它既不像《品花宝鉴》《青楼梦》《绘芳录》《花月痕》之类作品，把风尘人物捧上天，夸大情感的绝对力量，忽略其职业规定性，也超越了《风月梦》过多强调"婊子无情"的老话，充满冷漠与狡诈，缺乏人与人之间的情感维系。

洪善卿和周双珠的关系最为简单。洪善卿视双珠为生意场上的部件，应酬叫局，获取信息，她的房间如同善卿的办公室，处理他赚取王莲生跑腿费的事，住夜只是偶尔为之，王莲生离开后，善卿就不大去双珠那儿了。双珠亦没把善卿看作情人，没有动过与他长相厮守的念头，虽然他是唯一的长客。双珠是老鸨周兰的亲生女，具有半个掌柜的身份，不怎么接客，主要处理内部事务。娘姨阿金通奸引起家庭纠纷，她要周旋，讨人间的矛盾，她要调停，某种程度上她就是个实习鸨儿。双珠利用善卿给讨人拉生意。双玉刚来，善卿就介绍给王莲生，后来又撮合给朱淑人；淑人为双玉开苞，也是善卿怂恿；淑人另娶，三人同谋，狠敲了朱家一笔。二人的关系可以用生意上的伙伴来定义，即使是这样的关系，他们之间也存在着朋友式的情感，每次见面相当自然，来不迎，去不送，谈话平和亲切，相处融洽自如，而且相互信任。善卿对双珠家的内务介入很深，双玉取名、双宝出嫁、出头与朱家交涉等，双珠对善卿那连赵二宝都看不起的生意也了如指掌，却从不臧否。

　　王莲生与沈小红是一对相处多年的情侣，沈小红有点厌烦了，姘上了武生小柳儿，王莲生也想换一换口味，做起了张蕙贞，也有刺激不想嫁他的沈小红的意思。沈小红对王莲生的性子了然于胸，撒泼打闹，要钱之外，意图用强悍手段将王莲生拉回自己身边，要不是东窗事发，张蕙贞的温柔手腕未必成功。看不出沈、王之间有多少爱情因素，起码沈小红没有嫁王莲生的意思，而且早就背着王莲生姘戏子，吸引他们的是虐恋的体验。泼辣的沈小红把懦弱的王莲生当作长不大的孩子，教训中流露出怜惜，释放母性和职业压抑。王莲生从沈小红那儿享受嗔怒的关怀，不声不响地听沈小红的责备、哄骗、唠叨，时不时被指一下、戳一下、拧一把、掐一把，然后收拾睡下，得到被管教的满足。他们的情感就在这阴阳错位、反客为主的游戏中日渐加深。坚强的沈小红听到王莲生娶了张蕙贞，大病一场，虽然她不想嫁给他。至于王莲生，已陷入虐恋的快感中，对沈小红产生了不自觉的心理依恋。自欺欺人地回避怀疑，毫不吝惜地大把花钱，报复性地另娶他人，折磨性地叫沈小红的局，这些消极的反抗，终究抵不住内心的牵挂，听到沈小红境遇凄凉时"无端吊下两滴眼泪"，他的情感迸发了，但也结束了。

　　罗子富与王莲生有着相似的心理期待。相好了四五年的蒋月琴实在太老了，已是和老前辈屠明珠年纪相仿的老倌人了，也该换人了，何况蒋月琴也想着还他自由（第15回）。不经意间听到黄翠凤降伏鸨母黄二姐的故事，动了会一会风尘英杰、尝一尝另类风格的好奇心，这一脚踏进去，就再没回过神来。黄翠凤一开始就给他上了手段，不要金镯子，拿了个装票据的匣子，拴住罗子富的身。罗子富在钦佩中等待黄翠凤与老相好钱子刚翻云覆雨结束，而那是他们的定情第一夜。黄翠凤实在没把罗子富放在眼里：黄二姐借钱，她问子富要，却叮嘱钱子刚切不可给黄二姐借钱；借出局和钱子刚幽会，给钱子刚省钱，却让罗子富独守空房。虽然钱子刚也是占小便宜吃大亏，为黄翠凤布置自立门户后的家生、衣裳、头面少不了三千块，但毕竟比罗子富被黄翠凤联手黄二姐敲诈去五千块顺气。罗子富其实并不糊涂，他不是不知道黄翠凤打他的主意，黄翠凤开口要五六千的赎身费用时，他便在沉默中予以拒绝。但是架不住打心眼里佩服翠凤的智谋和勇气，甚至有点欣赏其用在自己身上的心计，下不了及早抽身的决心，终受欺诈。罗子富是典型的花钱买欺负，自讨苦吃，自投罗网，甘心充当弱者，愿意被敬佩的人利用，正是落花无情、流水有意这句话的有力注脚，这也许是只有在堂子里才能体会和满足的另类情感。

葛仲英与吴雪香干脆在堂子里过起了家庭生活，整天如小夫妻般斗嘴。吴雪香担当起妻子的责任，规劝、限制葛仲英在堂子里玩乐；两人开玩笑、耍小脾气、拉家常，有说不完的话，亲如一家人，竟真的生了儿子，幸福美满。与他们的结局相反，陶玉甫与李漱芳这对痴情男女想步入婚姻殿堂却是难上加难。陶、李二人用情之深不亚于宝玉、黛玉。李漱芳殚精竭虑地关心玉甫，即便在病中，还时时派浣芳及娘姨大姐服侍陶玉甫。陶玉甫也是报以无微不至的关怀。为了漱芳的病，玉甫可以说用尽心思，但还是解不开漱芳当不了正房的疙瘩。其实，漱芳是死在了玉甫手上，漱芳对做偏房本无意见，倒是玉甫一心要让漱芳做正房，却又没能力摆平家庭阻挠。漱芳先是配合，后来却真的坚持起来，抱定宁为玉碎、不为瓦全的信念，香销玉殒。他们成为堂子里的深情典范，留下了一段凄楚的佳话。

周双玉没有李漱芳那么较真，她也曾对朱淑人抱有幻想，为他守身，可迷恋肉体的朱淑人比陶玉甫还窝囊，连给哥哥说明真相都不敢。周双玉迅速清醒了，由喁喁儿女转变成刚烈悍妇，了断孽缘，带着受伤的心，开始新的生活。

情场上受伤最深的莫过于赵二宝，这个刚从乡下来的女子，质朴中掺杂着野心，想一步爬上官太太的宝座，摔得最惨。她是唯一重情不重钱的倌人，主动免了史公子的千元局账，借贷置办嫁妆，除下牌子，专候迎娶，她没想到遇上了最会伪装的骗子，全书便在她破灭的梦中结束。

金钱、肉体、情感、欲望，千百年来上演在妓女与嫖客之间，错综复杂。韩邦庆待在堂子里观察、记录这群红男绿女的可愕可叹、可悲可喜之处，梳理出清晰的线索。堂子首先是个生意场所，不仅为倌人与客人提供交往空间，也为倌人与倌人、客人与客人提供公共活动空间，游走其间的是金钱和利益，这是基本前提，由此，造就了堂子的特殊环境。这个环境暂时隔离了正常的伦理观和道德观，羞耻、信义、是非、善恶统统扭曲变形，职业道德负起监察责任。吊诡的是，它的正当性却间接来源于礼法，男尊女卑、上下等级、角色固定是衡量倌人职业化程度的标志，客人经受的是度量和修养的考验，也不失为一种历练。除了朱淑人、赵朴斋那样的青春期少男，肉体欲望并不是大多数嫖客的追逐目标，情感满足的欲望似更强烈，因为这里提供了比家庭更具冒险性、刺激性和丰富性的实践舞台。异性朋友、角色倒置、钩心斗角、家庭气氛、痴情真心、虚情假意、平淡长久、逢场作戏，种种男女之间可能发生的故事，都能在这里演出。难能可贵的是，《海上花列传》将其间的关系处理得圆整透脱，水乳交融，于平淡自然中展开情境，维持它们之间的微妙平衡，拿捏到位，劲道十足，不做概念化和议论化敷衍，不借传奇化和陌生化取巧，不以淫亵秽污之笔媚俗。作者花费如此大的心血去摹写这些堂子里的日常生活，命意何在？

《海上花列传》开门见山点出主题：过来人现身说法，劝戒冶游子弟。也在《海上奇书》封底的导读中强调"此书为劝戒而作"，"阅者深味其言，更返观风月场中，自当厌弃嫉恶之不暇矣"。这个类似《风月梦》的老套主题似不足以概括全书的闳深，张爱玲就认为这是一部描写"禁果的果园"的杰作。这并不奇怪，凡是伟大的、经典的作品，其主题永远众说纷纭，我们也不在这里深究，姑且尊重作者的夫子自道，毕竟这是第一说。不论劝戒说是作者的真实创作意图，还是障眼法，基本事实是作者不敢轻视这个根深蒂固的古老命题，没有挣脱小说创作传统的羁绊。

从上文对《海上花列传》的内容解剖和主题探讨中，可以看出，它整体上还是运行在古典文学的轨道上，变化当然是有的，那是基于上海社会生活环境的变化。作者提炼真实生活并糅入个人经验和感受来创作，没有反抗传统的自觉意识，更不是直接受到外来文学的启发。所以，就文学转型的驱动力来说，现实生活的决定作用永远是第一义的，不具有清晰直接的转型目标和理论自觉，混杂交错是常态，我们不能以今天的"现代文学"形态去"证明"所谓的历史必然性。

第二节　传统拱卫下的艺术创新

相对于摇摆纠结的主题思想，《海上花列传》的艺术创新更加自觉，也是作者时常引以为豪的。

韩邦庆对他笔下的人物是如此熟悉，几笔就勾勒出轮廓，然后慢慢填充血肉，增加厚度和深度，使之活起来、立起来。作者在《海上奇书》的例言中曾云："第廿二回，如黄翠凤、张蕙贞、吴雪香诸人，皆是第二次描写，所载事实言语，自应前后关照。至于性情脾气，态度行为，有一丝不合之处否？阅者反覆查勘之，幸甚！"

且看吴雪香，关于她的故事并不多，但作者并没有潦草放过，对她憨直的模范小妾特点是反复渲染。她第4回出场，与葛仲英"唧唧哝哝地咬耳朵说话"，根本不理会酒桌上的事，沉浸在二人世界中。第5回，葛仲英与王莲生在张蕙贞处便饭，她很快就跟了过来，与张蕙贞拉家常，阻拦葛仲英多喝酒，催葛仲英回去，这些都不符合堂子里的规矩，如同妻子管束丈夫。第6回，果然挑明吴雪香自家人的身份认同，并以开玩笑的方式暗示她为葛仲英生孩子的愿望。她的客人不多，整天跟定葛仲英，寸步不离。第22回，没有觉得客人在买首饰事上骗她的吴雪香还是与葛仲英"恩爱缠绵，意不在酒"，使得大伙草草终席，回应第4回的情形。散席后，吴雪香对不帮她说话的葛仲英不依，继续他们家庭生活般的调情方式，延续着第5、6回的情调。第47回，众人恭喜怀孕，她却说出了一篇养大养不大、养好养不好的感慨来，真有祝人家小孩满月，说小孩将来要死的不通世事的味道，把她的憨直性格做了最后的升华。

胡适先生给张蕙贞的评语是"庸凡"，似乎有点走眼。张蕙贞是典型的外忠内奸式人物，作者用皮里阳秋的手法对此类人给予了辛辣的嘲弄。她长得"满面和气，蔼然可亲"（第4回），别人开她玩笑，也是一笑了之，口齿笨拙，不会还嘴（第4回，第6回）。被沈小红在明园痛打一顿，王莲生却先去安抚沈小红，她倒能自我排解，吃亏忍让。面对沈小红针锋相对的挑衅，她从不还击，也不点破沈小红姘戏子的丑事，反而劝王莲生满足沈小红要求，并求善卿帮忙。这一切看似懦弱无能的表现，实则是她早已制订的以柔克刚计划的一部分。沈小红闹得越凶，她得到的越多，从幺二升格为长三、一切调头费用来自王莲生，"打扮得浑身上下簇然一新""比先时更自不同"（第 5 回），"金珠首饰奕奕有光"（第 22 回），作者在此过程中只轻轻地点了一句："房间里齐齐整整，铺设停当。莲生满心欢喜，但觉几幅单条字画还是市买的，不甚雅相。"（第 5 回）张蕙贞的庸俗之处便暴露无遗。沈小红事情败露后，张蕙贞的本相也彻底曝光，她想都没想就同意了王莲生赌气娶她的提议，说明她早就等待着这一天，心理准备充足。瞒哄沈小红的计策亦是成竹在胸，迅速得到了企盼已久的小星位置。计划得逞后，便自鸣得意，忘乎所以，公开嘲笑沈小红，"蕙贞得意到极处，说一场，笑一场"（第 41 回）。而此时，她已经与莲生侄儿在苟合。最后，作者带着极为厌恶、鄙视的感情色彩，让她再次皮肉受苦，痛快淋漓，一抒胸中恶气，也让她在不光彩和羞辱中退场。通过张蕙贞，作者一方面批判了那些表里不一、面善藏奸之辈，也对幻想"妓女贞洁"的理想主义者予以当头棒喝，极具劝讽效果。

不仅是吴雪香和张蕙贞，《海上花列传》的主要形象在性格统一性方面，的确都做到了"前后关照"，保持一致，可见出作者严肃认真的创作态度和对人物形象的把握能力。

应该说，小说保证某个人物的统一性格并不难，也体现不出作者的创作实力，搞不好会掉入塑造出类型化人物的陷阱。真正难的是区分相近性格人物的个性，做到同中有异，各显气质，那才臻于妙境。作者对此有着清醒的认识，他在《海上奇书》例言中提到合传体有三难，首要就是"无雷同"，"一书百十人，其性情言语面目行为，此与彼稍相仿，即是雷同"。

《海上花列传》有三个"悍妓"——黄翠凤、沈小红、周双玉，她们的共同之处是厉害、凶狠。黄翠凤把鸨母治得服服帖帖，甚至下跪求饶；沈小红敢于在公共场合撒泼打闹；周双玉以死相逼，令朱淑人胆战心惊。但她们的差异亦很明显，反映了不同的禀性气质：黄翠凤是辣而无情，沈小红是泼中含情，周双玉则是狠心绝情。

黄翠凤是风月场上的强者和征服者，举手投足充满自信和气势。她强硬对抗黄二姐，赢得主动地位，黄二姐成了她时常教训的对象，也赢得了在堂子里的威望，没人敢和她争风。针对习惯于奉承、巴结的客人，她反其道行之，咄咄逼人的气势给人眼前一亮的效果，生意反而更好。她对客人相当挑剔，且追求绝对控制权力，罗子富要当场与蒋月琴断交，钱子刚竟然做到了让太太为他们幽会把风的程度。根据客人性情，她采取不同的策略，玩弄于股掌，对钱子刚是舍小取大，对罗子富是撩拨加压服。她想做的事，必须做到，也一定能做到，赎身费用说是一千，就是一千，多一块都不给，让罗子富拿五千，不给就让你火烧眉毛，乖乖投降。她性格的主体是刚烈泼辣，辅之以理智成熟、伶牙俐齿，对客人绝不投入感情，使她能够在上海的风月场里扬名立万，纵横捭阖。

沈小红也是一个泼辣的主，把王莲生治得俯首帖耳，可最终落得个门庭冷落的下场，原因是她过于性情，缺少黄翠凤的理智和算计。沈小红是感性的，不计后果地恋上戏子，且百折不回，其实她很清楚她与小柳儿是不会有结果的，她只重视眼下的快乐。受小柳儿鼓动，马上到公园对张蕙贞大打出手，把自己也搞得"蓬头垢面，如鬼怪一般"（第10回），失分不少，可见她是一个完全情绪化的人。对于相知多年的王莲生，她过于自信，单一使用高压手段，总想着蒙混过关，且老让王莲生花钱表忠心，连王莲生身边的朋友都看不下去了，失败是迟早的事。她对姘戏子这样重大的事情都没有想好退路，事发后，在铁的事实面前，还一味说谎，显见是个胸无城府、外强中干式的人。她的泼辣，只是真性情的瞬间爆发，不做思量和考虑，惹得黄翠凤和金巧珍十分看不上眼。

双珠说双玉像沈小红，其实双玉要比沈小红有理性得多。双玉从见人"羞得别转脸去，彻耳通红"（第3回）到有预谋、有计划敲诈朱淑人，也就几个月时间，成长得着实快，是块吃堂子饭的好材料。她聪明、好胜、喜斗、傲气，对生意不好的双宝毫不留情地打击。她曾对浪漫爱情抱有极大幻想，并努力争取，从四目暗对、相约访艳、交换定情物到肌肤相亲，她都是积极主动，经历了一段美好的恋爱生活。守身待嫁之时，猝然听见淑人定亲的消息，她不动声色地应付客人至天晚，才和鸨母计划敲诈朱家，并顺便将眼中钉双宝打发出门，然后自导自演了一出共赴黄泉的假戏，了却情缘。这样冷静、果断、决绝、干净利落的处置手法，沈小红是做不来的，倒更接近黄翠凤，但比黄翠凤少了一层世故，黄翠凤从一开始就不会相信堂子里会有"爱情"的细胞。

用合传体的方法写出同类性格的个性区别，是《海上花列传》的自觉艺术追求。除了上面三人，我们还可在天真的李浣芳、林翠芬身上看到前者的烂漫无邪，后者的略通人事。在吴雪香、葛仲英和金巧珍、陈小云两对夫妻式人物身上发现前者新婚热恋式的柔情蜜意，后者老夫老妻般喜忧共进退。在洪善卿、庄荔甫、陈小云三个生意人身上见到或势利吝啬或勤苦节俭或谨慎怯懦的差异。在高亚白、方蓬壶、尹痴鸳、华铁眉四个读书人身上呈现着高蹈博雅、酸腐庸俗、牢骚放诞、多谋寡断的气质类型。这样的例子还有很多，就不一一列举了。

合传体首创于《史记》，是史家笔法的核心，影响古代小说深远，共性与个性的统一是《水浒传》以来古代小说人物形象塑造方法的优秀传统，也是古典小说美学的最高范畴。古典小说中能努力践行，并达到这个境界的作品并不多，《海上花列传》迎难而上，并取得了巨大成功，的确是近代小说的精品，也是古典小说的骄傲和标杆。

"无雷同""无矛盾"是作者明确指出的人物塑造原则，其实《海上花列传》还充分借鉴了古典小说在人物塑造方面的其他经验。如对比法：沈小红、张蕙贞及蒋月琴、黄翠凤分别争夺同一个客人，于攻守、强弱转换中尽显本来面目。李漱芳、周双玉、赵二宝都梦想当正妻，各人的想法和做法却不尽相同，性格的差异性便在这些不同中展现出来。卫仙霞、马桂生面对姚季莼妻子的盘查，各施硬软手段，进攻与退守的性格倾向性判然而别。姚文君、孙素兰、周双珠、赵二宝都遇到赖公子的纠缠，前三人各有脱身之术，唯赵二宝惨遭毒打，老练与稚嫩的对照显豁。如借树开花法：黄翠凤折服黄二姐的故事由陶云甫讲述，既介绍了翠凤的脾性，也省得追叙。李漱芳和陶玉甫的倔强性格也是在其他人多次交流中渐渐清晰。周双玉和周双宝闹矛盾的事及二人的性情，多由双珠和洪善卿对话过程中讲述、评论。施瑞生的"石灰布袋"脾气是通过陆秀林的嘴点明。华铁眉多谋寡断的特点由朱素兰泄漏。如绵针泥刺法：杨媛媛屡劝李鹤汀少赌，看似关心，实际上她正是骗赌集团的主要成员，杨媛媛劝赌的话越诚恳越显其奸诈，于"褒"中寓"贬"。如皴染法，贯穿全书的人物都是先见轮廓，然后在情节发展过程中一点一滴充实、清晰起来，最终立体地站在读者面前。

以上只是略举数例，可以看出《海上花列传》对这些古典小说最为成熟，也最为常用的人物塑造方法的娴熟应用。

《海上花列传》的结构形式是"从来说部所未有"的"穿插藏闪"法："一波未平，一波又起，或竟接连起十余波，忽东忽西，忽南忽北，随手叙来并无一事完，全部并无一丝挂漏；阅之觉其背面无文字处尚有许多文字，虽未明明叙出，而可以意会得之。此穿插之法也。劈空而来，使阅者茫然不解其如何缘故，急欲观后文，而后文又舍而叙他事矣；及他事叙毕，再叙明其缘故，而其缘故仍未尽明，直至全体尽露，乃知前文所叙并无半个闲字。此藏闪之法也。"

"穿插"法颇似现代剪辑技术，对于以群体而非以主人公或重大事件为描写对象的作品来说，这种方法有效避免了零散杂乱、互不相干的弊端，加强作品的整体性和统一性。同时，也避免了对每个组成单元一气呵成式叙述的枯燥和平直，线索交叉勾连，复杂错落，造成波澜起伏、层层荡漾、连绵不绝的效果。与此相适应，作者放弃了传统章回形式，将每回开头的"话说"和结尾的"欲知后事如何，且看（听）下回分解"代之以"按"和"第×回终"，加上整部作品戛然而止的结束，颇具现代意味。这些变化都在西方长篇小说翻译、引入之前产生，提醒我们注意传统小说沿着自我轨道运行所可能出现的走向。另外，这种方法使作品的容量也大为增加，把许多没有正面描写的内容都在交代关系的过程中得以提示，"如写王阿二时处处有一张小村在内，写沈小红时处处有一小柳儿在内，写黄翠凤时处处有一钱子刚在内"，明暗相生，句句照应，饱满厚实。

"藏闪"法的目的是给读者造成突然感，但它又不追求传统的惊奇效果，而是要引起读者探索欲望，明伏暗渡，时断时续，不到终篇，不揭谜底，让读者在反复翻阅、对照、思考中提高阅读兴趣。这是对传统的小说依赖传奇化情节吸引读者的彻底抛弃，由紧张型转向悬念型，开辟了中国小说情节结构模式新类型。

"穿插藏闪"结构形式的确新颖独特，创新精神自不待言，但它并不是凭空而来，而是在继承传统的基础上创造性发展的结果。

作者交代"全书笔法自谓从《儒林外史》脱化出来"。其实，《海上花列传》的结构方式不仅仅借鉴了《儒林外史》，而且广泛汲取了古典名著的创作经验，得到了古典小说直接的、多方面的滋养。比如，《海上花列传》虽然头绪众多，却并无一丝挂漏的主要原因是它融入了草蛇灰线法技巧。作品的主要人物在前3回大都现身，有的正面出现，有的侧面提及，像赵二宝的年龄和没有定亲的情况、黎篆鸿来沪、黄翠凤唱曲代酒、阿巧在卫仙霞处不如意等，都为后来的情节进展铺设好起点，不使后文凌乱突兀。情节暗中运行、反复设疑，为揭开谜底蓄势，这是叙事养题法的精髓。沈小红姘小柳儿的事情就是叙事养题法的成功运用，从第9回，小柳儿报信，沈小红拳翻张蕙贞，到第33回，王莲生醉酒怒冲天，中间多次通过张蕙贞、洪善卿之口和王莲生的隐约怀疑，二人的关系被层层包裹，越传越紧，最后"抖包袱"的效果便相当理想。正因为描写沈小红、小柳儿的叙事养题法有效配合了描写沈小红、王莲生的穿插藏闪法，才使全书精神团结之处的沈、王故事更加摇曳多姿、韵味悠长。频繁转换情节是"穿插藏闪"法的主要特色，要使"忽东忽西，忽南忽北"的情节中断和跳跃不致令人眩晕茫然，必须有不露痕迹、天衣无缝的过渡技巧，这就需要金针暗度法来帮忙。《海上花列传》在这方面可谓费尽心思，才没有产生割裂做作的硬伤。作者自述："此书正面文章如是如是；尚有一半反面文章，藏在字句之间，令人意会，直须阅至数十回后方能明白。"这与把情节置于幕后，于空白处给读者留下想象余地的避实就虚法何其一致。《海上花列传》的故事纷繁庞杂，又没有什么关系，把它们折叠在一起的最好方法就是靠人物出场来带动、打通，这正是连引法的功能。此外，梦在《海上花列传》里并不占结构性位置，但其以梦开头，以梦结尾的方法却让我们看到《红楼梦》的影子。

《海上花列传》的主要故事发生在堂子里，比起前一阶段的狭邪小说，它对妓院生活的描写场面多且集中，更切合题材的要求。作者明确反对脱离主要描写对象，涉猎庞杂的写法，"彼有以忠孝，神仙，英雄，儿女，赃官，剧盗，恶鬼，妖狐，以至琴棋书画，医卜星相，萃于一书，自谓五花八门，贯通淹博，不知正见其才之窘耳"。这些都是包括第一阶段狭邪小说在内的 19 世纪小说的显著特征，作者不屑为之。但是，韩邦庆还是经不住传统的诱惑，从 38 回开始，把主要场景移往犹如世外桃源的"一笠园"，其对一笠园景物环境的描写一如《红楼梦》以来的手法。张爱玲说："有些地方他甚至于故意学《红楼梦》，如琪官、瑶官等小女伶住在梨花院落——《红楼梦》的芳官、藕官等住在梨香院。"① 赵景深云："但有一个地方似是《海上花列传》受了《品花宝鉴》的影响，就是：《品花宝鉴》叙徐子云有一座怡园，许多名士、名旦常来居住；《海上花列传》也叙齐韵叟有一座一笠园，许多名士、名妓常来居住。"②

场景迁移，人物身份、活动内容随之起了变化。官场清客、世家子弟、文人墨客成为主角，游园、宴会、写诗、作文、赏花、行酒令、过节日、放烟火这些传统小说描写项目又占领阵地。据笔者统计，第 38 回后，

<hr/>

① 张爱玲译注：《海上花落·国语本〈海上花〉译后记》，哈尔滨出版社 2003 年版，第 304 页。
② 赵景深：《〈品花宝鉴〉考证》，王俊年编《中国近代文学论文集·小说卷》（1919—1949），中国社会科学出版社 1988 年版。

有诗 2 首、散文 1 篇、骈文 1 篇、行酒令 6 次，另外，第 33 回有词 2 首、行酒令 1 次，虽然其数量比前阶段狭邪小说要少得多，却反映了它们之间的血缘关系。需要指出的，《海上花列传》对于书中人物的文学活动描写限于文人墨客，牢牢把握住倌人不作诗的原则，对妓女不作理想化处理。唯一喜欢诗的文君玉是嘲讽对象，其酸腐之处与方蓬壶相伯仲，他们共同成为作者抨击、讽刺在新闻纸上写诗捧扬妓女者的靶子。

在园林里，客人与妓女发生的故事也与在堂子里不同。"《海上花》里一对对的男女中，华铁眉、孙素兰二人唯一的两场戏是吵架与或多或少的言归于好，使人想起贾宝玉、林黛玉的屡次争吵重圆。"① 周双玉和朱淑人在园子里携手徜徉、共捉促织，一起经历浪漫爱情的甜美，这种开心自由、清新纯粹的境界在嘈杂的堂子里永远找不到。颇有侠妓之风的姚文君也只能在园子提供的宽松环境里野一把，获得文人的宽容和欣赏，充分释放天性。这些都有回到传统言情小说"失实"的危险，作者虽把它们又一一关回笼子，但已对"专叙妓家，不及他事"的创作初衷构成冲击。

细细比对，《海上花列传》借鉴前人小说的地方还有很多。如小赞学诗套用香菱学诗，李漱芳性格似晴雯，第 18、19、20、42 回文笔雅洁如《红楼梦》，赵朴斋初见陆秀宝时局促不安的情形很像《风月梦》第 7 回里描写的乡下进城少年穆竺，第 40 回叙放烟火与《品花宝鉴》第 9 回相似，姚文君智斗癞头鼋正是苏蕙芳摆脱潘其规纠缠的翻版，齐韵叟的师爷马龙池绝似《品花宝鉴》里的萧静宜等，进一步证明《海上花列传》与古典小说脐带相连的亲密关系。

《海上花列传》与传统小说最大、最明显的不同是它用吴语方言传达人物的对话，并创造了一个合音字"朆"。人物用方言交流，可以营造出自然逼真、活泼生动的谈话氛围，对于表现人物神情、风韵、个性及地域属性益处良多。但吴语区外的读者阅读起来的确有些费劲，即便字面意思可以大致理解，却体会不到声音的韵致。这一点很关键，因为语言是由字义和声调共同组成，同样一段话用不同的声调诵读，其效果是大不一样的。对于不会吴语的人来说，《海上花列传》语言方面最具特色的软侬腔调得不到欣赏，其效果自然大打折扣了。

① 张爱玲译注：《海上花落·国语本〈海上花〉译后记》，哈尔滨出版社 2003 年版，第 304 页。

　　《海上花列传》用吴语写作的尝试，在中国小说史乃至文学史上的意义评说不一。与作者认识的孙家振持保留意见。① 刘半农视之为方言的研究文本。胡适给予了"有计划的文学革命"的崇高评价，并对其特色做了详细分析。张爱玲认为《海上花列传》不流行是"许多人第一先看不懂吴语对白"，所以在晚年把它译成了国语。今天看来，"有计划的文学革命"有点言过其实。据孙家振说，作者坚持用苏州土白写作，有跟《红楼梦》争胜的雄心。韩邦庆是在向后看而不是向前看，这更符合历史事实。方言文学在大一统的文化传统和国度里，只能是昙花一现，不可能长久维持。当然，我们尊重第一个吃螃蟹人的勇气和创新意识。

　　韩邦庆在作品推销上所下的工夫并不比精心结撰小说少，也充分利用了最新传媒，但效果却并不理想。《海上奇书》虽"绘图甚精，字亦工整明朗"，且大做广告，还是"销路平平"（颠公语），不得不停刊。全书出版后，亦是"销路很不见好，翻印的本子绝少"（胡适语）。根据目前的资料，《海上花列传》出版当年，在《新闻报》和《申报》上都做了广告，是八本两套石印本，价二元。② 五月二十日，《新闻报》刊载"石印绘图《海上看花记》"广告："是书所载花柳场中过来之事，作现身说法之谈，于灯红酒绿、燕语花香之概，不啻信手描来，历历如绘，一切勾栏情景，恍在心目之间。价洋四角。托上海四马路文宜书局、十万卷楼售。"翻印本已出现。次年，十六册两函本出现，③ 改题为《海上青楼宝鉴》石印本也已出现，售价一元。④ 光绪二十七年（1901），改题为《新编海上百花趣乐演义》石印本出现。⑤ 以后，陆续出现日新书局改题为《海上百花趣乐演义》石印本（1908），上海书局改题为《海上春花记》石印本（1908）、改题为《海上看花记》石印本（光绪年间），理文轩书庄改题为《最新海上繁华梦》石印本（1911年之前）。应该说《海上花列传》的翻印本不算少，可胡适做小学生的时候，只能见到一种小石印本。胡适生于1891年，1904年到上海入中学，即《海上花列传》出版十年之间，一直默默无闻，

　　① 孙家振：《退醒庐笔记》，上海书店出版社1997年版，第65页。
　　② 《新闻报》光绪二十年四月初八日广告，《申报》五月二十一日广告。
　　③ 《新闻报》光绪二十一年八月二十二日广告，定价一元，九月初八日，定价一元六角；《申报》十一月初二日广告，定价一元六角。
　　④ 《新闻报》光绪二十一年十一月初二日广告。
　　⑤ 《新闻报》光绪二十七年四月初十日广告，《申报》五月初一日广告。

其原因只能归结为"销路很不见好"。后来的销路更是惨淡，"以后二十年中，连这种小石印本也找不着了。许多爱读小说的人不知有这部书"①。张爱玲也只见到1926年的亚东本，是"看了《胡适文存》上的《海上花》序去买来的，别处从来没有"②。

为什么销路不好？吴语是一个问题，"彼时小说风气未尽开，购阅者鲜"（颠公语）似是一个外因，刚进入市场时的定价过高也是值得考虑的因素，但更本质的原因是它"平淡而近自然"的风格得不到读者的赏识。《海上花列传》追求的是"语言的传神，描写的细致，同每一故事的自然地发展；读时耐人仔细玩味，读过之后令人感觉深刻的印象与悠然不尽的余韵"的境界③。这是在走《红楼梦》式的文人化、精英化、雅化的道路，可19世纪90年代中期的上海，是商人和小市民的天下，传统文人也向职业文人转变，文化氛围与康乾盛世不可并论，支撑精致艺术品的基础坍塌了，《海上花列传》怎能像《红楼梦》那样风行。再者，《海上花列传》脱离了《红楼梦》以后古典小说世俗化的大趋势，抛开早已定型的喜欢曲折离奇故事情节的通俗小说阅读趣味，把文人小说传统发展到极致，叙事缓慢细腻，严谨写实，平淡无奇，即使主动进行市场化运作，也抵挡不住那些完全世俗化的"快餐式"通俗小说的冲击和竞争。

《海上花列传》是艺术精品，是《红楼梦》之后中国小说的又一座高峰，可就中国小说转型的意义来说，却无法和《红楼梦》相比，它可以说是古典小说的"遗老"，承上有余，启下不足。

要说《海上花列传》对后继的小说毫无影响是不符合实际的，光绪三十年（1904）四月初四日《新闻报》刊载《海天鸿雪记》售卖广告，便拿《海上花列传》说事：《海上花列传》一书，阅者咸知其为近今小说中之佳构，自《海天鸿雪记》出版，直突过前人矣。盖作者涉历花丛三十年，始有此著，直不啻以身说法也。洋装四册，金字簿面，价一元。说明《海上花列传》对后继狭邪小说是有影响力的。自《海上花列传》出版，一扫第

① 胡适：《胡适古典文学研究论集·〈海上花列传〉序》，上海古籍出版社1988年版，第1228页。

② 张爱玲译注：《海上花落·国语本〈海上花〉译后记》，哈尔滨出版社2003年版，第299页。

③ 胡适：《胡适古典文学研究论集·〈海上花列传〉序》，上海古籍出版社1988年版，第1228页。

一阶段狭邪小说自我陶醉式的抒情和煽情，虚构成分浓厚的理想主义，君臣父子家国的宏大叙事，功名富贵的人生责任，神仙鬼怪的非现实臆想和连篇累牍的诗词曲文，把狭邪小说带入了写实的道路。但其几笔白描便可直追旧诗意境的功力，又是一般作者难以望其项背的，加之读者不买账的警示，没有作品承续它的衣钵，所以，其影响力又是相当有限的。拜颠生在《海上繁华梦·新书初集序》里集中讨论了早先狭邪小说，提及《花月痕》《青楼梦》《风月梦》《绘芳录》和《海上花列传》，认为《海上花》是本地风光，自成一家，而"尤以《花月痕》为脍炙人口"，可见在当时读者心中，《花月痕》比《海上花列传》为胜。《海上花列传》第二次出现于五四运动之后，有1922年上海清华书局本和1926年的上海亚东本，"认真爱好文艺的人拿它跟西方名著一比，南辕北辙，《海上花》把传统发展到极端，比任何古典小说都更不像西方长篇小说——更散漫，更简略，只有个姓名的人物更多。而通俗小说读者看惯了《九尾龟》与后来无数的连载妓院小说，觉得《海上花》挂羊头卖狗肉，也有受骗的感觉。因此高不成低不就"①。

　　借用张爱玲的话，《海上花列传》从问世以来一直处在"自生自灭"的状态，即使是今天，有张爱玲保驾护航，把它译成国语，一般读者还是很少碰它，那我们把现代通俗小说"开山老祖"这顶帽子给它，是不是给它戴了一顶高帽子呢？文学发展有一种常见的现象，即艺术成就高的作品对文学发展进程的影响未必就比平庸之作大，有的时候，平庸之作反而是推动文学前行的主动力。所以，曲高和寡的《海上花列传》充其量可算为中国小说转型过程中的一个拐点，不能视为新小说的起点。它是古典小说最后的辉煌，也是古典名著艺术精神的死亡，"《红楼梦》在狭邪小说之泽，亦自此而斩也"②。它打破了《红楼梦》以来言情小说的思想和写法，但新生命的诞生却不是它孕育的，现代主流小说是西化的产物，强调消遣娱乐的通俗小说也与它背道而驰。它是孤独的、寂寞的，如同一座有无限风光的险峰，然高处不胜寒，只有少数人驻足浏览，唏嘘赞叹。

　　①　张爱玲译注：《海上花落·国语本〈海上花〉译后记》，哈尔滨出版社2003年版，第308页。
　　②　鲁迅：《中国小说史略》，《鲁迅全集》第9卷，人民文学出版社1991年版，第264页。

第四章　转型因素的活跃及影响

传统具有正当性身份和稳定性结构，长期居于优势地位，养成保守和消极的属性，使其缺乏主动求变的内驱力，但象征性和符号性亦使它本身并不具备反抗力量，被动的调整和变化亦是常态。调整变化的力度、幅度、速度和深度取决于映射具象被冲击和置换的程度，程度浅且窄，只能造成传统的内部微调，深且广则会引起传统的整体替换，转型便得以完成。这个过程复杂曲折、来回拉锯，不是依靠突变和渐进过程的中断，而是多种因素通过量的积累逐步实现的。

言情小说收编狭邪小说已给传统带来了一定的骚动，尤其是《风月梦》和《海上花列传》的加入，使言情小说的主题、风格、人物设置和情节结构的核心特征发生重大变化。然而，劝诫主题、写实风格、低层妓女和市井人物的做派、"穿插藏闪"的技法，或来自青楼小说传统或汲取拓展自其他类型古典小说传统，没有跳出古典小说的大传统；梦境、园林、文人、诗词曲文、节日游玩、史传笔法、"红楼梦"这些言情小说因素也相当活跃，使此次震荡仅限于局部，不至于发生质变。但是，不稳定的态势已然萌生，若促使传统转型的积极因素进一步群起而攻之，其离全面转型的日子也就为时不远了。

甲午战争之后，民族危机步步加深，激进主义成为时代的主旋律，中国社会的政治、经济、文化和思想领域均开始了急剧的变革，一波接一波的运动，使整个传统体系都在经受着前所未有的冲击和考验。文学领域的革命浪潮亦是一浪高过一浪，诗界革命、文界革命、小说界革命、戏剧界革命，对传统的文学观念、文体格式、文学内容、文学功能、语言体式、艺术风格都吹响了"革命号角"，布置了"革命任务"，"暴动式"实践也如火如荼地展开，文学传统面临着深刻而广泛的"危机"。在这场史无前例的"危机"中，以诗文为代表的雅文学传统逐渐凋零枯萎，草根文学的代言人通俗小说和戏剧被推上时代浪尖，成为引领文学革命和实践的排头兵，直接体现出此轮文学革命的整体颠覆性特征。

覆巢之下，安有完卵？古代通俗小说的老前辈历史演义小说、英雄传奇小说、神魔小说，没能顶住此次冲击，整体退出历史舞台，只留下了一些碎片。"小说界革命"所催生的"新贵"——谴责小说、政治小说、科学小说、教育小说、妇女小说、侦探小说等，在给小说界带来前所未有的热闹和喧哗之后，也没能站稳脚跟，一个一个倒了下去。只有言情小说、狭邪小说和侠义小说成为大浪淘沙的幸存者，但是，经过"小说界革命"的冲刷，从低潮中走出来的它们，面貌已经改观，如同新生儿一般，虽然与母体的脐带还未切断，但已由胎儿变成了婴儿，不可能回到母腹中去了。它们带着"母亲"的遗传基因，在不同于"母亲"生活过的生存环境里生长发育，演绎自己的人生旅程，现代通俗小说将成为它们新的称呼和归宿。

促成这一重大变迁的原因，是由于直接推动近代小说创作演变和转型的积极力量——作家队伍、读者群体、传播方式、理论建设、文化政策、小说翻译诸要素随着历史大潮的涌动出现了全方位的调整和变化。在它们的合力作用下，小说领域匆匆完成了重新洗牌程序，新的小说类型潮起潮落，难以适应新形势的小说类型黯然退场，善于调适姿态的小说类型焕发新的生机，中国小说度过了纷扰嘈杂但又活力四射的第二个黄金时代。通过对这六大要素的梳理，不仅近代小说的演变轨迹和总体特征清晰可见，整个中国小说形态由古典到现代转型的动力来源和因果关系也相应地浮出水面，为进一步探讨言情小说乃至近代小说转型路径问题构建、提供必备的基础和必要的宏观背景。

第一节　新型作家队伍的生成

作者是创作主体，他们的知识结构、思想观念、生活状态、人生理想和文化修养决定着作品的思想内容和艺术质量，其变化自然也影响着创作趋势的方向。

近代知识分子群体大体上经历了四个演变阶段。第一次鸦片战争之后，开始"睁眼看世界"，追寻直接打败自己的兵船火器知识及域外地理风土人情，以林则徐、魏源为代表，人数相当少，没有形成影响力。第二次鸦片战争之后，自强求富思想和行动成为主流，洋务运动蓬勃展开，政治制度和教育制度改革提上讨论议程，中西文化差异的意识也有所萌生，郭嵩焘、冯桂芬、马建忠、薛福成、汤震、陈虬、陈炽、宋育仁为此时期的先知先觉者，知识精英集团趋于形成。甲午惨败，以变法主张和行动为核心，翻译、出版改革理论书籍，创办报纸，组织学会，民族主义思想、进化论观念、启蒙思潮深入人心，革命思想亦爆发，康有为、梁启超、严复、孙文引领时代风潮，知识分子成长为社会变革的主导力量。光绪三十一年（1905）废除科举制度，新学堂毕业生和留学生成为读书人主体，新型知识分子诞生。

新型知识分子的形成是一个渐进过程。最早的星星之火是活跃于洋务运动时期的王韬、郑观应等条约港知识分子。他们幼习制艺，饱读诗书，受过完整的传统知识教育和训练，有着浓厚的传统文人底色，又开时代风气之先，年轻时便接触、学习西方新知，及早退出科举考试，从事新闻记者和企业经营这类新兴职业，开辟新的人生出路。传统与西方的结合，使他们的思想观念处于同代人的前列，提出一些富有前瞻性的议题，如议会制、学校教育制度、商战、发展民族资本主义等，但由于人数少和远离政治核心，其政治和社会实际影响力相当有限。戊戌变法的推动者是清一色的士绅阶层，他们的西方知识得自一些翻译作品、与西人的接触，以及游历通商口岸的印象。他们的知识结构还是传统的底子，只是吸收了一些西方政治学家的概念，观念并不是很清楚，导致了第一次由知识分子掀起、领导的改革运动以失败告终。戊戌变法失败，促成了智识阶层的分化，思潮迭起，主张各异，各个团体都重视舆论宣传作用，于是报刊业兴旺发达起来，许多书生进入编辑、记者行列，虽然他们都有旧学根柢，但职业特点使他们的生活状态和思维方式已大大不同于传统的士绅。新学堂毕业生和回国留学生的数量逐年递增，他们掌握的都是现代知识，知识结构与传统士人迥异，多从事实业、商贸、新军、新闻、教育等工作，专业化、职业化和非官僚化，使他们跨入了现代意义的知识分子行列。

近代小说作家就是知识分子代际更新中的一分子，在时势大潮中翻滚沉浮，或固守传统，或追逐新潮，创作出带有清晰历史印记的作品。

韩邦庆生活于洋务运动时代，比起活跃于此时期的王韬、郑观应，他在当时是个无名之辈，但条约港知识分子的共性在他身上体现得很充分：幼读诗书，有良好的传统文化修养，精通诗赋琴弈，也早早放弃举业，选择新兴的报馆笔政职业。生活上与王韬一样，保留着传统文人的冶游习气，放诞风流，出入青楼楚馆，甚至以之为家。都市生活和自由职业使他对小说的创作和流通有了新的认识，在《海上花列传》的创作上不屑傍人门户，另创新格，自觉追求新颖的艺术技巧和风格，用吴语写作，自创新词，欲与《红楼梦》试比高。有了自觉的小说商品意识，自办杂志发行作品，并大做广告，这是自有小说以来的第一次，明显有别于传统文人的思维方式和行事作风。韩邦庆这种新旧杂糅的思想观念和精神气质，开辟了小说作者新类型，随着这一队伍的日渐庞大和成熟，小说创作的面貌改观无可避免。虽然《海上花列传》总体上没有跳出古典传统，影响力也与它的成就不相称，但其创新意识和艺术实践还是得到了很好的继承，为言情小说转型埋下了引线。

第三代知识分子群体中以小说创作得大名者非李伯元、吴趼人莫属。二人均出身仕宦家庭，受过严格的正统教育，传统文化艺术功底扎实深厚，不恋栈科举之途，依靠编辑报刊和卖文为生。思想观念也高度一致，恪守儒家思想和传统伦理道德，始终坚持积极进取，干预社会的入世精神，爱国主义、民族主义和改良主义思想强烈，也能有选择地吸收外来思想学说，开阔眼界和思路。他们都强调小说的社会功能和教育作用，注重"寓教于乐"的趣味性和感染力，自觉继承以《儒林外史》为代表的讽刺小说传统，借鉴一些西洋小说写作技法，共同开辟出中国小说的新园地——谴责小说。

谴责小说以揭露现实之丑陋，发泄愤慨和诅咒的情绪，表达爱国热忱和民族情感为主要描写内容，涉及旧官场、维新投机分子、奸商、迷信风俗、不学无术的留学生等丑恶现象，创作手法主要是讽刺、夸张和谩骂。谴责小说的作者群体基本上是从传统士人阶层走出来的改良主义者，有着儒家担当天下的使命感和改变当下的责任感。他们批判现状的思想资源更多来自传统伦理道德，意图恢复的也是传统伦理道德，吴趼人就曾明确宣称："以仆之眼，观于今日之社会，诚岌岌可危，固非急图恢复我固有之道德，不足以维持之，非徒言输入文明，即可以改良革新者也。意见所及，因以小说体，一畅言之。"[1] 急迫的心情使作者们把小说当作"教科

---

① 吴趼人：《上海游骖录·识语》，陈平原、夏晓虹编《二十世纪中国小说理论》第一卷，北京大学出版社 1997 年版，第 280 页。

书"和舆论监督工具来看待，授予小说祛病救世的超凡功能："余向以滑稽自喜，年来更从事小说，盖改良社会之心，无一息敢自已焉。"[1] "是故吾发大誓愿，将遍撰译历史小说，以为教科书之助。历史云者，非徒记其事实之谓也，旌善惩恶之意实寓焉……历史小说而外，如社会小说，家庭小说，及科学、冒险等，或奇言之，或正言之，务使导之以入于道德范围之内。即艳情小说一种。亦必轨于正道，乃入选焉。"[2] 给作品注入了强烈的主体意识和功用目的。

由此，我们可以说，谴责小说的产生及其主要特征的形成，作者的作用占据主导地位，客体的属性力量相对虚弱许多，一批改良主义者，以少有的痛心疾首和创作热情，改变着中国小说的面貌。但是，主体，尤其是持实用目的主体过分介入，对小说的创作和发展并非幸事，主体的意识形态和创作兴趣的转移，将会给脆弱的客体带来致命打击。谴责小说的确风光了一阵子，可作者们期望的效果并没有出现，所见依旧是满目疮痍、堕落丑恶，不免令辛苦撰述者悲观失望，"呜呼！吾有涯之生，已过半矣。负此岁月，负此精神，不能为社会尽一分之义务，徒播弄此墨床笔架，为嬉笑怒骂之文章，以供谈笑之资料，毋亦揽须眉而一恸也夫！"[3] 这是吴趼人在1906年发出的慨叹，这不是吴趼人一个人的慨叹，而是代表了谴责小说的作者群体。这一年，谴责小说的主帅李伯元谢世。这一年，吴趼人冷落谴责小说创作，转而进入言情小说领域，寻觅恢复传统伦理道德的新载体，创作出具有分水岭意义的作品——《恨海》。从此，近代创作小说进入了言情小说独领风骚的时期，这个转变，让我们再一次领略到了作者对近代小说转型的巨大影响力。

其实，显示作者操控力量最典型的例证还不是谴责小说的作者群，而是与谴责小说共进退的政治小说的作者们。谴责小说的作者起码有来自传统的思想资源和讽刺小说根系，对客体属性还有所顾及，考虑作品的艺术性和趣味性，描写内容也具有深厚的生活基础和强烈现实针对性。政治小说的作者则是一群赤手缚苍龙者，凭借对域外政治小说生吞活剥的理解和

---

① 吴趼人：《两晋演义》序，陈平原、夏晓虹编《二十世纪中国小说理论》第一卷，北京大学出版社1997年版，第189页。

② 吴趼人：《月月小说》序，陈平原、夏晓虹编《二十世纪中国小说理论》第一卷，北京大学出版社1997年版，第188页。

③ 同上。

对未来世界乌托邦式的幻想，便大胆进军小说领域。以小说的名义图解概念、宣传灌输政治观点，把小说变成连作者自己都觉得"似说部非说部，似裨（稗）史非裨（稗）史，似论著非论著，不知成何种文体，自顾良自失笑"[①] 的怪胎，流行了两年（1902—1903）就偃旗息鼓，失去号召力，成了文学创作的反面教训。

任何作品都会留下作者的印记，但从来没有像谴责小说和政治小说这么明显和强烈。无论指责时弊，还是寄托理想，作者们都急切地把个人的情绪和主张直接宣泄出来，把小说当"教科书"和宣传品来创作，引起小说领域的震荡。虽然它们是特殊历史时期的产物，存在时间也不长，但小说工具论的幽灵，还是会时不时冒出来，打扰一下小说发展的进程。

在谴责小说和政治小说称霸近代小说创作领域之前和之后，其他类型的小说，尤其是狭邪小说和言情小说的创作亦相当活跃，作者的影响力当然无所不在，但力度和强度相对来说是有限的。比如，横跨近、现代通俗小说创作的长寿作家孙家振，他的创作起步时间与韩邦庆同时，但对狭邪小说的理解却和韩邦庆迥异，更加强调通俗易懂。所以他的《海上繁华梦》便自觉削弱个性和创新性，把主体的作用压缩到了最低程度，继续走大众化的路子，照顾读者口味，从而扩大了狭邪小说的知名度。邹弢是典型的近代文人，既保持着传统文人做派，一生流连诗酒风流，也当过记者，对西方科技、地理、人文、宗教、政治制度多有了解，应该说，是当时少有的学贯中西的人物之一。因此，卖弄中西学问和知识便成为邹弢的抒情性很强的自传体小说《海上尘天影》的重要特色，对狭邪小说传统造成一定程度的冲击，但这些冲击往往是表面的，没有改变其骨子里的气质和风格。至于1906年以后言情小说的回潮及谴责小说黑幕化，有作者们政治热情减退的因素，也有射利之徒借小说满足私欲的因素，而更主要的原因则是读者的阅读兴趣变化使然。

第二节　都市读者群的形成

近代小说创作和发行的中心在上海，上海小说读者的阅读取向具有指

---

① 饮冰室主人：《新中国未来记》绪言，陈平原、夏晓虹编《二十世纪中国小说理论》第一卷，北京大学出版社1997年版，第55页。

标意义，代表着时人的整个阅读口味，并引导着小说的创作走向。

从 1843 年 11 月开埠起，上海掀开了发展史上的新一页，开始了势不可当的城市化进程。1845 年，租界建立，西方人在上海有了立足之地，随后又进一步扩张，占据了大片土地，但由于人数少和远离商业中心，在最初几年里，还谈不上什么建设。租界的第一次大发展得益于 1853—1855 年的上海小刀会起义和 1860—1864 年太平军转战江浙，大批难民涌入能提供安全保障的租界，人口激增，房地产业和零售业骤然发展起来，华洋杂处的局面从此形成，为租界的建设提供了丰富的人力资源和资金支持。租界的变化日新月异，舒适的洋房、宽阔的马路、先进的码头、统一规划的下水道、大量公共娱乐设施，加上规范的制度管理，使租界的城市雏形初现。此后，租界的市政设施和基础设施建设一直稳步推进，且逐渐获得了"治外法权"，吸纳了大量外来移民和资金，确立了其商贸中心和金融中心的地位。1895 年《马关条约》签订后，上海迎来了第二个发展黄金期，外国资本取得了"设厂制造"的特权，疯狂开办工厂，民族资本出于应对，也积极投资民族工业，上海由此进入了快速发展通道，在商贸、金融中心的基础上又发展成工业中心，至 20 世纪初，上海不仅是全国的经济中心，且跻身于世界十大都市行列，一个国际性、现代化的大都市就此矗立在世人面前。

都市化的进程必然伴随着都市人口的形成。开埠前，上海只是个中等县城，人口不过 20 多万，至 1910 年已达 128 万余人，净增 100 多万人，人口增长异常迅速，但这并不是人口自然增长的结果，而是大量移民涌入造成的，这便使上海的市民结构和市民文化变得复杂多样，五光十色。上海的移民主要由四类人组成：一是外国人。上海有来自世界各地的冒险家、商人、外交官员、传教士、海军士兵、商船水手，以及逃离本国的罪犯、无业游民和流氓歹徒。他们占总人口的比重很低，但绝对数量一直在上升，且长期占据城市发展的支配地位，给这座城市打上了明显的西方烙印，如建筑风格、照明工具、交通工具、通信手段、饮食方式、社交方式、娱乐方式、体育活动等，可以说深入人们生活的方方面面。尤其是传教士的启蒙活动，通过翻译西方书籍、发行报刊、创办学校、医院、出版社、图书馆，来传播西方的科技和文化知识，从思想上和文化上影响当时的文人学子。二是外地文人。19 世纪五六十年代起，外地的文人，尤其是江浙的文人便开始陆续迁居上海，他们或充当传教士的翻译助手，或在外国人和中国人所办的报馆、杂志社、出版社、学校中工作，来上海求学深造的学子和归国留学生的数量也不少，逐渐形成聚积效应。他们在提高上海文化水平较高的人口数量的同时，也创造了巨大的文化需求空间，报刊业的发达和文学艺术活动的活跃都与其有着密切关系。三是从事经济活动的人。上海发达的商贸、金融和工业产业，吸引大批外地人到上海投资或工作，他们中有实力雄厚的买办、通事及实业家，有携一技之长的职员和产业工人，亦有靠出卖体力为生的苦力，他们的工作和消费，直接推动了上海的经济发展。四是特殊历史时期的暂住人员。租界的"治外法权"特权往往能给政治避难者提供活动场所和保护，如小刀会起义和太平天国运动的十年期间（1853—1864），租界就云集了大量江浙一带的官僚、地主、士绅及周边的难民，上海在他们身上淘得城市发展的第一桶金。戊戌变法前后的维新派人士、庚子事变避乱的士大夫和知识分子、革命党人都来上海活动，虽然居住时间不一定很长，但他们带来的政治、思想、文化方面的冲击力却不可小觑，因为他们的言行大多具有辐射全国的影响力。

以工商业活动为中心和移民为主体的市民结构，塑造出不同于以往，也不同于其他共时城市的上海城市性格，重商言利、讲求实效、自由独立、竞争冒险、开放进取、求新求变、重视信息等，当然也伴随着崇洋媚外、金钱至上、势力实际、坑蒙拐骗等黑暗面，它们共同造就了近代上海的文化氛围和特征。

19世纪90年代以后的小说跟上海的城市化进程紧密相连，阶段性特征非常明显，读者群的结构成分变化在其中扮演了相当重要的角色。

经过50年发展，商业意识和商品观念是生活在租界的人们的最切身感受，没有什么不能成为商品，小说作品何可例外？韩邦庆最早进行了小说的营销活动，于1892年创办专门的小说杂志《海上奇书》，刊登《海上花列传》，由点石斋承印，图文并茂，印刷精美，并在最有名气的《申报》上大做广告，应该说推销手法已达到当时的先进水平，可结果却不尽如人意。《海上奇书》一年之内便夭折了，两年后正式出版的《海上花列传》也销路平平，个中原因，除了作品本身的高标独立外，读者不买账亦是关键因素。据熟知作者的颠公分析，"惜彼时小说风气未尽开，购阅者鲜，又以出版屡屡愆期，尤不为阅者所喜。销路平平，实由于此"[①]。可见，阅

①　胡适：《胡适古典文学研究论集·〈海上花列传〉序》，上海古籍出版社1988年版，第1210页。

读市场的培育还得假以时日。

《海上花列传》出版三年后，即 1897 年，小说市场已有所变化。康有为变法前游历上海，发现了这样一个现象："吾问上海点石者曰：'何书宜售也？'曰：'书、经不如八股，八股不如小说。'"① 让他萌生了用小说教育民众的念头："易逮于民治，善入于愚俗，可增七略为八、四部为五，蔚为大国，直隶王风者，今日急务，其小说乎！仅识字之人，有不读经，无有不读小说者。故六经不能教，当以小说教之；正史不能人，当以小说人之；语录不能喻，当以小说喻之；律例不能治，当以小说治之。"② 当然，康有为的这一想法还处于摇篮中，没有产生实际影响，直到 1902 年，他的弟子梁启超发动小说界革命后才得以付诸实践。从 1894—1901 年问世的 42 部通俗小说的类型来看，时事类 11 部，才子佳人 7 部，英雄传奇 5 部，公案 5 部，狭邪小说 5 部，历史演义 4 部，神怪 2 部，艳情 2 部，人情 1 部，杂凑 1 部，还是传统小说的天下，说明一般读者的兴趣依然集中在传统说部的范围内。所可注意者，反映近代事件的时事类作品数量大增，计有 11 部，说明此类作品获得了读者青睐，都市读者对国家和社会事件比较敏感、关心的特点显露了出来，预示着小说创作重心的转移。

鲁迅在论及谴责小说时指出："光绪庚子（1900）后，谴责小说之出特盛。盖嘉庆以来，虽屡平内乱，亦屡挫于外敌，细民暗昧，尚啜茗听平逆武功，有识者则已翻然思改革，凭敌忾之心，呼维新与爱国，而于'富强'尤致意焉。戊戌变政既不成，越二年即庚子岁而有义和团之变，群乃知政府不足与图治，顿有掊击之意矣。其在小说，则揭发伏藏，显其弊恶，而于时政，严加纠弹，或更扩充，并及风俗。虽命意在于匡世，似与讽刺小说同伦，而辞气浮露，笔无藏锋，甚且过甚其辞，以合时人嗜好，则其度量技术之相去亦远矣，故别谓之谴责小说。"③ 可知谴责小说的产生原因、主要特征及缺陷都与读者的期望和嗜好息息相关，时事化成为小说吸引急切关注政治、社会现实的读者重要手段。不独谴责小说，政治小说亦是为了适应读者的政治热情而生的，先是"今特采外国名儒所撰述，

---

① 康有为：《〈日本书目志〉识语》卷 10，陈平原、夏晓虹编《二十世纪中国小说理论》第一卷，北京大学出版社 1997 年版，第 29 页。

② 同上。

③ 鲁迅：《中国小说史略》，《鲁迅全集》第 9 卷，人民文学出版社 1991 年版，第 282 页。

而有关切于今日中国时局者，次第译之，附于报末，爱国之士，或庶览焉"①。随后便自己动手创作"借以吐露其怀抱之政治思想"的中国政治小说，满足作者和读者的政治幻想。紧贴重大政治、社会现实生活的小说的产生与发展，的确离不开识见广、信息灵的城市读者，只有他们才会对离自己生活较远的事情感兴趣。一个明显的例子是，1840—1894 年间，中国发生了许多重大变故，可小说领域波澜不惊，没有出现一部涉及这些变故的作品。这一方面是因为下层文人作者不十分了解事件的情况，另一方面也与依然沉浸在公案侠义、风流韵事阅读快感中的传统读者对生活圈子以外的事情不感兴趣有关。没有适当的土壤，就是有种子也难以生根发芽。

　　"新小说"产生之际，上海的都市读者群已形成，且有了清晰的分层，"新小说"的提倡者也拿出了针对性意见。别士在 1903 年便指出："综而观之，中国人之思想嗜好，本为二派：一则学士大夫，一则妇女与粗人。故中国之小说，亦分二派：一以应学士大夫之用；一以应妇女与粗人之用。"② 但对于小说教育哪派读者，当时却有不同意见，别士认为当以妇女与粗人为重点："今值学界展宽（注：西学流入），士夫正日不暇给之时，不必再以小说耗其目力。唯妇女与粗人，无书可读，欲求输入文化，除小说更无他途……先使小说改良……必使深闺之戏谑，劳侣之耶嵎，均与作者之心，入而俱化。而后有妇人以为男子之后劲，有苦力者以助士君子之实力，而不拨乱世致太平者，无是理也。"③ 平子则倾向于以学士大夫为核心："夏穗卿著《小说原理》，谓今日之学界展宽，士夫正日不暇给之时，不必再以小说，耗其目力；著小说之目的，唯在开导妇女与粗人而已。此其论甚正，然亦未尽然。今日之士夫，其能食学界展宽之利者，究十不得一，即微小说，其自力亦耗于他途而已；能得佳小说以饷彼辈，其功力尚过于译书作报万万也。且美妙之小说，必非妇女粗人所喜读，观《水浒》之于《三国》，《红楼》之于《封神》，其孰受欢迎孰否，可以见矣。故今日欲以佳小说饷士夫以外之社会，实难之又难也。且小说之效力，必不仅

---

　　① 任公：《译印政治小说序》，陈平原、夏晓虹编《二十世纪中国小说理论》第一卷，北京大学出版社 1997 年版，第 37—38 页。

　　② 别士：《小说原理》，陈平原、夏晓虹编《二十世纪中国小说理论》第一卷，北京大学出版社 1997 年版，第 77—78 页。

　　③ 同上书，第 78 页。

及于妇女与粗人，若英之索士比亚，法之福禄特尔，以及俄罗斯虚无党诸前辈，其小说所收之结果，仍以上流社会为多。"① 从"新小说"的创作实际情况来看，别士教育妇女粗人的想法一开始便没有被采纳，以至 1906 年还有人呼吁用小说来教育"愚民"，"虽然，小说流行之区域，今日非不多且广，小说组织之机关，今日非不完且备，而总之仍于愚民无与也。是何哉？是盖斗小说之心思，炫小说之文章笔力，而皆非小说之教育"②。平子的意见倒是得以实行，这从读者的阅读反应便可窥得一斑，不仅梁启超的《新中国未来记》要以读《盐铁论》的眼光来读，③ 所有阅读"新小说"者都得具备相当的知识储备。1907 年第六、七期《新世界小说社报》刊登的《读新小说法》，让我们看到阅读"新小说"确非妇女粗人所能胜任。作者提炼出"新小说"的 16 条读法："作史读""作子读""作志读""作经读""作《人谱》读""作《内经》读""作《风俗通》读""作兵法志读""作唐宋遗事读""作齐梁乐府读""作殖民志读""作国际史读""作《金石录》读""作《剑客传》读""作性理书读""作《楞严经》读"，以及这 16 条读法所需的知识：格致学、警察学、生理学、音律学、政治学、理学，最后总结道："要而言之，旧小说，文学的也；新小说，以文学的而兼科学的。旧小说，常理的也；新小说，以常理的而兼哲理的……读新小说，须具万法眼藏，社会的作社会观，国家的作国家观，心理的作心理观，世界的作世界观。"④ 小说读到这个份上，不仅妇女粗人不读，文人士子也得硬着头皮才行，所以，"新小说"的市场行情并不看好，平子教育"上流社会"的理想也破灭了。

至迟在 1907 年，读者就抛弃了"新小说"，"而默观年来，更有痛心者，则小说销数之类别是也。他肆我不知，即小说林之书计之，记侦探者最佳，约十之七八；记艳情者次之，约十之五六；记社会态度，记滑稽事实者又次之，约十之三四；而专写军事、冒险、科学、立志诸书为最下，

---

① 《小说丛话》，陈平原、夏晓虹编《二十世纪中国小说理论》第一卷，北京大学出版社 1997 年版，第 83 页。

② 《论小说之教育》，陈平原、夏晓虹编《二十世纪中国小说理论》第一卷，北京大学出版社 1997 年版，第 205 页。

③ 平等阁主人：《新中国未来记》第三回总批，陈平原、夏晓虹编《二十世纪中国小说理论》第一卷，北京大学出版社 1997 年版，第 55—56 页。

④ 佚名：《读新小说法》，陈平原、夏晓虹编《二十世纪中国小说理论》第一卷，北京大学出版社 1997 年版，第 294—300 页。

十仅得一二也"①。购买这些小说的又是何种人呢？"余约计今之购小说者，其百分之九十，出于旧学界而输入新学说者，其百分之九，出于普通之人物，其真受学校教育，而有思想、有才力、欢迎新小说者，未知满百分之一否也？"②

"出于旧学界而输入新学说者"是读者市场的主体，而他们喜欢的又是侦探小说和艳情小说，侦探小说是翻译小说的天下，艳情小说则国产不让进口，于是冠以各类头衔的写情小说从1907年开始蜂拥而出，"吾见今之所谓文人学士，其以文词售世，而希望一般社会之欢迎者，大都揣摩时尚，以求合于庸耳俗目者为多。其上者，则骈四俪六，嫣红姹紫，不惜以闺房秽语，为取媚见长之具；而其下焉者，则甚而讲嫖经，谱俚曲，以求一时之笔趣"③。这一方面说明了由"新小说"转向言情小说及狭邪小说"嫖经化"的真正原因，另一方面也预示着读者的力量将对言情小说的创作方向再次施加影响。

对于言情小说艳情化的动向，有"旧学"功底的读者自然会拿出道德检查器，上段引文的作者便给予此类作品"伤风败俗，识者诮焉"的定性，觉我亦忧心艳情小说之流行："艳情诸书，又于道德相维系，不执于正，则狭斜结契，有借自由为借口者矣，荡检踰闲，丧廉失耻，穷其弊，非至婚姻礼废、夫妇道苦不止。"④铁也对言情时尚担心："南海吴趼人先生恒曰：'作小说者，下笔时常存道德思想，则不至入淫秽一流。'斯言也，小说家当奉为准绳。世风日漓，言情小说，最合时尚。每见市上号为'新小说'者，或传一歌妓，或扬人帷薄，人竞购之。自好者且资为谈助，下焉者将目为教科书矣。微论不足以改良社会，适足以败坏道德耳。呜呼！吾为此惧。"⑤对言情小说的道德诉求，终于催生出以"保守旧道德"为宗旨的鸳鸯蝴蝶派小说。当然，早期鸳鸯蝴蝶派的骈文写作形式，也离

① 觉我：《余之小说观》，陈平原、夏晓虹编《二十世纪中国小说理论》第一卷，北京大学出版社1997年版，第335页。

② 同上书，第336页。

③ 光翟：《淫词惑世与艳情感人之界线》，陈平原、夏晓虹编《二十世纪中国小说理论》第一卷，北京大学出版社1997年版，第308页。

④ 觉我：《余之小说观》，陈平原、夏晓虹编《二十世纪中国小说理论》第一卷，北京大学出版社1997年版，第335页。

⑤ 铁：《铁瓮烬余》，陈平原、夏晓虹编《二十世纪中国小说理论》第一卷，北京大学出版社1997年版，第356页。

不开"旧学界"读者的指引。

虽然"新小说"面向的是上层社会读者,购买小说的也以上层人士为主,但要说"新小说"对一般读者绝无影响,也是不符合实际的,毕竟"寓教于乐"是李伯元、吴趼人等重要作家一直坚持的创作主张,也在创作实践中尽力予以贯彻,普通读者还是愿意读这类"以痛哭流涕之笔,写嬉笑怒骂之文"的小说的。而且,"新小说"的传播方式已由单纯依赖出版向在报纸上连载和在专门小说刊物上发表转变,读报是都市市民基本的信息来源渠道,不专门购买小说的市民也能在报纸上读到小说,他们构成了另类的读者群,对小说创作的走向也形成了一定的影响力。更为重要的是,传播方式改变本身就会给小说创作带来巨大变化。

第三节　传播方式的改变

印刷业是上海最早发展起来的产业,铅字排版、机器印刷、石印技术于 19 世纪七八十年代便在上海广泛运用,大大提高了印刷的质量、数量和速度,为书籍出版、报纸杂志编印提供了充足的技术保证。新技术使印刷业成本降低,利润空间增长,于是大大小小的出版社竞相涌现,出版事业繁荣起来,竞争也激烈了起来,印刷业和出版业完全进入了商业化运行轨道,依托这两个行业的文化产品自然也被纳入了近代商品生产、管理、流通的渠道。

通俗小说字数多、读者广,对印刷技术、出版商的依赖远远大于易于口诵笔录的诗词曲文,所以,从产生之日起它就具有文学与商品的双重品格,商品化生产与流通程度一直影响着通俗小说的历史进程。[①] 进入近代机器化大生产阶段,通俗小说的印制规模、速率及出版周期都远远高于手工作坊时期,促成了小说的潮流化现象。手工作坊时代,由于出版条件限制,作品的完成日期与问世日期往往间隔很长时间,致使其对小说创作的影响常常滞后。尤其是那些开流派之先河的优秀作品不能及时出版,更会导致流派形成时间跨度加大,如历史演义小说、英雄传奇小说的流派形成时间与它们的开山之祖《三国演义》《水浒传》的完成时间相隔将近二百

---

① 陈大康:《古代小说研究及方法·论通俗小说的双重品格》,中华书局 2006 年版,第 106—117 页。

年，《西游记》与神魔小说流派形成之间也有半个世纪的距离。可到了机器生产时代，小说出版跨入工业化流程，一部几十万字的大部头著作，几天之内即可完成排版、印刷和装订工作并上市发售，若销路看好，马上就能加印，通过畅通发达的销售网络，能很快扩散到全国。小说创作领域的新动向、新时尚能迅速传递到有心人那里，跟风之作便纷沓而至，短时间内就会掀起一股新潮流。当然，时尚最大的特点就是生命力短暂，来得快，去得也快，近代小说的新宠谴责小说、政治小说、科学小说、军事小说、妇女小说等，都是立即爆发，快速离去，存在时间也就几年，与一般拥有几百年延续期的古代通俗小说各大流派难以并论。

潮流化促使小说创作进入快车道的同时，也伴随着显而易见的缺陷，那就是艺术质量的直线下降。寅半生于此痛心疾首："十年前之世界为八股世界，近则忽变为小说世界，盖昔之肆力于八股者，今则斗心角智，无不以小说家自命。于是小说之书日见其多，著小说之人日见其夥，略通虚字者无不握管而著小说。循是以往，小说之书，有不汗牛充栋者几希？顾小说若是其盛，而求一良小说足与前小说媲美者卒鲜，何则？昔之为小说者，抱才不遇，无所表见，借小说以自娱，息心静气，穷十年或数十年之力，以成一巨册，几经锻炼，几经删削，藏之名山，不敢遽出以问世，如《水浒》《红楼》等书是已。今则不然，朝脱稿而夕印行，一刹那间即已无人顾问。盖操觚之始，视为利薮，苟成一书，售诸书贾，可博数十金，于愿已足，虽明知疵累百出，亦无暇修饰。甚有草创数回即印行，此后不复续成者，最为可恨……鄙人素好小说，于近时新出诸书，所见已不下百余种，求其结构谨严，可称完璧者，固非无其书，而拉杂成篇，徒耗目力，阅之生厌者，不知凡几。"[①] 更为严重的是，它给作者及社会的道德操守带来负面效应，"今之为小说者，不唯不能补助道德，其影响所及，方且有破坏道德之惧。彼其著一书也，不曰吾若何而后惊醒国民，若何而后裨益社会，而曰：吾若何可以投时好，若何可以得重资，存心如是，其有效益与否，弗问矣。其既发行也，广登报章，张皇告白，施施然号于人曰：内容若何完备，材料若何丰腴，文笔若何雅赡。不惜欺千人之目，以逞一己之私。为个人囊橐计，而误人岁月，

---

① 寅半生：《〈小说闲评〉叙》，陈平原、夏晓虹编《二十世纪中国小说理论》第一卷，北京大学出版社1997年版，第200页。

费人金钱不顾矣。夫以若斯之人格，而以小说重任界之，亦安冀有良效果哉"①。

出版社只是促成小说潮流化的因素之一，报纸连载和专门杂志的作用和力量亦毫不逊色，可以说，近代小说的许多变化都受这三驾马车的驱动。

报纸上刊登小说作品始于 1840 年，该年《广东报》登载了伊索寓言的翻译文本《意拾喻言》，后来也有西人报纸刊登翻译小说，但多是偶尔为之，没有形成气候。国人创作的通俗小说第一次在报纸上连载的是《野叟曝言》，光绪八年（1882）四月起在《沪报》开始连载，至光绪十年（1884）十月由《沪报》的后继《字林沪报》连载完毕。此后，报纸上连载长篇通俗小说渐成风气。

1897 年，近代史上第一份以消闲娱乐为宗旨的文艺小报《游戏报》创刊，"一时靡然从风，效颦者踵相接也"②。每份文艺小报存在的时间都不长，可见其竞争之激烈，编者要绞尽脑汁吸引读者兴趣，连载小说就是他们招徕读者的手段之一。文艺小报连载小说是为了扩大报纸的销量，并非以推广小说为目的，刊登的都是编者自己的作品，且往往是随报附送，《海上繁华梦》之于《采风报》，《海天鸿雪记》之于《游戏报》，《官场现形记》之于《世界繁华报》，都是如此。消闲性的报纸当然强调内容的娱乐消遣性，它们刊载通俗小说，看重的是其与生俱来的娱乐性特征。这二者结合起来，必然进一步强化小说的娱乐观念和功能，"记社会态度，记滑稽事实者"比"专写军事、冒险、科学、立志诸书"（觉我《余之小说观》）更有市场的现象不足为怪。那些辞粗意浅、丑化恶谑、揭人隐私的黑幕小说也是娱乐小报裹挟媚俗小说恶性发展的结果。同样，鸳鸯蝴蝶派的崛起和风行，也离不开消闲报刊提供阵地和扩大影响。因此，我们可以说，报纸的消闲化是造成近代小说娱乐性特征形成及其演化走向的关键因素，没有它的参与，许多矛盾现象就不可能发生。

小说在报纸上站稳脚跟并非那些文艺小报的能量可以办到，必须得到大报的支持和推动。1904 年，《时报》创刊，它主要面向学界读者，较多

---

① 天僇生：《论小说与改良社会之关系》，陈平原、夏晓虹编《二十世纪中国小说理论》第一卷，北京大学出版社 1997 年版，第 284 页。

② 周桂笙：《新庵笔记》，魏绍昌主编《中国近代文学大系·史料索引集 2》，上海书店 1996 年版，第 205 页。

刊登文学作品，设置了小说栏目，1904—1906 年共刊载小说 45 种，长篇 15 部，短篇 30 篇，成为吸引读者的重要手段。1906 年，《新闻报》起而效之。1907 年，《申报》在中断了 35 年后，重新恢复它最早创立的日报刊载小说传统。《申报》创刊于 1872 年，是中国第一份中文报纸，面向政界，一直执报界之牛耳，具有风向标的作用，它再次开始刊载小说，其垂范作用不言而喻。1907—1911 年，《申报》共刊载长、短篇小说 248 种，其中创作 207 种，翻译 41 种，平均每年多达 49 种以上，成为近代各种报刊中刊载小说最多的出版物。《时报》也增加刊载量，1907—1911 年共刊载小说 171 种，年平均 34 种，远远高于前 3 年年均 15 种的速率。《新闻报》面向工商界，主流读者文艺趣味偏少，但 1906—1911 年刊登小说也达 38 种（长篇 22 部，短篇 16 篇），年均 6 种。在三大报尤其是《申报》的带动下，从 1907 年起，小说成了原有的或新创刊的面向不同读者群的大报的固定栏目，掀起了竞相刊载小说的热潮。如 1907 年创刊的《神州日报》在 1907—1911 年，刊登小说达 207 种，平均每年将近 42 种。《时事报》也是创刊之日起就加入了这股洪流，"时事报"系列在 4 年多的时间里持续刊登小说 55 种，加上《我佛山人劄记小说》中的 56 篇作品，数量达到 110 部（篇），年均 28 种以上，若考虑缺失情况，实际数量还要多一些。正是这些大报，扩大了小说的传播途径，提升了小说的影响力，促进了小说创作和翻译的热情，将 1907 年后的近代小说推向了一个新的发展阶段。

　　报纸与小说相得益彰之功效，时人已有所论及。"今者变易其体而为报，长篇短简，随著随刊，既省笔墨之劳，又节刊印之资，而阅者又无不易终篇之憾，其法最善，其效易著。"[1] "由今思之，各报社之小说，日新月盛。彼阅报者，无论其为文人学士，官绅商贾，固乐阅小说如标本；降而劳动小贩者流，亦爱闻小说，借资话柄，以觇近世界之好恶。"[2] 从中可以看出，报纸对小说发展的推动作用：问世快，节约成本，普及面广。但是，有一利必有一弊，一些近代小说特有的毛病也出在报纸身上。报纸的出版周期短，若是日报，每天都要出版，连载小说的创作必须要跟上报纸

---

　　① 姚鹏图：《论白话小说》，陈平原、夏晓虹编《二十世纪中国小说理论》第一卷，北京大学出版社 1997 年版，第 150 页。

　　② 耀公：《小说与风俗之关系》，陈平原、夏晓虹编《二十世纪中国小说理论》第一卷，北京大学出版社 1997 年版，第 325 页。

出版的速率，根本没有时间推敲打磨，快餐式的急就章随处可见。报纸往往成为小说的试验田，先在报纸上连载，若反响不错，便出单行本，若否，则收手辍笔，另起炉灶，留下了大量"烂尾小说"。雅俗共赏、人人喜读的小说不是那么容易创作出来，顾及文人学士，劳动小贩不见得喜欢，面向劳动小贩，文人学士肯定皱眉，给牟利之徒和媚俗之作留下了很大生存空间。传播迅速、普及面广，自然加快了小说的潮流化进程，压缩了流派的自我消化、整理的时间，致使成熟、耐读之作难得一见。小说所占版面有限，要想吸引读者继续阅读，就得时时留下悬念，促使小说创作更加注重故事性，从而弱化人物性格塑造和结构框架安排的意识，不利于小说的平衡发展。报纸是即时消费品，一般是看过就扔，很少有读者长时期保存报纸，报纸上的小说也就逃脱不了随时被丢弃的命运，这会给作者造成轻视小说的观念，反正是即时消费品，不会"传世"，无所谓后世声名，轻率下笔、潦草成篇也就心安理得了。

专门的小说杂志能在一定程度上弥补报纸的上述缺憾。

第一份专刊小说的杂志是韩邦庆于1892年创办的《海上奇书》，不到一年就夭折了。十年后，梁启超创办《新小说》，小说杂志自此兴旺发达起来，《绣像小说》（1903）、《月月小说》（1906）、《小说林》（1907）等杂志纷纷出笼，引领小说创作的主流方向。

创办小说杂志，都有明确的目的性。此时的小说杂志有一个共同而明确的宗旨就是开启民智，干预社会："盖今日提倡小说之目的，务以振国民精神，开国民智识，非前此海盗海淫诸作可比。"[1] "本报宗旨，专在借小说家言，以发起国民政治思想，激励其爱国精神。"[2] "夫今乐忘倦，人情皆同，说书唱歌，感化尤易。本馆有鉴于此，于是纠合同志，首辑此编。远摭泰西之良规，近挹海东之余韵，或手著、或译本，随时甄录，月出两期，借思开化夫下愚，遑计贻讥于大雅。呜呼！庚子一役，近事堪稽，爱国君子，倘或引为同调，畅此宗风，则请以此编为嚆矢。"[3] "本社

① 《〈新小说〉第一号》，陈平原、夏晓虹编《二十世纪中国小说理论》第一卷，北京大学出版社1997年版，第56页。

② 《中国唯一之文学报〈新小说〉》，陈平原、夏晓虹编《二十世纪中国小说理论》第一卷，北京大学出版社1997年版，第59页。

③ 《本馆编印〈绣像小说〉缘起》，陈平原、夏晓虹编《二十世纪中国小说理论》第一卷，北京大学出版社1997年版，第69页。

集语怪之家，文写花管，怀奇之客，语穿明珠，亦注意于改良社会、开通民智而已矣。此则本志发刊之旨也。"① "而又必择尤甄录，定期刊行此月报者，殆欲神其薰、浸、刺、提（说详《新小说》一号）之用，而毋徒费时间，使嗜小说癖者之终不满意云尔。"② 启蒙大众、改良社会，是贯穿此时期小说杂志始终的办刊宗旨，这一点殆无疑义，可对于如何达成此一宏大愿望，却见仁见智，从他们的具体讨论和所刊作品的类型变迁中，清末小说的总体走向及小说杂志对小说的引导作用即清晰可见。

《新小说》首重小说的政治性和宣传性，重理论轻实践，多灌输少感化，严重脱离小说属性，所写作品一出世即被讥以"开口便见喉咙"③，应了孔老夫子那句"言而无文，行而不远"的箴言。《新小说》所刊政治小说勉强维持到第七号（1903 年 9 月 6 日），即随着《新中国未来记》半途而废，转而以吴趼人的历史小说《痛史》、社会小说《二十年目睹之怪现状》《九命奇冤》、颐琐的社会小说《黄绣球》来支撑。这便与《绣像小说》所刊的作品类型合流。《绣像小说》的主打作品亦是社会小说，如李伯元《文明小史》《活地狱》，忧患余生（连梦青）《邻女语》，洪都百炼生（刘鹗）《老残游记》，蘧园（欧阳矩源）《负曝闲谈》，旅生《痴人说梦记》，茧叟（吴趼人）《瞎骗奇闻》，壮者《扫迷帚》，嘿生《玉佛缘》，姬文《市声》等。《新小说》和《绣像小说》成为谴责小说（社会小说）的发表重镇，可窥见当时的主流创作倾向，同样，它们在 1906 年双双倒下，便意味着谴责小说的黄金期结束了。

继《新小说》和《绣像小说》之后的小说杂志的新领头羊是《月月小说》和《小说林》。《月月小说》的主编吴趼人和《小说林》的主编摩西都反感一拥而上的赶潮流，把矛头指向"随声附和"（吴趼人语）和"吠声四应，学步载途"（摩西语）者，提倡有针对性的、尊重小说规律的创作。但在具体补救措施上，却产生了不同意见：吴趼人祭起儒家教化劝惩大

① 陆绍明：《〈月月小说〉发刊词》，陈平原、夏晓虹编《二十世纪中国小说理论》第一卷，北京大学出版社 1997 年版，第 195 页。

② 觉我：《〈小说林〉缘起》，陈平原、夏晓虹编《二十世纪中国小说理论》第一卷，北京大学出版社 1997 年版，第 257 页。

③ 公奴：《金陵卖书记》，陈平原、夏晓虹编《二十世纪中国小说理论》第一卷，北京大学出版社 1997 年版，第 65 页。

旗，强调寓教于乐和道德挂帅；摩西接受西方理论洗礼，看重小说的美学价值和审美功能。虽据以立论的理论资源相异，但重视小说的趣味性、感染力和艺术质量的理念是一致的，可谓殊途同归。两杂志所刊作品类型亦相近，历史小说、社会小说、侦探小说、写情小说、滑稽小说、科学小说、家庭小说、寓言小说、侠情小说、军事小说等，远较《新小说》和《绣像小说》时期的类型丰富，显见小说创作领域出现了群雄并起局面，然而二公所期望的结果并未来到。潮流依旧在赶，只不过从赶一个潮流扩大到赶多个潮流，反而使小说界更加杂乱无章、头绪纷繁。且无论摹中仿西，都给人以画虎不成之感，能放在艺术天平上称一称的作品几乎没有，总体艺术成就反而比不上 1906 年之前，《小说林》和《月月小说》也就带着遗憾于 1908 年和 1909 年先后倒下了。

相较于报纸，小说杂志虽然不乏小说商品化意识和商业化操作手法，但刊载小说毕竟是其主业而非副业，必须依靠小说的受欢迎程度而生存。所以，对待小说的态度要严肃认真得多，所刊作品基本上代表了此时期小说创作的最高成就，展示了近代小说的主流形态。小说杂志有兼报纸价格低、普及面广之长而避报纸周期太短之优势，也更注重作品的思想、艺术水平，能相对抑制率尔操觚辈的过度娱乐化、媚俗化、牟利化倾向，在小说商品化和社会责任之间起到平衡作用。相较于单行本，小说杂志具有信息量大、选购简单、价格低廉的好处，"近日所出单行本，浩如烟海。其中非无佳构；然阅者因限于资，而顾此失彼者有之；阅不数册，不愿更阅者有之；名目烦多，无人别择，不知何所适从者又有之。唯创为丛报，则以上诸弊免。且月购一册，所费甚鲜。又可随阅者性之所近，而择一以研究之。是不啻以一册而得书数十种也。"[①]

近代印刷技术的进步和印刷工业的成长，促成了出版业和报业、杂志业的兴盛，从而为小说提供了快捷便利的传播途径和方式，加快了小说创作、问世的步伐。小说的商品化、娱乐化特征得到进一步加强，而新闻化、潮流化、媚俗化、粗糙化的倾向也就此生成，使近代小说在数量几何增长的同时，也埋下了"行之不远"的祸根，当然，这个祸根也有当时主流小说理论的一份"功劳"。

---

① 天僇生：《论小说与改良社会之关系》，陈平原、夏晓虹编《二十世纪中国小说理论》第一卷，北京大学出版社 1997 年版，第 285 页。

第四节　小说理论的推动

中国小说史上第一次理论丰收期出现在明末清初，李贽、冯梦龙、金圣叹、毛宗岗、张竹坡等人以序跋和评点的方式，对《水浒传》《三国演义》《金瓶梅》和宋元话本进行评述。这些作品都是经过长期的历史检汰而留存下来的精品，蕴藏着丰富的思想艺术宝藏，对它们的主旨和艺术规律的深入挖掘和提炼，既是在总结已有创作经验，也是在引导未来创作方向。借助这批评论家的大声疾呼，通俗小说的社会地位和文学地位有了一定提升。通过这批评论家，通俗小说在人物塑造、情节结构、语言形式、叙事方式等方面的艺术特质得以概括和整理，具有民族特色的批评体系也得以形成。明末清初的小说批评是建立在对已有优秀作品经验总结的基础上的，有着坚实的、丰富的、成熟的创作实践做支撑，故其所抽象出的理论原则的可靠性、有效性和指导性能经得起实践和历史的检验，促成了通俗小说的平稳长期发展。20世纪初出现的第二次理论丰收期，则与第一次截然相反，是理论先行，实践跟进，在给小说创作带来狂飙突进式的激情和繁荣的同时，也种下主观、随意、激进、浮躁等违反艺术规律的隐患，来去匆匆，不仅没能担负起长期指导创作实践的责任，反而损害了小说的正常肌体。但是，随着实践的能动作用和校正功能的能量累积，理论也做出了调整的姿态，向创作实际靠近，更加尊重小说的本质属性，为小说创作回归正常航道照亮了方向，也使自身得到进一步发展和完善。

英国传教士傅兰雅最早呼吁更新小说的创作方向。他于光绪二十一年（1895）五月初二日在《申报》上刊登《求著时新小说启》，发起小说竞赛。此启首先肯定了小说在"变易风俗""推行广速"方面的优势，然后指出当时社会阻碍"富强"的三大弊端："鸦片""时文""缠足"，希望有人"撰著新趣小说，合显此三事之大害，并祛各弊之妙法"，并对小说写法提出了具体要求，"辞句以浅明为要，语意以趣雅为宗。虽妇人幼子，皆能得而明之。述事务取近今易有，切莫抄袭旧套。立意毋尚希奇古怪，免使骇目惊心"，且承诺"果有佳作，足劝人心，亦当印行问世。并拟请常撰同类之书，以为恒业"。这篇启事虽然简短，但小说工具论的基本内涵均已显露，也有把小说集体引向设定目标的意图，目的论思想显豁。这次征集活动共得小说162篇，由于大多不合傅氏要求，没有出版，可其影响力还是存在，《熙朝快史》和《花柳深情传》就是这次应征活动的产物，未来的谴责小说某种程度上也是对傅氏观点的响应。①

第一篇具有近代性质的小说专论——几道、别士的《本馆附印说部缘起》（下文简称《缘起》），于光绪二十三年（1897）十月十六日至十一月十八日在天津《国闻报》发表。该文长达8000余字，从"人性论"观点出发，以世界性和历史性的眼光，着重分析了小说的社会作用、地位，以及小说的通俗性、形象性和虚构性特征。《国闻报》虽然有理论无实绩，没有刊登小说作品，但《缘起》首次在中国小说理论中引入西方这个参照系，挖掘共性，倡导借鉴，为从西方援引小说理论资源和作品资源做了铺垫。尤其是"夫说部之兴，其入人之深，行世之远，几几出于经史上，而天下之人心风俗，遂不免为说部之所持"，"且闻欧、美、东瀛，其开化之时，往往得小说之助"，及刊载小说"宗旨所存，则在乎使民开化"②这三句话，直接开启了梁启超"小说界革命"的思路。

"小说界革命"的纲领性文献是梁启超发表于《新小说》第一号（1902年11月14日出版）上的《论小说与群治之关系》，带动了小说理论大讨论，掀起了小说创作大热潮。

梁启超以政治家思维和宣传家笔调来看待和描述小说的地位、作用、功能，不惜夸大其词，矫枉过正。"大圣鸿哲数万言谆悔之而不足者，华士坊贾一二书败坏之而有余"，"小说为文学之最上乘"的提法，把小说推上了社会影响力和文学位置的最顶端，赋予了小说神话般的光环。这本是不切实际的提法，但对于向以"俳优""博弈"视之的小说来说，走极端的方式也许更有效果，"取法其上，得乎其中"，只要能引起比先前更多的重视，就算达成目的，何必斤斤于真假虚实。这是政治家的思维，非小说理论家的思维。正是借助梁启超的领袖地位和过甚其词，小说非"小道"的观念从此深入人心，堂而皇之地进入文学殿堂，小说创作迎来了真正的春天，虽不免有倒春寒的打扰，毕竟"春风已度玉门关"，可以期盼遍地花开。梁氏抬高小说的目的，并非仅限于为小说而小说，他强调小说的通俗有趣、易入人心、熏浸

---

① 参阅［美］韩南《中国近代小说的兴起·新小说前的新小说——傅兰雅的小说竞赛》，徐侠译，上海教育出版社2004年版，第147—168页。陈大康《中国近代小说编年史·导言》，人民文学出版社2014年版，第25—54页。

② 几道、别士：《本馆附印说部缘起》，陈平原、夏晓虹编《二十世纪中国小说理论》第一卷，北京大学出版社1997年版，第27页。

刺提的感染力，是为了"新民"之道德、宗教、政治、风俗、学艺、人格，总而言之，是为了"改良群治"的政治目标，把小说作为宣传工具来使用的。这是宣传家的思维，非小说理论家的思维。正是他的这一提倡，加上围绕在《新小说》周边的慧庵、蜕庵、瑶斋、曼殊（梁启勋）、浴血生、侠人、定一、知新主人，尤其是狄葆贤（楚卿、平子）的《论文学上小说之位置》的发挥和补充，形成了强大的"小说新民"理论导向。中国小说由此中断了正常运行轨迹，进入应用文隧道，揭露政治黑暗、批判道德沦丧、讽刺落后习俗、吐露政治理想……群起效尤，你方唱罢我登场。但是，体外运作毕竟是"变态"而非"常态"，不过三四年的光景，其弊端便暴露无遗，难以维系，于是有吴趼人及"小说林"派起而纠偏。

　　吴趼人本是"新小说"中的干将之一，对于小说的社会地位、文学地位的看法及小说的"教科书"作用，与梁启超等人没有异议，他所关注的是如何让小说更有效率、更成功地完成理论家所赋予的使命。吴趼人看到了"新小说"的创作缺陷："今夫汗万牛充万栋之新著新译之小说，其能体关系群治之意者，吾不敢谓必无；然而怪诞支离之著作，佶屈聱牙之译本，吾盖数见不鲜矣！凡如是者，他人读之不知谓之何，以吾观之，殊未足以动吾之感情也。于所谓群治之关系，杳乎其不相涉也。"基于此，他提出了两个解决问题的办法：一是趣味性。"小说之与群治之关系，时彦既言之详矣。吾于群治之关系之外，复索得其特别之能力焉。一曰：足以补助记忆力也……深奥难解之文，不如粗浅趣味之易入也。学童听讲，听经书不如听《左传》之易入也，听《左传》又不如听鼓词之易入也。无他，趣味为之也……一曰：易输入知识也……读小说者，其专注在寻绎趣味，而新知识实即暗寓于趣味之中，故随趣味而输入之而不自觉也。"二是道德教育优先。"善教育者，德育与智育本相辅，不善教育者，德育与智育转相妨。此无他，诐与正之别而已。吾既欲持此小说，以分教员之一席，则不敢不审慎以出之。历史小说而外，如社会小说，家庭小说，及科学、冒险等，或奇言之，或正言之，务使导之以入于道德范围之内。即艳情小说一种。亦必轨于正道，乃入选焉（后之投稿本社者，其注意之）。庶几借小说之趣味之感情，为德育之一助云尔。"① 当然，吴趼人所积极倡

---

　　① 吴沃尧：《月月小说》序，陈平原、夏晓虹编《二十世纪中国小说理论》第一卷，北京大学出版社 1997 年版，第 186—188 页。

导的道德是传统儒家道德，第一节已论及，此不赘述。吴趼人是近代小说界少有的集创作和理论于一身的重量级人物，他的理论来自创作实践，也更切实地融入创作实践。1906 年开始的言情小说创作，就是他的理论与实践相结合的产物，不仅标志着他的创作转型，也带领整个小说创作主流向传统道德回归，其影响力要远远大于有理论无实践或有实践无理论者。

"小说林"派的代表人物是黄摩西和徐念慈，他们以《小说林》杂志为阵地，发表了一系列小说理论文章，探讨小说的诸多问题。

"小说林"派承认小说的重要社会作用，但在小说与社会的关系上反对梁启超的小说决定社会论，代之以小说反映社会论。"小说者，文学中之以娱乐的，促社会之发展，深性情之刺戟者也。昔冬烘头脑，恒以鸩毒霉菌视小说，而不许读书子弟，一尝其鼎，是不免失之过严；近今译籍稗贩，所谓风俗改良，国民进化，咸唯小说是赖，又不免誉之失当。余为平心论之，则小说固不足生社会，而唯有社会始成小说者也。"① 这就把小说放到了本来的位置，不致使小说因背负不可能完成的任务而崩溃，有利于小说的正常发展。"小说林"派对小说本质属性的认识，也超越了此前的理论家，摩西《小说林》发刊词和觉我《〈小说林〉缘起》分别从小说与哲学、科学、法律、经训的文体区别和小说的美学特征入手，阐述了"小说者，文学之倾于美的方面之一种也"（《小说林》发刊词），"则所谓小说者，殆合理想美学、感情美学"（《〈小说林〉缘起》）的观点，纠正了工具论者"讲义""格言"视小说的偏颇，为小说回归艺术本性指明了方向。

"小说林"派对小说的认识虽得自西方美学的启发，但他们对古代小说传统亦相当重视。蛮（黄摩西）的《小说小话》、觚庵的《觚庵漫笔》等古代小说的专题研究之作，都在《小说林》上发表。他们反对梁启超一棍子打死古代小说的做法，对古代小说的优秀作品进行深入研究，得出了继承和借鉴古代小说遗产的结论，说明近代小说理论界正在走向成熟。

与"小说林"派遥相呼应的是在广州发行的《中外小说林》。《中外小说林》由黄伯耀、黄世仲兄弟创办，他们都是革命派的宣传家，与梁启超虽然分属不同的政治阵营，但在看重小说的宣传教育作用这一点上有着同向思维。"处二十世纪时代，文野过渡，其足以唤醒国魂，开通民智，诚

---

① 觉我：《余之小说观》，陈平原、夏晓虹编《二十世纪中国小说理论》第一卷，北京大学出版社 1997 年版，第 332 页。

莫小说若。本社同志，深知其理，爰拟各展所长，分门担任，组织此《小说林》，冀得登报界之舞台，稍尽启迪国民之义务。词旨以觉迷自任，谐论讽时，务令普通社会，均能领略欢迎，为文明之先导。此《小说林》开宗明义之趣旨也。"① 这与《新小说》的宗旨完全一致，可看出它们之间一脉相承的关系。

随后，黄伯耀（署名翟、光翟、伯、老伯）、黄世仲（署名世、棣、棠、老棣、亚荛）在《中外小说林》上发表多篇讨论小说的理论文章，除反复申述小说在"开通民智""改良社会""政治宣传"等方面的重要功用外，对小说的艺术性和古代小说成就亦相当重视，从而修正了梁启超的偏激，与"小说林"派的观点走得更近。

在《小说之功用比报纸之影响为更普及》一文中，黄世仲认为报纸在"开拓心思，改良风俗，进化人群，增长智识"方面的影响力比不上小说，其原因是"小说上之情，移人者长"，"小说耐人寻绎，而旧仍喜读"，"味以引而弥长，情以通而遂感"，即小说具有打动人心的感染力。他进而阐发道："然小说之能事，不外道情。于己之情，体贴入微；即于人之情，包括靡尽。于一人之情，能曲以相近；即于普天下人之情，能平以相衡。其言事也，无一不以情传之；其言情也，无一不以事附之。"这就触及了小说的本质属性，它不是就事论事的应用文，而是传递情感的艺术作品，不能简单地、直接地拿来搞宣传。那么，如何做到以情感人呢？那就是尊重艺术规律和磨炼艺术技巧："小说者，陶镕人之性灵者也……事愈奇则笔愈警，事愈妙则笔愈佳，事愈繁则笔愈简。其中铺排渲染，曲折回环，起伏照应，穿插线索，相承一气，使论者心目，为之爽然，神情活现，夫岂报纸区区十余门类、几篇撰述所可同日语哉！"② 在另一篇文章里，黄世仲批评了那些不重视小说艺术规律的"新小说"："盖当此半开化之时代，国民之心思眼力，固宜顺其程度以致开通，即著作家宜顺其程度以为立论。然准此以观今日之新小说，固大半异夫前轨矣。特以文学之风气，因时而迁，究其间不无矫枉过正者。或文饰其词曰：吾之笔法，自成一家。否则曰：新世界之文字，固当如是。甚则满纸芜词，绝无意境开发，意则

---

① 《〈（中外）小说林〉之趣旨》，陈平原、夏晓虹编《二十世纪中国小说理论》第一卷，北京大学出版社 1997 年版，第 224 页。

② 亚荛：《小说之功用比报纸之影响为更普及》，陈平原、夏晓虹编《二十世纪中国小说理论》第一卷，北京大学出版社 1997 年版，第 236—238 页。

平平庸淡，而字句间或过为雕斫（琢），将以是为矜奇；而一篇之中，有散漫无结束，有铺叙无主脑，有复沓无脉络，前后无起伏，穿插无回应，见事写事，七断八续……总而言之，则文法不协，何足以语优劣？更何足以引人入胜？如是而欲借以开通国民之知识，乌夫信也！"① 对照这两段话，可以清楚地看出"中外小说林"的理论家对小说艺术性的重视程度。

对于古代小说遗产，黄氏兄弟给予了很高评价，"吾国小说，至元明而大行，至清初而愈盛。昔之《齐谐志》《山海经》，奇闻夥矣；《东周》《三国》《东、西汉》《晋》《隋唐》《宋》诸演义，历史备矣。后之《水浒传》《西厢记》《红楼梦》《金瓶梅》《阅微草堂》《聊斋志异》，五光十色，美不胜收"②。尤其是对《水浒传》《三国演义》《红楼梦》《金瓶梅》等优秀作品，更是在《文风之变迁与小说将来之位置》（老棣）、《学校教育当以小说为钥智之利导》（耀）、《小说种类之区别实足移易社会之灵魂》（棣）、《小说之支配于世界上纯以情理之真趣为观感》（伯耀）、《学堂宜推广以小说为教书》（老棣）、《曲本小说与白话小说之宜于普通社会》（老伯）等多篇文章中予以反复称许，其重视程度比"小说林"派有过之而无不及。

纵观近代小说理论，有一条贯穿始终的主线，那就是给予小说前所未有的社会地位和文学地位。梁启超、吴趼人、"小说林"派、"中外小说林"的黄氏昆仲，以及围绕在他们身边的小说理论家们，都把小说看作可以宣传政治主张、改良社会、改变国民思想和风俗的有力武器，极力抬高小说的社会地位。这里面显而易见存在拔高成分和功利色彩，有把小说送上祭坛的危险。但正是他们的过激言辞，将小说从传统的"小道"观念里解放了出来，改变了其文学地位，从不入流一跃上升到文学的最上层。社会地位和文学地位的抬升，促使作者和读者的创作、阅读心态随之转变，撰小说者由不敢署名到以小说家自诩，读者由偷偷摸摸到公开讨论，给小说提供了更为广阔的发展平台。近代小说高涨的创作和阅读热情，以及急剧膨胀的作品数量，理论家们声嘶力竭地吆喝居功至伟。

新小说爆炸式的成长和信马由缰般的发挥，很快暴露出根基浅薄和品

---

① 棣：《改良剧本与改良小说关系于社会之重轻》，陈平原、夏晓虹编《二十世纪中国小说理论》第一卷，北京大学出版社 1997 年版，第 316 页。

② 世：《小说风尚之进步以翻译说部为风气之先》，陈平原、夏晓虹编《二十世纪中国小说理论》第一卷，北京大学出版社 1997 年版，第 322 页。

质粗劣的问题，促使理论家们开始反思并开出药方。艺术质量下滑是他们共同诊断出的病症，于是有吴趼人的趣味说，"小说林"派的美学解读和"中外小说林"阵营的艺术技法探索。他们开出的最重要的一剂良药就是借鉴古代小说的优秀传统，不仅深入研究、挖掘古代小说的成功经验并加以苦口婆心的宣讲，吴趼人、黄世仲更是亲自示范，创作更富艺术品位的作品，扭转"开口便见喉咙"的创作局面，鸳鸯蝴蝶派的出现，正是他们在这方面辛苦努力的结果，虽然不一定是他们想要的结果。

第五节　宽松的文化政策环境

　　清代是中国历史上对文化领域控制最为严酷的朝代。屡兴"文字狱"，稍有不慎，即会引来杀身之祸，庄廷鑨《明史》案、戴名世《南山集》案、吕留良案牵连人数之多，镇压手法之残酷，让人不寒而栗，直到光绪二十九年（1903），还搅起了《苏报》案风波，可见清廷文化政策之禁锢和延续之长久。借编纂《四库全书》之机，大肆全毁或抽毁触犯忌讳的图书，许多图书就此散佚失传，造成空前的文化浩劫。

　　清朝统治者对小说的防范程度丝毫不亚于学术、诗文领域，禁止"小说淫词"甚至写进了《大清律例》，真是前所未有的"荣幸"。清朝未入关前就对小说心存警惕，清太宗便有"禁译野史"的训令，顺治九年（1652）题准禁毁小说后，历朝列代，对小说都是严密监控，甚至引用小说中的一句话，都要问罪处罚。① 所禁毁的小说类型从《水浒传》《说岳全传》《辽海丹忠录》《樵史演义》《剿闯小说》《定鼎奇闻》等有怀明尊汉、排满攘夷和蛊惑人心、煽动叛乱嫌疑的作品向有碍风化的"海淫"之作扩展，才子佳人小说、性爱小说首当其冲，受到旷日持久的摧残。禁毁行动的组织性越来越高，规模越来越大，波及面越来越广，道光二十四年（1844）和同治七年（1868）在小说刊印发行的中心地区江苏、浙江两地，先后展开的查禁、销毁活动，涉及小说150多部，言情之作几乎被一网打尽，许多小说从此销声匿迹。除了动用官方力量，清政府还充分调动官箴、家训、清规、学则、乡约、会章、善书等民间势力和社会舆论，对所

---

　　① 王利器辑录：《元明清三代禁毁小说戏曲史料·雍正六年二月郎坤援引小说陈奏革职》，上海古籍出版社1981年版，第36页。

谓的"海盗""海淫"之作进行围追堵截，直有赶尽杀绝的"雄心"。在如此逼仄的政策、舆论环境中，小说能够在书坊主的利益驱动下求得生存就相当不容易了，欲求其出现整体的、重大的、突破性的发展变化，实在是勉为其难。

通俗小说确实有令统治者不放心的地方，"海盗""海淫"的评价也不全是空穴来风、无根之谈，《三国演义》就做过满人和明末农民军的兵略教科书，《水浒传》是啸聚山林者的效法榜样，言情小说尤其是性爱小说败坏子弟心术和道德操守的例子也屡见不鲜。因此，自打它从明初产生起，便被统治者视为眼中钉，禁毁的命令和行动一波接着一波，但成效如何，得看统治者的政治控制能力。一般来说，小说的衰盛与政治控制力量的强弱构成反比例关系，政治控制力量越强，小说便越萎缩，反之亦然。明初至嘉靖前小说创作领域的 200 年大萧条，与能够迅速贯彻执行小说禁令的高效运行机制不无关系。正德以后，明王朝的统治力量渐走下坡路，对小说领域的控制也就力不从心了。嘉靖初年，官方首先刊印《三国演义》和《水浒传》，民间自然顺水行舟、借海扬波，局面一发不可收拾。至明末，朝廷基本丧失了统治能力，小说却迎来了兴盛繁荣期，二者此消彼长关系清晰可见。清代的情况亦类似，只不过削弱清政府统治力量的主要不是来自内乱而是外患，失控的是部分地区而不是全国。当拥有"治外法权"的上海租界成为"政治犯"的避风港时，清政府的文化高压政策在这里自然派不上用场，以租界为大本营的小说找到了施展拳脚的广阔天地，迎来了又一个发展高峰期。

租界是按照西方殖民者的价值观念来管理和运作的工商业区域，经济活动是其主要功能，政治色彩并不强烈。但是，经历过资本主义发展阶段的殖民者对清帝国的专制统治模式有一种天然的反感情绪，所以，往往给持不同政见者提供保护。康有为、黄遵宪在戊戌政变后藏身租界，得以保全性命，革命党人也把租界当作避难所，章炳麟、邹容一案清廷费尽心机，最终也以接受租界会廨公所的轻判收场。与此相适应，租界对新闻舆论、演讲集会及书籍出版也没有严格的审查措施。1911 年以前，上海租界一直没有制定新闻出版方面的规章制度，上海的近代文化事业和文学活动就是在这样的无序自由中得以滋生蔓延，具有近代特色的小说即是这种特殊环境的产物之一。

1902 年以后出现的新小说，如吐露政治抱负、寄托政治理想的政治小说，揭露官府腐败无能和道德沦丧的谴责小说，宣扬种族主义、推翻清朝统治的革命小说，抨击专制统治、向往民主共和的理想小说，控诉现实黑暗、反映普通百姓悲惨生活的时事小说，鼓吹妇女解放的女权小说，不要说按照"文字狱"的标准，就是依照光绪二十七年（1901）颁布的《大清律例增修统纂集成》中的"造妖书妖言"条，作者就够得上杀头、流放的惩处了，即使刻印者、销售者、读者也得分别付出流放三千里、判刑三年、杖一百的代价。[①] 租界之外，此类作品还有立锥之地么？而上述小说正是近代小说特征的典型代表，若没有它们，近代小说的概念恐怕都没必要产生，所以说，相对宽松的租界文化政策环境为近代小说的产生和发展提供了不可多得的机会。

内容主题而外，近代小说的创作手法和风格特色亦与租界的特别文化氛围大有关系。谴责小说的创作手法是讽刺加谩骂，对官场、大小官僚、商贾、留学生等社会上有头有脸人物进行放言无忌，甚至夸大其词的挖苦和攻击。痛快淋漓之余，不免落下"辞气浮露，笔无藏锋"的讥评，与它的老祖宗《儒林外史》"戚而能谐，婉而多讽"的从容气度相差不可以里计。这种创作手法之所以出现并迅速走红，离不开租界宽松的言论环境，作者不必担心有人找上门来兴师问罪，可以大胆发泄不满情绪。同样，这种创作手法所显露出来的缺陷，亦与租界宽松的言论环境密不可分。作者突然从沉闷混浊的空气跨入生鲜清新的自由天地，而那种空气依然近在咫尺，笼罩四周，一吐胸中之块垒的冲动，让他们根本没有静下心来打磨艺术技巧的兴致。谴责小说的故事连缀型结构形式，虽有借鉴《儒林外史》之处，但更多的还是为了适应报刊这些新的小说传播媒介连载的需要。报刊是近代最有代表性、最具活力的新生公共文化产品，它的出现和兴盛得益于西人的启迪及租界的舆论自由土壤。进入20世纪，报刊已充分市场化和商品化，依靠发行量来生存，小说要在报刊上争得一席之地，必须按照报刊的游戏规则来创作，得时时有高潮，天天出新鲜，连缀式结构最适宜连载的特点和要求，于是谴责小说的结构形式便成了清一色的短篇故事连缀型。

政治小说的最大特点是有小说之名而无小说之实，满纸政治思想和见

① 张静庐辑注：《中国近代出版史料初编·有关出版的各种法令》，中华书局1957年版，第311—312页。

解，处处议论和说教，枯燥乏味，几无艺术性可言，可就是这样徒具小说躯壳的"怪物"，也能兴旺发达一阵子，说明它还是拥有一定数量的读者的。它拥有的是什么样的读者呢？肯定不是普通市民，而是有着相同政治意识形态的同党，他们在租界的人数足以支撑起犯政治和艺术大忌的小说类型，从侧面反映了租界言论自由和文化政策的开放程度。若没有租界的庇护，政治活动分子就很难大量云集上海，形成读者市场。若没有租界对出版行业的放任，表达政治异见的小说就没有发表的园地和生存空间。其他带有宣传目的的小说类型也是大多面向特定的读者群，如革命小说、妇女小说、外国历史小说等，虽然比政治小说的写作技巧稍有可观，但要是以真正的小说创作标准来衡量，上得了台面的也没几部。这类忽视创作手法，放弃写作技巧的概念小说只能在租界的特殊时空里产生和生存，它们把小说的发展方向一度引向歧路的同时，也挖了一个埋葬自己的坑，当迷雾散去，一切便都灰飞烟灭了，留不下任何追忆。

文化政策太过严厉不利于文化事业的发展，但完全没有文化管理措施也不是好事，缺少文化政策的正面导向和适当抑制作用，必然会造成文化产品的价值观混乱和道德水平下降。租界不仅是文人政客的家园，也是地痞流氓、黑帮成员、妓女戏子等边缘生活者的乐土，后者给租界带来了庸俗、狡狯、污浊、糜烂等不良风气。由于文化政策的缺位，租界对附和、散布甚至鼓吹丑陋现象的文化产品亦一应放纵，毫不节制，使之泛滥成灾，且越来越堕落，租界因而成了近代低俗文化的中心制造区。贴近世俗生活、格调本来就不怎么高的通俗小说自然很快落水，并成为搅动这池浑水的主要力量。

黑幕化就是放任自流的文化政策给小说植入的最致命的恶性肿瘤。黑幕小说是谴责小说极端化的产物，丑诋诽谤、谩骂使气是其主要手段，报复打击、敲诈勒索是其最终目的，是打着小说幌子的文坛流氓的下作伎俩，根本不入小说之流。可它的吸纳能力和辐射能力却很强，狭邪小说、公案小说、社会小说、侦探小说的末流都被其收编麾下，以色情、堕落、犯罪为卖点，掀起一股近代小说的逆流，给通俗小说造成了严重伤害。

近代小说处于非常吊诡的文化政策环境之中，游走于专制高压与放任纵容两个极端之间，形成了上海租界一枝独秀，其他地区一片肃杀的特殊格局。租界几乎空白的文化政策是一把双刃剑，既促成了小说创作的空前大繁荣——新的小说类型不断涌现，作品数量呈几何级增长，也给小说的发展带来了巨大的伤害——实用主义盛行，功利色彩浓厚，艺术质量低下。近代小说主要矛盾的形成当然有多方面的原因，但上海租界的特殊文化环境起了只有那个历史时期才会出现，而且是中国小说史上具有唯一性的作用。

第六节　翻译小说的参与

　　除了租界特色，近代小说还有一个此前小说不曾遇到过的新情况，那就是翻译小说的闯入。也许是巧合，域外小说的登陆时间与中国近代史开端的那一年重合，道光二十年（1840），古老的《意拾寓言》（今译《伊索寓言》）在《广东报》上刊载，拉开了进入中国的序幕。与当时整个西方文化在中国的影响力一样，翻译小说初期的势头并不猛烈，五十多年里只断断续续露面了7种作品，① 没有掀起任何波澜。沉寂的局面于光绪二十二年（1896）被打破，维新派的机关报《时务报》刚创刊便开始连载翻译小说，《英国包探访喀迭医生案》《英包探勘盗密约案》《记伛者复仇事》《继父诳女破案》《呵尔唔斯缉案被戕》，一部接着一部，西方侦探小说首先抢滩成功。随后，《农学报》《求是报》《无锡白话报》（后改名《中国官音白话报》）、《清议报》应声跟进，翻译小说的现身频率显著升高，3年的篇目就超过了前56年的总和。② 光绪二十五年（1899），林纾与王寿昌合译的《巴黎茶花女遗事》在福州和上海先后出版，一时间洛阳纸贵，风靡天下，翻译小说从此大行其道，至宣统三年（1911），出现数量达到1000多种。如此庞大的数量存在，使之在近代小说中的位置相当显眼，它参与到中国小说转型过程的事实无可置疑。

　　翻译小说对近代小说的影响主要有以下四个方面。

---

　　① 《意拾喻言》（《伊索寓言》），1840年刊于《广东报》，1878年7月27日上海《万国公报》开始连载；《天路历程》，1853年厦门出版，1869年上海美华书馆出版，1873年香港中华印务总局出版；《谈瀛小录》，1872年5月21—24日《申报》连载；《一睡七十年》，1872年5月28日《申报》刊载；《昕夕闲谈》，连载于1873—1875年《瀛寰琐记》第3—28期；《安乐家》，1882年上海画图报馆出版；《海国妙喻》，1888年天津时报馆出版。

　　② 除正文所列，还有《稽者传》（《农学报》1897年6月第五册开始连载），《卓舒及马格利小说》（《求是报》1897年10月第二册开始连载），《长生术》（《时务报》1898年5月第六十册开始连载），《百年一觉》（《中国官音白话报》1898年6月第七、八期刊出），《佳人奇遇》（1898年12月《清议报》第一册开始连载。

一是提高了人们对小说的重视程度。小说在西方虽然没有梁启超鼓吹的那么神奇，但比起在中国的同类来，其身份的确尊贵很多。这给正热切学习西方、以西方标准为判断坐标的知识分子以莫大启示和底气，"蔚四部而为五"的倡议不但一致通过，且将其抬到了"文学之最上乘"的显位。应该说，没有中西小说观的对比，没有中西小说地位在各自社会差距明显的刺激，中国小说的社会地位和文学地位不可能如此一步登天般地蹿升。面对翻译小说，必然要评判一下好坏优劣，比照的对象自然是老祖宗的遗产，不管得出不如人还是比人强的结论，都得拿出证据来，自然要进行古代小说的整理和研究工作，这就无形中提高了小说的关注程度和普及程度。

二是扩大了小说类型。中国古代小说本没有清晰的分类意识，一部小说容纳多种类型的现象比比皆是，只是每部作品在题材和内容选择上有一定的倾向性和突出性而已。最早对小说进行类型区分的《新小说》杂志，罗列了历史小说、政治小说等十种，其中哲理科学小说、军事小说、冒险小说、侦探小说、写情小说、传奇体小说标注了"题未定"的记号，也就是说，这些类型只有概念，没有实际作品。概念来自何处？来自贩卖西方的日本小说杂志。这些空中楼阁式的命题作文不可能在本土自主完成，必须通过翻译成型的外来作品做示范，于是按分类指导原则引进的翻译小说纷纷亮相，而有既定目标的模仿者在这些范本的基础上制造出了中国小说新类型——政治小说、科学小说、侦探小说、教育小说。这些小说家族的新成员如初生牛犊，横冲直撞，打乱了中国小说的原有进程，改变了中国小说的发展格局，当然，脱离社会发展阶段和历史文化情境的先天不足，使它们如无根之木、无源之水，很快枯萎、干涸。

三是拓展了小说叙事模式。叙事模式一般由叙事时间、叙事角度和叙事结构三个方面构成。古代通俗小说的主流叙事模式是顺叙、第三人称全知叙事和以情节为结构中心，一些近代作品有意识地尝试了非主流叙事模式：《新中国未来记》《九命奇冤》的倒叙，《二十年目睹之怪现状》《恨海》《上海游骖录》《冷眼观》的第一人称限知叙事，政治小说的大段议论和演说，《老残游记》的景物描写和心理起伏，《恨海》的心理独白，都冲击着以情节为中心的叙事结构形式。虽然中国古代通俗小说也出现过《绣榻野史》的第三人称限知叙事和《痴婆子传》的倒叙手法和第一人称叙事，但近代小说模仿的肯定不是它们而是翻译小说。据学者们比对，日本政治小说《雪中梅》或美国政治小说《百年一觉》是《新中国未来记》倒叙手法的蓝本，《九命奇冤》的开头受法国小说《毒蛇圈》的启发，其他如侦探小说的倒叙手法和第一人称叙事等，都给近代小说叙事模式的试验提供了直接参考，不论试验成功与否，它已成了近代小说自身的组成部分，成为近代小说的标志之一。

四是冲击着小说的形式体制。古代通俗小说只有章回体一种形制，近代小说对章回体的套路一点点地剥蚀，《新中国未来记》《官场现形记》抛弃了每回首尾的入话诗和下场诗，《苦社会》《黄金世界》又省去了"话说""且说"等套语，至《碎琴楼》《玉梨魂》《孽冤镜》则连分回、回目都用章和标题替代了，使章回体一度边缘化。出现这一现象，翻译小说的作用体现得最为明显，《巴黎茶花女遗事》是基本按照原作的形制翻译的，没有被改造成章回体，以它为龙头，加上一些外形幸而留存的其他翻译作品，给近代小说一度带来"洋面貌"。

上述四个方面是就整体而言的，至于具体的故事内容或细节描写的借鉴、模仿甚至抄袭之处，无关宏旨，不必纠缠。抽象地看，完成了这四个方面的转变，近代小说足以贴上"现代性"的标签，迈入现代小说行列，推动中国小说转型的首功自然非翻译小说莫属，这是"外来影响主导"论的主要论据，可实际情况果真如此么？

首先是同时具备上述四个条件的作品可以说没有，大多是一鳞半爪、冰山一角式的"新变"，要么"思想高尚"，要么"部分形式新颖"，即使这样的作品也是凤毛麟角，放在通俗小说这个庞大群体里，无异于泥牛入海，根本不足以代表近代创作小说的整体风貌。

其次是对近代翻译小说本身存在的问题过于"宽容"，遮蔽负面因素的同时夸大了其正面作用。

第一，翻译外国小说的动机和目的固然不乏怀抱政治宣传、启蒙教育等宏大宗旨者，如梁启超、林纾、吴趼人、周树人等人，但更多的还是以趣味性、娱乐性和商业性为追逐目标。这一方面是因为挂启蒙招牌的翻译作品实在枯燥无味，难以吸引读者的阅读兴趣；另一方面，经过译者过滤的原作思想也高明不到哪去，起不到震撼心灵的效果，那桩著名的蟠溪子版和林纾版《迦茵小传》公案，提醒我们翻译小说对启迪国民思想和"提升"小说境界起重要作用的说法是多么靠不住。因此，还是那些故事性、趣味性强的作品更实在，既无须绞尽脑汁配合当时变幻莫测的宏大叙事，又能占有市场，发点小财，何乐而不为！于是适合中国读者口味的"情节离奇"之作被大量引进，尤其是情节上奇幻多变、出人意料的侦探小说几乎取得了独霸天下的地位，这样的翻译动机及其结果怎么可能扭转中国小说以情节为中心的固有创作习惯呢？

第二，既然翻译的目的是趣味主义和商业利益，原作的文学性、艺术性便可置之脑后，产生了西方名著比较少见，二、三流作品充斥市场的现象。更为严重的是，即便这些二、三流作品，读者也难窥"全貌"。他们看到的只是从原作中抽出的故事梗概和情节大纲而已，至于西方小说引以为豪的人物性格塑造和肖像、环境、心理描写，大多被以冗长和不符合民族习惯为由，删削殆尽。删节而外，译者还喜欢做许多对原作的改造工作，如把人名、地名、称谓中国化，形式章回化，语言文言化，戏剧小说化，对原作进行增补代写，不署原作者姓名，夺翻译为创作等，至于普遍存在的意译、误译、漏译等技术性失误，在大节已亏的反衬下，都算小毛病了。诚然，任何翻译都不可能原汁原味地挪移原作，翻译过程中的损耗和流失在所难免，但雨果《九三年》、托尔斯泰《复活》、狄更斯《双城记》等长篇巨著变成了薄薄的一个小册子，戏曲变成了小说，随意增减内容，替换主题思想，甚至再创作，把原作搞得面目全非，这还能称之为翻译吗？还能为借鉴者、模仿者提供真正意义上的指导和帮助吗？

第三，译者通过翻译工作所总结的艺术规律和创作经验亦大部分中国化了，无助于改变或提高中国作者的审美情趣和创作技巧。说来不可思议，坐近代小说翻译界头把交椅的竟然是连一句外文都不懂的桐城派古文大家林纾，他靠合作者的口译，翻译了170多部域外小说，不仅数量最多，质量也最好，代表了近代翻译的最高水平。由于见多识广，经验丰富，[①]林纾也成为这个时期对域外小说最有发言权的评论家，通过序跋，他发表了大量对所译小说的看法，从而跻身近代小说理论家行列，但不懂西文的硬伤和深厚的古文知识背景，使他的看法打上明显的古代中国烙印。"是书开场、伏脉、接榫、结穴，处处均得古文家义法。"（《黑奴吁天录》例言）"西人文体，何乃甚类我史迁也！史迁传大宛，其中杂沓十余国，而

---

① 林纾《孝女耐儿传》序：予尝静处一室，可经月，户外家人足音，颇能辨之了了，而余目固未之接也。今我同志数君子，偶举西士之文字示余，余虽不审西文，然日闻其口译，亦能区别其文章流派，如辨家人之足音（陈平原、夏晓虹编《二十世纪中国小说理论》第一卷，北京大学出版社1997年版，第293页）。

归氏本乃联而为一贯而下……哈氏此书……然观其着眼，必描写洛巴革为全篇之枢纽，此即史迁联络法也。"（《斐洲烟水愁城录》序）"纾不通西文，然每听述者叙传中事，往往于伏线接榫变调过脉处，大类吾古文家言。"（《撒克逊劫后英雄略》序）"大抵西人之为小说，多半叙其风俗，后杂入以实事。风俗者不同者也，因其不同，而加以点染之方，出以运动之法，等一事也，赫然观听异矣。中国文章魁率，能家具百出不穷者，一唯马迁，一唯韩愈。"（《洪罕女郎传》跋语）让西方小说家与司马迁、韩愈并驾齐驱，对于家法森严的桐城派古文的嫡传弟子林纾而言，已属离经叛道之举了。这样的评价，在林纾心中，应该是最高层次，快赶上顶礼膜拜了，着实提高了小说的地位，但是，想从翻译小说中求取写作经验的中国作者，在这类评论中能得到什么真经呢？

　　林纾也有一些符合小说文体特点的论述。比如，《孝女耐儿传》序中提到的"专写下等社会家常之事"的题材选择，"人意所未尝置想之局，幻为空中楼阁，使观者或笑或怒，一时颠倒，至于不能自已"的情节曲折性安排技巧，"读者迹前此耐儿之奇孝，谓死时必有一番死诀悲怆之言，如余所译茶花女之日记。乃选更司则不写耐儿，专写耐儿之大父凄恋耐儿之状，疑睡疑死，由昏瞆中露出至情"的侧面描写方法。《块肉余生述》前编序里强调细节描写的重要性和伏笔运用之巧妙性："大抵文章开阖之法，全讲骨力气势，纵笔至于灏瀚，则往往遗落其细事繁节，无复检举，遂令观者得罅而攻"；"此书伏脉至细，一语必寓微旨，一事必种远因。手写是间，而全局应有之人，逐处涌现，随地关合。虽偶尔一见，观者几复忘怀，而闲闲着笔间，已近拾即是，读之令人斗然记忆，循编逐节以索，又一一有是人之行踪，得是事之来源"。这两篇序文虽不离以史家笔法作论据的习惯，但比对的重点转移到了《红楼梦》和《水浒传》身上，起码给人以作小说法而不是作古文法的印象。当然，林纾自己也说了，"予颇自恨不知西文，恃朋友口述，而于西人文章妙处，尤不能曲绘其状"（《洪罕女郎传》跋语），承认他对西方小说的认识多为浅尝辄止的、立足本土的经验之谈，并没有上升到理论性、系统性的高度。那么，靠翻译几部二、三流小说或者阅读几本残缺不全译本而对域外小说高谈阔论者的言论，还有多少理论价值和实践指导意义呢？

　　综上所述，作为近代小说的一个组成部分，翻译小说的确对近代小说的创作活动产生了方方面面的影响，对其影响力的深度、广度及实际成效要做恰当而全面地评估还是一个相当困难的课题。但是，翻译小说主导近代小说转型的提法首先值得检讨，该提法明显存在夸大事实和以偏概全的成分。说实在的，对于此类问题，永远不可能做到精确定位，也不可能取得一致意见，笔者认为，给予翻译小说是近代小说转型过程中的一支重要参与力量的评价更为妥当一些。

第五章　世俗的喧闹与堕落

　　《海上花列传》之后，狭邪小说大约以五年为一个界限，走完了它近代时段的三部曲。第一个五年（1895—1899），承继前辈之余威，创作势头相当旺盛，完成了四部重要作品：梁溪司香旧尉（邹弢）《海上尘天影》60章，完成于光绪二十二（1896）年，光绪三十年（1904）亚非尔丹出版；孙家振《海上繁华梦》初、二集，60回，光绪二十四年（1898）五月二十七日起，随《采风报》第日附送单页一张，光绪二十九年（1903）笑林报馆出版；抽丝主人《海上名妓四大金刚奇书》100回，光绪二十四年（1898）上海书局出版；二春居士编，南亭亭长（李伯元）评《海天鸿雪记》前20回，光绪二十五年（1899）六月二十一起《游戏报》刊载，光绪三十年（1904）世界繁华报馆出版。

　　四部作品都有自己的个性，互不重复，表现出丰富多样的特点。这应是狭邪小说进一步发展的好兆头，因为多点发散是流派经典之作产生的必要准备，只有经过充分的、多向度的摸索实验、提炼考较，才能收获经得起历史检验的精品果实。其实，《海天鸿雪记》的"王者气象"已隐约显露，但是历史没有给它更多的时间和机会。对大历史来说是必然，但对狭邪小说来说是偶然的"小说界革命"爆发，不仅《海天鸿雪记》的创作计划停顿了下来，整个古典形态的小说创作都木然呆立，让位于一夜之间便崛起的"新小说"，任其纵横驰骋。

　　李伯元把才华挥洒到谴责小说中去了，狭邪小说也跨入了无所作为的第二个五年期（1900—1905）。这个时期，狭邪小说没有新作问世，只有旧作零星出版，倒是与并肩走来的其他类型传统小说"患难与共"，静静地观看血气方刚的新小说的激情表演。

　　可惜这些新小说不怎么争气，心浮气躁外加不思进取，折腾了三四年，便成了秋后蚂蚱，有的甚至直线堕落，甘居下流。传统小说瞅准时机，杀了个回马枪，重新夺取阵地，尤其是言情小说打了个漂亮的翻身仗，重整旗鼓，领导整个小说界迈向新的征程。

这场交锋正发生在狭邪小说的第三个五年期（1906—1911），可是作为传统小说中的一员，狭邪小说却没能像言情小说那样再铸辉煌，推出像样的"领军作品"，而是与新小说一起跌入谷底。究其原因，关键有三条：一是浮躁粗陋，跟风赶潮、仓促成篇，没有在艺术质量上下工夫，求突破；二是谋利心切，完全看市场的脸色，媚俗求售，续写成风，丧失了艺术超越世俗的精神追求；三是放弃道德操守，与黑幕小说同流合污，溢妓女之恶，揭嫖客之短，大谈嫖经，沦落为"嫖界指南"。

背上这三大"罪状"，不要说继续待在领导岗位，就是在"老将"群中找一块容身之地，也成为一种奢望。追踪狭邪小说自绝于主流的根源，有受"革命小将"末流传染的因素，也与自身谱系混乱，立身不谨大有关系。在第一个五年期，狭邪小说就露出了粗制滥造的苗头，《海上繁华梦》已有暴露妓家伎俩、介绍嫖妓经验之嫌，《海上名妓四大金刚奇书》更是浅陋到了不堪卒读的地步，去艺术化倾向明显，完全倒向市场化、商品化的旋涡。有了这诸多诱惑，第三个五年期的狭邪小说表面上热闹红火，产量增加了、受欢迎程度提升了、市场占有率提高了、时尚圈里占有一定位置了，一派繁荣景象，内里却日渐迷失本性，流失精髓，离开了言情小说阵营，投身到社会小说门下。

综合1895—1911年狭邪小说的完成和问世情况，以及作品内容和风格的变化特征，可以1905年为界，分为两个阶段，以下分而述之。

第一节　喧闹中的坚守

1895—1904这十年间，通俗小说领域发生了地覆天翻般的变化，整个传统小说经受着低潮、批判、否定直至被抛弃的痛苦折磨，狭邪小说没身其中，总体运程与大家一致，没有什么异样。通过观察它在这个过程中的挣扎和摸索，不仅可以觅到狭邪小说日后再出头时所产生的变数的前因，也能得到中国小说由古典到现代转型的基本线索。

孙家振是典型的报人，一生与报纸打交道，出入大报、小报，主笔《新闻报》，参与《申报》《舆论时事报》，主持《采风报》《笑林报》《大世界》，对上海风气的变化了如指掌。而且，他是游历花丛的老手，熟悉勾栏人物和生活，"君家素丰，少时猎艳寻芳，大有杜牧扬州之概。当筵买笑，挥霍甚豪，故曲院名花，无不欢迎恐后。孙君又自创笑林报馆，青楼中人，苟色艺有一节可取，必极意揄扬之。出墨池而登雪岭，枇杷门巷，多有因此而骤获芳誉者。自是阅历欢场数十年，缠头之资，不下数万"①，为创作《海上繁华梦》积累了丰富的感受和素材。一开始，他对这部小说没怎么重视，创作时间持续很长，光绪十七年（1891）已写出 21 回，② 9年后才开始在《采风报》连载［光绪二十四年（1898）五月二十］，而且是随报附送，每日一页，不取分文。这与韩邦庆集中时间精心构撰《海上花列传》，以及努力推销作品的态度大相径庭。可 1903 年，《海上繁华梦》初、二集出版后，引起轰动，"复印四次，销售一空"。作者尝到了甜头，"心窃喜之"，加快了创作步伐，1905 年动笔写"后集"，次年 40 回便脱稿，由笑林报馆出版。此后一发不可收拾，《续海上繁华梦》初集、二集、三集共 100 回，接踵而来，直写到黎元洪继任大总统。但民初小说创作态势和市场形势已变，狭邪小说风光不再，《续海上繁华梦》只好悄悄收场，躺在案头，没能正式出版。

《海上繁华梦》延续了传统的劝惩主题，这在作者的自序及作品行文过程中有多次宣示，作品的内容也印证了这一点。苏州才子谢幼安和杜少牧到上海游玩，杜少牧很快拜倒在上海的物质和情色诱惑脚下。传统与现代交织的物质享受和娱乐活动，丰富多彩，五光十色，令人目不暇接：吃的有花酒、番菜、大菜，喝的有香槟、啤酒、荷兰水，住的是洋房，穿的是外国汗衫，用的是洋家具、自来火灯、拉风、德律风、洋风炉，玩的是脚踏车、打弹子，坐的是马车、人力车，逛的是花园、庙会，看的是跑马、外国马戏、电光活动影戏，听的是说书和戏曲，还能买吕宋票发财。时髦娇媚、应酬一流的高级妓女们也是这花花世界中的一分子，她们已完全物质化、情欲化、娱乐化了。理论上，她们是有钱男人的玩物和社交工具，实际上，她们才是这场游戏的主导者。口是心非、虚情假意、两面三刀、甜言蜜语、色诱情迷是她们笼络男人的拿手好戏；抄小货、砍斧头、姘戏子、轧马夫、养恩客、装处女、溲浴卷逃

---

① 蒋瑞藻编：《小说考证》，江竹虚标校，上海古籍出版社 1984 年版，第 416 页。
② 这是作者在《退醒庐笔记》里的自述，考之作品，多有不合。如第 8 回提到《游戏报》和《笑林报》《世界繁华报》，《游戏报》创刊于 1897 年，后二报创刊于 1901 年，远远迟于作者所说的创作时间，是作者有意提前作品创作日期，还是后来有重大修改，不得而知。

是她们玩弄男人情感的不二法门，没有哪个男人能逃脱这个迷魂阵。人欲横流、鱼龙混杂的世界里，免不了坑蒙拐骗，拆梢、倒脱靴、仙人跳，这些与城市现代化相伴而生的阴暗面愈发显出社会的复杂和混乱。怀着寻找真情理想的杜少牧在这个真实而又迷幻的世界里流连忘返，险被吞噬，幸有益友们的时时规劝，以及纨绔子弟们或倾家荡产或流落乞讨或身死财散或前途尽丧的前车之鉴，方才悬崖勒马，斩断魔障，全身而退。杜少牧的故事无非是浪子回头这个古老话题的又一次演绎，并不新鲜。

谢幼安和桂天香你情我愿的故事给尔虞我诈的上海风月场带来了一丝光亮，这段不太和谐的插曲继续着"救风尘"主题的说教，却少了浪漫和理想。据作者说，这是自己的真实生活写照，[①] 使全书带上一定的自传色彩。其实，整部作品的内容大多是作者久历花丛的经验之谈，具有相当的生活真实性，可正因为作者急于现身说法，罗列所见所闻，致使作品缺少对生活素材的熔铸提炼，表现得浅显直白，一览无余。

《海上繁华梦》里出现的人物似乎都有现实原型，作者做了一些漫画化、夸张化处理，使他们成为某种类型的代表。

作品首先采用老套的联想法或谐音法给每个人物定性：谢幼安对应携妓东山的谢安，杜少牧是"赢得青楼薄幸名"的杜牧的后继，郑学元与《李娃传》里的郑元和一脉相承；贾逢辰是"假奉承"、白湘人是"白相人"，温生甫是"瘟生"等，是典型的人物类型化塑造方法。

其次，《风月梦》式的滞重的人物出场方法也被照搬过来，每个人物出场都例行对其衣着、长相、举止做一番详细描写，且正面或反面角色一望可知，概念化成分浓厚。

再次，继续让风流才子、正直君子充当男主角，虽然他们已无意于功名，可读书种子的气质和举动还是被正面宣扬，可见，才子佳人的理想依旧盘旋在作者的内心深处，即使与作品的整体格调不那么融洽。

最后，具体人物的性格是依照作者的观念和情节的需要而设定的，基本不变。屠少霞挥霍浪荡，邓子通好色豪气，温生甫自作多情，潘少安贪婪无行，贾逢辰奸诈精明，巫楚云奸巧逢迎，颜如玉轻浮狡诈等，是一群没有个性的背景人物。主要人物即便是谢幼安，自制庄重之外，也没有什

---

① 孙家振：《退醒庐笔记》，上海书店 1997 年版，第 69 页。

么特色。杜少牧是全书主旨的集中体现者，从少年轻狂式的吃醋、发飙到猛然警醒，多次经历妓女哄骗和损友欺瞒，应该说，为他的性格发展、升华提供了较好的基础。可作品除了反复表现其固执和轻信，没有描绘其内心变化轨迹和幻想破灭过程。人物性格一直平面铺展，缺少起伏和波折，使得他的幡然醒悟缺乏内在逻辑支撑，只能通过其他人的惨痛教训来点化，草草收场。从这一点来看，《海上繁华梦》在人物塑造上的成就远远低于之前的狭邪小说。

《海上繁华梦》的情节结构至为简单，基本上是平铺直叙，没有用心经营。以梦开场的安排显是《红楼梦》以来的老办法。那个梦丝毫没有象征意义和结构性作用，只是将全书的故事及其结局做了预告，结尾时又对这个梦做了画蛇添足式的解释，可以说是对传统结构模式的拙劣模仿。作品没有摆脱传统情节模式束缚的另一个证据是作品意图在纷扰的上海滩留下一些文人化的踪迹，酒令、诗、曲、骈文、花榜等表现风雅的活动，时不时穿插进来，可看出作者对传统文人诗酒风流情结的不离不弃。

值得注意的是，《海上繁华梦》尝试以旅行者的视角观察、介绍上海的种种新鲜事物，在叙事角度上有了新发展。虽然作者对限知叙事的运用不那么熟练，常常要跳出来交代人物身份和情节进展，又回到话本式的全知叙事老路，使全书的叙事没有达到统一，但这恰恰反映了中国小说处于传统与现代交叉路口的彷徨现象。以旅行者为主要角色是晚清小说的一个重要特点，也是经常被用来证明中国小说叙事模式转型的重要论据，这个转变是来自域外小说的模仿、刺激和启迪，还是来自中国小说自我调整，创作于域外小说大规模引进之前的《海上繁华梦》给出了答案。

与《海上繁华梦》的长时间创作过程相较，抽丝主人的《海上名妓四大金刚奇书》是典型的急就章。"四大金刚"名目出自《游戏报》，"光绪丙申（二十二年）李伯元创办《游戏报》，为报界别开蹊径……逾年遂有四金刚之选，又逾年而有花榜、艺榜之选，上海花界之有状元，自此始也"[1]。由于作者误记，把《游戏报》的创刊日期提前了一年，[2] 故此名称

---

[1]　陈伯熙编著：《上海轶事大观》，上海书店出版社 2000 年版，第 407—408 页。

[2]　据现有材料《游戏报》创刊于光绪二十三年五月二十六日（1897 年 6 月 25 日）。

的出现当在光绪二十四年（1898），① 而《海上名妓四大金刚奇书》前后集各50回于当年六月就已出版，可见创作时间之短。作者在"题识"中"采访数年"的话有点靠不住，而"经营半载，始克成书"的交代倒符合实际，小说出现快餐化态势。

《海上名妓四大金刚奇书》有点"返祖"的味道，把明代神魔小说《封神演义》牵扯进来，将当时的四大名妓傅钰莲、林黛玉、张书玉、陆兰芬与佳梦关魔家四将下凡历劫捏合在一起，形成了逸事加神魔的故事框架。整部作品内容混乱，东拼西凑，粗制滥造，是典型的不问根由，只图热闹的猎奇之作。开篇虽也宣称要"暗寓劝惩"，实际上毫不搭界。艺术上至为粗糙，人物形象、情节结构、语言、叙事均无可称之处，是晚清小说去艺术化倾向的先导。所可注意者，它是第一部完全以妓女为中心，专门反映以"四大金刚"为代表的海上名妓的传闻或事迹的作品，极尽丑诋糟蹋为能事，对狭邪小说走向"溢恶"起了推动作用。

此时期狭邪小说的代表作是《海天鸿雪记》。作品主要描绘了妓女与客人的三种关系：一是性情相投，却缘悭命薄者。颜华生与江秋燕一见倾心，没成想一曲《冤家郎》却打动了豪兴公子方伯荪，几日之内，华生便成了路人萧郎。复遇谢宝玉，目挑心许，惹起无限思绪，据第5回回评，颜、谢二人当生出许多情事，但也是个"水流花谢，人间天上总凄然"的悲剧结局。余钧伯和沈宝林无心插柳，成为知己，恨孔方兄挡驾，惨然别离。

二是操纵离合，牢笼有术。老四色迷朱顺全，凌漱芳"关心"李伯飏，黄艳卿刺激李仲声，李小红管束张葆康，王寓急嫁黄渭臣，老花寓挑拨陈耀卿，高湘兰笼络蒋又春，把妓女束缚客人手段一一抖落，真有险象环生之感。

三是嫁而复出，妍戏子辱客。金寓和高湘兰都是屡嫁屡出的老倌人，而且公然妍戏子，客人想扳她们的差头，全都败下阵来。胡穰生借口金寓

---

① 光绪二十四年五月十五日（1898年7月3日）《新闻报》刊载"绘图《海上名妓四大金刚奇书》出售"广告："年来海上游客多指林黛玉、陆兰芬、金小宝、张书玉四妓为四大金刚，后又以金小宝不胜金刚之任，另以傅钰莲补之。此虽游戏笔墨，而冥冥中殆有定数存焉。抽丝主人深悉其来历，乃撰成《四大金刚奇书》，以供同好，将四妓之前因后果，历历绘出，令阅者如身入个中。至于悲欢离合之情形，同果施之奇巧，尤足令人拍案称奇。兹特另加绣像，付诸石印。每部连套价洋四角。所印无多，欲先睹为快者，速向上海四马路文宜书局购取可也。抽丝主人启。"

妍赛长庚漂账，被金寓当众羞辱，乖乖认错。陈耀卿听说高湘兰妍戏子，断绝来往，高湘兰略施小计，诈得千元。此外，娘姨、大姐轧马夫也是作品关注的对象，老二、老五云倒贴马夫，还争风吃醋，侧面揭露堂子里的糜烂风气。

作品开头的一段话交代了作者的创作意图：

> 上海一埠，自从通商以来，世界繁华，日新月盛……凡是到了这个地方，觉得世界上最要紧的事情，无有过于征逐者。正是说不尽的标新炫异，醉纸迷金。那红粉青衫，倾心游目，更觉相喻无言，解人艰索。记者寓公是邦，静观默察，觉得所见所闻，虽然过眼烟云，一刹那间都成陈迹，但是个中人离合悲欢，组织一切，颇有可资谈助的。记者躬逢其盛，因想人生世界上，只有过去未来，而无现在。自己蓬飘萍萃，偶然来到此地，才看见这些景象。倘然不到此地，连过去那影子也看不见，何况将来？又想目下繁华世界，此地也算数一数二的了，百年后又不知作何景象？就这泡影驹光里，这些人现出无数怪象，真是蟪蛄不知春秋，燕雀巢于幕上了。想到这里，觉得前不见古人，后不见来者，独立苍茫，非常沉痛。此记者著书以前之思想也。嗟乎！残山剩水，存大块之文章；鸿爪雪泥，结偶然之因果，干卿底事。未免有情，聊写余怀，请观载笔。

这段寄托沧桑之感，抒发郁结之情的自白，颇似《红楼梦》摹写"悲喜之情，聚散之迹"的立意，摒弃劝诫老套，向上一路，直指人生和内心，吐胸中块垒，开狭邪小说抒情化新局面，惜全书未完，没能完整呈现其初衷，也没有后继发扬光大之。

《海天鸿雪记》出场人物众多，甚至有点太多，也许作者有一个篇幅很长的计划，把这20回当成前奏，让人物尽快出场，然后将他们勾连起来，渐次收束，否则这么多联系松散的人物纷纷登台亮相，随上随迄，如《官场现形记》，不可能塑造出生动丰满的人物形象。没有个性化的、立体的人物形象，作品的思想深度和艺术成就必然大打折扣。

颜华生似乎是全书的男性主角，作品以他开场，且他的故事刚刚开始，埋好伏线，等待展开。第5回回评云："颜华生在马车上初遇江秋燕，复遇谢宝玉。阅者须知宝玉是主，秋燕是宾。"华生与宝玉开始交往的消息在第 9 回轻轻一点后，再无下文，主要情节还未铺开，颜华生的性格分析尚难进行，但其性格底色在与江秋燕的短暂交往过程已经显现——重情而软弱。华生与江秋燕虽只有一面之缘，可秋燕已把他看作自己人，面对方伯荪的剪边动作，秋燕希望他有所作为，他却极力将秋燕推给方伯荪，表现得相当窝囊。听说秋燕要嫁给伯荪时，华生"禁不住心头突突地乱跳"，"晚膳也不用，昏昏的睡了"，并匆匆赶回来，想见秋燕一面，不料为时已晚，自己大病了一场，可见是个痴情种子。华生压抑情感和退缩忍让的情形令人想起《风月梦》里的贾铭，微妙地传达出嫖客对有情妓女那疑而不疑、信又不信的矛盾心理，这将是华生与谢宝玉悲剧结果的性格主因。

前 20 回中最有特色的男性形象当属余钧伯。钧伯是乡下私塾先生，初到上海，笨头笨脑，手足无措，在堂子里闹了许多笑话，但"习俗移人，沾染的容易"，他很快就学会了吃花酒，幸运的是他结交了老老实实做生意、并真心愿意嫁他的沈宝林，竟让他真的觅到了红颜知己。

> 宝林这一席话，钧伯不听犹可，听了之时，觉得字字都嵌入肺腑，心窝里却切切的发痒，由痒而酸，不由的眼皮一闪，扑簌簌掉下泪来，合着了"感激涕零"那四个字……当下钧伯想着：自己一生愚拙，事事都在人后，现在蓬飘萍梗，来到上海，想谋点事做，也颇不容易。乃弟双人相与的一班酒肉大老倌，又却有点看不起他。忽然在风尘中得了个巾帼知己，也算是生平奇遇，可以慰眼前的侘傺。又想：古来名士名妓彼此倾心，往往传为佳话。我余钧伯虽然百不如人，居然在上海长三堂子里得了一个沈宝林，将来回到家乡，那段风流轶事传播开去，也强似衣锦荣归。想到此处，又不觉由悲转喜，认定"宝林是个名妓，自己是个名士，目下居然作合，是我余钧伯到底比众不同，将来衣食遇合，或者还有出人头地的亦未可知"。钧伯想着，又整襟危坐，自己拿自己敬重起来。

这是钧伯听到宝林要嫁他时的情感爆发，感动、幸福中掺杂着酸楚和凄凉，把一个屡遭白眼却心有不甘的迂腐读书人的心境展现得淋漓尽致，笔力直追《儒林外史》。尤其是那名士名妓的想象，让钧伯振作的同时，恰恰揭示了读书人精神支柱已然垮塌的现实。传统的名士风流在这嘲讽的感伤中瓦解了，修齐治平的理想还有多少存留呢？虚幻的泡沫很快就被无情的现实戳破，连150块钱也拿不出的钧伯突遭丧妻打击，立即返乡，宝林也因债务缠身，被打入幺二行列，不知这残酷的冷静是否就是他们的最终结局。

乡下人进城在妓院闹笑话是狭邪小说常写的题材，借以介绍妓院的环境和情形。《风月梦》里的穆竺，《海上花列传》中的赵朴斋，《海上繁华梦》里的土财主钱守愚，他们表现的或局促不安，或冥顽麻木，或丢人现眼，其形象感染力都比不上余钧伯。余钧伯不免有些呆笨，那是对环境的不适应，不是懵懂无知，他是清醒的，是"看着自己腐烂"的人，唯其如此，才更有震撼力量。这些人的老祖宗应是《红楼梦》中的刘姥姥，毕竟姜还是老的辣，儿孙们赶不上她老人家的练达和圆融。

高湘兰是老辈倌人，多次嫁而复出，经验丰富，阴险狡猾。借助花丛小报，狠宰冤大头陈耀卿；抓住徐君牧吊沈家小小姐膀子的机会，大玩手段，乘机将美貌少年蒋又春勾引上手。她也有非常性情的一面，花钱大方，不做守财奴，豪爽、健谈，有识见，好胜心强，具有花界领袖的自信和气派。作者对她的敬佩多于谴责，所以，看似在描写她耍手段，实则读者更多看到的是其才干的发挥，收放自如，游刃有余，很难把她与负面形象联系起来，这正是形象大于思维原理的体现。同样，其他给客人上手段的倌人，也激不起的读者的愤慨或反感，显示出作者的高明之处，那种叙好人完全是好、坏人完全是坏的简单化写法，早在《红楼梦》那里便被抛弃，惜后来的小说难以达到这个境界，只有《海上花列传》和《海天鸿雪记》庶可近之。

《海天鸿雪记》在人物塑造技法上更接近《海上花列传》，也是不专门交代人物的身世和职业背景，多是在人物活动过程中顺笔提及，更不在人物外在特征上花费笔墨，往往几笔就勾勒出人物的性格特征。苏鸣冈的篾片身份于不以为然地吃镶边酒、撺掇华生点戏、一进书场"接着手巾也不揩面，连喝几声彩"（第1回）的描写中活灵活现地体现出来。秋燕对华生的感情是听从华生让她当场转局的"命令"中流露出来，"秋燕将华生身上狠命捏了一把，慢慢的立起身来，穿出局衣裳"（第3回）。余双人的走狗嘴脸，在骂苏绶夫的一句话中便揭露殆尽（第8回）。王寓准备湿浴黄渭臣，只用"斟酌光景，一一回答了"（第10回）渭臣对债务情况的询问便点明了。汤质斋的势利相，通过听说蒋又春在招商总局办理文案，"不禁起敬，立刻换了一副眉眼同他对付"（第 12 回）来展现。高湘兰出场，只用"翠羽明珰，戴着金丝边浅黑色玻璃眼镜"（第 15 回）一句描写，便活画出房老神情。

由于人物太多，就这 20 回来说，《海天鸿雪记》的情节连贯性不足，一组一组地出现，似《儒林外史》。但据评者的提示，作品是围绕着一个核心展开，那就是华生在第 5 回做的一个梦，"颜华生一梦，是全书宗旨"（第 5 回回评）。看来《海天鸿雪记》模仿《红楼梦》的意图比较明显，而且有意加强这种传统手法。第 20 回，蒋又春也做了一个梦，"又春一梦，与颜华生一梦遥遥相对，是此书两大结束"（第 20 回回评）。至于这两个梦如何收束全书，不得而知，但已明确证明了《海天鸿雪记》与传统小说的血脉关系。

《海天鸿雪记》走的是《海上花列传》式的吴语写作路线。人物对话神态毕肖，情景逼真，如凌漱芳劝说李伯飏（第 4 回），王寓数落钱端甫、陆小庭压制王寓（第 11 回），金寓训斥胡穰生（第 14 回），都能把吴语软绵生动的特长发挥得恰如其分。白话部分的风格也以含蓄细腻见长，如谢宝玉初见颜华生时的三次传情："那人临出戏房，即回过脸来对华生略略一看，即秋水回波，春云出岫，姗姗的去了"；路上再遇，"那穿元色的竟含情凝睇，斜注着华生，嫣然一笑"；分别之时，"那穿元色的又瞅着华生嫣然一笑"，三次顾盼生姿，华生便心襟荡漾，难以把持了。随后的叫局："通关刚完，谢宝玉的局已到，走进了房，眼射着华生，问季芬道：'阿是俚叫个介？'季芬道：'自然是俚叫个嗢。'宝玉凝神引睇，似笑非笑的瞅了季芬一眼，走到华生旁边坐下。"把宝玉的动作、表情、眼神、气质勾画得相当到位，也把颜、谢二人"心有灵犀一点通"的朦胧暧昧之感由远及近地挑明。

邹弢是《青楼梦》作者俞达的朋友，曾作为《青楼梦》里的主要形象出现，也用心评点了《青楼梦》，二人在风月场中的经历颇为相近，观念也十分接近，可谓气味相投。文学上，都对《红楼梦》有着宗教般的崇拜，《青楼梦》模仿《红楼梦》，邹弢在该书评点中予以充分揭示。自己根据亲身经历创作的《海上尘天影》亦处处汲取《红楼梦》的养分，使这部出版于 20 世纪初的作品带着许多"陈旧"色彩，古迹斑驳，这也难怪，因为它毕竟是完成于光绪二十二年（1896）的"老作品"。

作品的主体是"述闺阁之多才，青楼之薄命，风尘飘泊，泥絮沾濡，少年豪侠之场，名士穷途之感。或有遇人不淑的，或有中道分离的，或有万死千生以报知己的，或有多疑忍辱以误终身的。一切人物，中年之时，均聚一处。其后悲欢离合，境遇不同，类多生死缠绵，忧愁佗傺，忠孝义烈，百折不回。更有才子之才，侠客之侠，富儿之富，淫妇之淫，以及僧尼官宰，厮养舆台，奸佞卑鄙势利，一笑一言靡不形容尽致。更有诗文词曲，酒令牙筹，灯谜射覆，雅谑庄言，无一不备，无备不详"（第2章）。这些内容无疑继续着以《红楼梦》为代表的古典小说传统。作者也不避讳，"有一个人看见了，说这事抄录《红楼梦》的影子，不足为奇，作书的人遂把此书秘了好久"（第2章）。"我看这《断肠碑》的事迹，虽不脱《红楼梦》《花月痕》的窠臼，然其事不尽虚诬，倒也新鲜可喜。"（第2章）在《海上尘天影缘根》中，作者交代了全书的主题是"大旨谈情"，且借以抒发才不得施、欲不可伸的满腹牢骚，可见其创作思想也未出《红楼梦》《花月痕》的范围。吊诡的是，这部看似陈旧得不能再陈旧的作品却"于时务一门，议论确切，如象纬、舆图、格致、韬略、算学、医术、制造、工作以及西国语言并逮"（王韬《海上尘天影·叙》），具有激烈的洋务思想和男女平权观念，使作品呈现出新旧混杂、中西融会的独特风貌，极具时代特色。

这种思想混合的特点集中体现在男主人公韩秋鹤身上。他是万花总主座下仙鹤转世，万花总主受仙鹤的违规行为连累而被贬下凡，所以，韩秋鹤先天带有报恩意识和保护万花总主凡胎——汪媛的使命。他在汪媛面前俯首帖耳，如奴仆一样听从调遣，唯命是从，使他们之间的真情夹杂着主仆式关系，拘谨而小心，难得畅快尽兴，与一般的才子佳人交往模式不大相同。除甘心做汪媛的情奴之外，韩秋鹤孤高自许，目空一切，从不受制于人。他既是旧式落魄文人的典型，传统文化根基深厚，诗词曲赋、琴棋书画无所不通，风流自赏，汲汲于功名富贵，多次乡试不中之后，形成了传统失意文人常见的愤世嫉俗、桀骜不驯的性格。又是具有潮流思想的新型知识分子，游历海外，眼界开阔，精通算法、洋务、外语，对西方科学和宗教倾心向往，究心富强实用之学，提倡科技强国、实业富国和女性教育，反对时文经诂之学。可以说，韩秋鹤身上集结了多组对立性矛盾：神性、奴性，肉体、精神，虚妄、真实，传统、现代，中国、西方，迷信、科学，影响了其性格的统一性，他只是作者观念、理想、经历、才学的传递者，没有形象独立性，是韦痴珠（《花月痕》）、文素臣（《野叟曝言》）

一类人物的综合版。

"《断肠碑》为何而作？就是起初一首词。因为当时认得一位名媛，心中十分欢喜爱慕，只是措大排场，不能如愿，心中无穷的怨恨，兀坐斗室，便编出这部若干章书来，以遣悲怀。譬如只算已经如愿，由我尊护爱惜，博名媛的欢喜，所以任意写来，颇有许多曲折，其中事迹，大半真实可信，不同《石头记》之凭空结撰。"（《海上尘天影缘根》）汪媛实有其人，作品也以真名出之，且她参与了作品的创作过程（《海上尘天影珍锦》），就是说，《海上尘天影》是在为汪媛立传。我们无法得知汪媛看到作者把她神化的感觉，就小说形象的角度来说，一个神仙化，被捧到天上的人物，首先就是虚假的人物，无论其人生经历如何真实，都是远离现实生活的人物。汪媛是天上的万花总主，也是人世间的平康首领，高高在上，没有缺点和失误，集中了传统名妓的所有优点，感情专一、忠贞，品德高尚，才华横溢，还有一般名妓不具备的领袖气质，是典型的高、大、全式人物，不可能具有形象生命力。这肯定是作者所不愿看到的结果，可这正是那些在人物塑造上不顾情理真实的传统小说所必须付出的代价，带有普遍性，也不必过于苛求，只是可惜了作者的一片深情和三年创作辛劳。

邹弢拥护洋务，也积极学习钻研西方科学知识，但对西方小说知之甚少，《海上尘天影》基本没有受到西方小说创作手法的影响。作者自道写作方法："要著章回长书，须把各人姓名年貌性情先立一表，然后下笔，自始至终，各人性情不致两样。且章回书不比段说容易立局，须将全书意思贯串，起伏呼应，灵变生动，既不可太即，又不可太离。起头虽难，做了一二回，便容易了。但书中言语要蕴藉生新，各人各种口气，所述一切，要与各人暗合，又不可露出实在事迹来。"（第2章）这种强调人物性格的统一性，情节的连贯性和语言的身份化，是古代小说创作的基础性要求。作者在这些方面做了相当大的努力，只是模仿痕迹过于明显，概念化毛病突出，并未完全达到预期效果。比如，韩秋鹤的奴性和傲骨就有割裂之嫌；汪媛比大家闺秀还要纯洁的言行品格与妓女职业特点严重分离，其绝对自由的生活环境和生活方式也不符合妓女身份。其他人物大多没有形象独立性，像顾兰生、阳双琼亦步亦趋地紧跟贾宝玉和林黛玉，顾母就是贾母的影子等，这是作者只注意形象统一性而忽视形象个性化所必然产生的缺陷。

　　作品的情节构成主要由补天神话、梦境、大家庭生活、儿女情长、园林聚会、吟诗作文、得道成仙组成，辅助情节是讲解海外见闻和科技知识。总体故事进程和结构组织，一一仿照《红楼梦》，也嫁接了《品花宝鉴》《青楼梦》《花月痕》的某些片段，连贯性是做到了，可生动性和真实性尤其是个性严重缺失。激烈枯燥的宣教式议论和夸夸其谈的炫才冲动稀释了作品文雅蕴藉的语言底色。外来词汇、科技术语甚至数学图例与诗词文赋、琐屑叙述杂交的语言形式，除了给人不伦不类的印象外，实难恭维其语言艺术的把握能力。这一切影响到对其总体风格的概括，王韬在《海上尘天影叙》中云："历来章回说部中，《石头记》以细腻胜，《水浒传》以粗豪胜，《镜花缘》以苛刻胜，《品花宝鉴》以含蓄胜，《野叟曝言》以夸大胜，《花月痕》以情致胜。是书兼而有之，可与以上说部分争一席，其所以誉之者如此。"虽说这是王韬对该作的赞誉之辞，但从文学批评的眼光来看，这更像是一种委婉的批评，一部作品包含如此多的风格类型，它还有自己的风格吗？这段话也告诉我们，《海上尘天影》与古典小说有着多么紧密的传承关系。

　　比起第一阶段狭邪小说，此时期的四部作品首先给我们类型丰富的印象，它们各不相同，形成了众声喧哗的格局。《海上繁华梦》侧重于讲述经验性故事，在描述真实生活基础上劝诫迷恋烟花者。《海上名妓四大金刚奇书》热衷传播逸事趣闻，去艺术化倾向十分显著，粗制滥造，是狭邪小说堕落为"黑幕小说"的发端。《海天鸿雪记》继承《海上花列传》的吴语写作衣钵，更加强化主体感受，于纪实中融入抒情因子，对于扩展吴语小说的艺术空间不无裨益，惜其未完，留下不少缺憾。《海上尘天影》既古老又年轻，思想混杂的程度令人吃惊，对迷信虚妄之事与科技文明一样痴迷，沉溺于《红楼梦》，却仅得皮毛，使第一部为真人立传的狭邪小说在过分崇拜所产生的虚假和虔诚的模仿中流产。这个分道扬镳的局面与此时期整个小说创作领域喧闹纷繁的形势步调一致，为中国小说扑朔迷离的走向增添了变数。

　　其次，它们与传统小说的承袭关系还是有清晰的脉络可循的。创作思想、作品主旨、艺术风格、叙事模式都在古典小说的轨道上运行，即便有所调整变化，也是古典小说基于生活变化而做的自我调整，并没有西方言情小说的观念意识和布局形式的参与。这也有此时期西方言情小说还未介绍进来的客观原因，第一部翻译引进的西方言情小说——林纾译《巴黎茶花女遗事》要到 1899 年才出版，而这四部作品都已完成创作，自然保持了"血统的纯正"。

再次，它们身上出现的一些"近代病"，如商品化价值取向，窥探、曝光真实人物的生活隐秘，报导化、时尚化的写作观念，大杂烩式的内容填充，人物丑诋式漫画化，描写夸张失实、张皇其辞，牛头不对马嘴的东拉西扯，生硬的概念图解等，与后来的"新小说"的负面后遗症基本重合。这一方面解释了狭邪小说与"新小说"的末流一拍即合的内在原因；另一方面，也说明狭邪小说堕落期的病象是早有征兆和伏脉，不能仅仅归罪于"新小说"末流的教唆。也就是说，狭邪小说转变的驱动力一直来自内部，外力只起了助推而非决定性的作用。

最后，西方宗教和制度层面尤其是器物层面的冲击已对上海产生了巨大影响，对于生活在上海的作家来说，他们的创作内容不可能不对此有所反映。具有西方色彩的衣食住行方式，以及外来词汇、外国人形象、租界章程已经很自然地出现在四部作品中。《海上尘天影》走得更远，除大量介绍西方科技知识之外，宗教观念、女子教育思想、民主意识都在作品中现身。

第二节　在堕落的快感中变异

出版于 1895—1904 年的狭邪小说至迟在 1899 年便完成创作了，也就是说，1900—1904 年没有新创作的狭邪小说，这与当时整个传统小说创作陷入低潮的形势相一致。狭邪、人情、公案、侠义、神怪、才子佳人、历史演义这些延续至 19 世纪末的传统小说类型，一时间基本上销声匿迹了，代之而起的是翻译小说、政治小说和社会小说三足鼎立的局面。此种局面的形成，自有其时代和小说内部原因，上一章已经论及，此不赘述。不论是政治小说的正面宣传政治理念，还是社会小说对社会方方面面的揭露、谴责，他们都把小说当作教科书和宣传品，甚至赋予了小说救国救民的神话功能，并没有真正将小说当作一门独立的文学体裁来看待，口号式的呐喊和痛快直白的宣泄，加上雷同粗糙的编创手法，很快受到读者的厌弃。从 1902 年到 1906 年，短短 5 年时间，这两类小说就从高峰期跌入低谷，让位于紧贴市场需求的新言情小说。

政治小说和谴责小说在中国小说的历史长河中虽只存在短暂的瞬间，

但其工具化、去艺术化的弊端对中国小说的伤害却是深远而长久的，后来的革命小说且不说，就在当时，"其下者乃至丑诋私敌，等于谤书；又或有漫骂之志而无抒写之才，则遂堕落而为'黑幕小说'"①。影响所及，许多其他类型的小说也跟着"谴责化"或"黑幕化"，迷失了本性，狭邪小说就被这股大潮给淹没了。

1905 年后，已很难找到传统意义上的狭邪小说，② 它们打上了明显的时代印记，主要表现为三个特点。

首先是利益驱动。浪荡男儿《上海之维新党》（《新党嫖界现形记》）初编 3 回，出版于光绪三十一年（1905），次年又出二编 6 回。③ 孙家振《海上繁华梦》后 40 回（1906）是作者尝到初、二集销售利好甜头的续貂之作。漱石山房《九尾龟》于光绪三十二年（1906）出版第一至二集，光绪三十三年出版第三至五集，光绪三十四年出版第六集，宣统元年出版第七至八集，宣统二年出版第九至十二集，共出了一百九十二回，持续 5 年。这些作品之所以一续再续，是因为销量好，能获利，完全是市场化运作的产物。作者的创作动力来源于经济利益，而非"鲠骨在喉，不吐不快"的情感宣泄。

其次是背景化和综合化。揭露、批判各界人士狂嫖滥赌是谴责小说的重要组成部分，借以讽刺那些道貌岸然之辈，如果把这些内容分离出来，单独成篇，便成了谴责加狭邪的类型。此种类型的创作重心是对某类人，尤其是有头脸人物道德堕落的指摘，狭邪的成分虽然不少，但已经背景化，不再是描写中心了。《上海之维新党》为了丑诋"新党"，表达对改良维新的不满情绪，便拿他们招摇撞骗、狂嫖滥赌、大拆烂污说事，妓女成了"维新人士"猥琐行径的"罪证"之一。钟心青《新茶花》30 回（1907），借青楼韵事叙清末十年政事及上海新党之活动。慧珠《最近女界现形记》45 回（1909—1910）中的妓女作为淫乱女性的组成者之一，和出

---

① 鲁迅：《中国小说史略》，《鲁迅全集》第 9 册，人民文学出版社 1991 年版，第 292 页。

② 就目前所见，创作于此时期的才子名妓型作品有两部：天生情种《新西湖佳话》15 回（1910），叙色艺俱佳的妓女双怜与才子刘庆梅在杭州西湖之畔的一段艰难而凄楚的离合故事。婆语《新花月痕》14 回（1909），讲述吴江才子杜青君与苏州名妓秦影、三儿的缠绵情意，后三儿吞金死，秦影离去，杜青君伤心之余，斩断情丝。

③ 1906 年出版的《天足引》卷末附有该社新书广告云："《上海之维新党》，一名《新党嫖界现形记》，是书初编去冬由本社印行，风行一时，其价值久为海内通人所共许，无庸本社再行赘述。现在初、二均已改为官话，二编业已出版，价洋二角，目次列后。"

轨少妇、寂寞寡妇、破戒尼姑、偷情少女一起，绘制出一幅女性淫乱图。佚名《珠江艳史》10 回（1910）借妓女讽刺嫖客的品格卑下。云间天赘生《商界现形记》16 回（1911），暴露上海商界黑幕，勾勒活跃其间的富商、投机分子、掮客、骗子们坑蒙拐骗的丑恶嘴脸，他们同时也是嫖界奇闻怪状的制造者，二者相辅相成。编辑者嫖界个中人，校字者嫖界过来人《最近嫖界秘密史》15 回（1911），讽刺一群学界名流整天混迹青楼，容颜憔悴，终至身败名裂。这些作品综合了当时社会的种种负面事件和人物，拉杂成篇，用妓女垫背，冲击着狭邪小说的独立性。

最后是谴责化。整个社会的浮躁、怨怒和急功近利心态，影响着 20 世纪第一个十年的所有小说创作。妓女作为道德堕落的实体或象征，有着长期的历史积淀，这在看一切都不顺眼的时代更容易发酵和放大。所以，此时期以妓女为描写中心的作品大都把妓女塑造成负面形象,[①] 其核心创作意图是通过对妓女的一些低劣品质的夸张性处理，来揭露整个社会的堕落和黑暗。苍园《扬州梦》10 回（1908）、诸夏三郎《夜花园之历史》6 节（1909）、八宝王郎《女界烂污史》14 回（1910）和静观子《温柔乡》16 回（1910）便是这方面的典型之作，它们或讲述恋妓殒命故事，或暴露妓女的糜烂生活和龌龊行径，或揭破妓女骗人金钱和情感的手段，谴责妓女的同时，批评社会风气的败坏。它们以暴露为唯一目的，文字拙劣甚至下流，已堕入黑幕歧途，殊无艺术价值。代表此时期狭邪小说最高成就的是《九尾龟》和评花主人的《九尾狐》62 回（1908—1910）。

《九尾龟》以主人公章秋谷的漫游和奇遇为中心，串联起多个大大小小的趣闻轶事。这些故事可分为三组类型。

一组是章秋谷与妓女的纠缠。章秋谷帅气、聪明、潇洒、侠义、文武兼备，走到哪儿都是众星捧月般的人物，引无数妓女竞折腰，只要能和他搭上线，倒贴也是心甘情愿。即使这样，章秋谷也不敢掉以轻心，时时施展他的那一套赢得芳心或防患于未然的组合拳：试探——假装经济拮据，观察对方表现；不动真情——守住交易底线，不投入真情实感，尤其是不能萌生酸心醋意；若即若离——来去自由，疏密相间，绝不天天黏在一块

---

① 把妓女塑造成正面人物的作品只有一部——虚我生《浪子回头》10 回（1911），书中的主角妓女宝珠，自强不息，赎身读书，并成功感化、改造不良秀才施伯渊等人，创办女子学堂，走上正道。

儿；会花钱——花钱花在刀刃上，该花的要花得大方，不该花的分文不给；竞争——同时交往几个妓女，且让她们互相知道，使她们不敢为所欲为。这类故事总结的是嫖客主动，妓女被动情况下的正面经验，可以说是给嫖客传授"防身术"。

但是，常在河边走，哪能不湿鞋，遭遇反客为主、掉入陷阱的处境，又该如何应对呢？那就由第二组故事类型——章秋谷调解妓女与嫖客的纠纷，来告诉你。妓女给嫖客上的手段，无非是情感笼络、借钱不还、怂恿购物、嫁而复出，用行话来说，就是抄小货、砍斧头、敲竹杠、淴浴，目的只有一个——骗钱。对于这样的妓女，章秋谷其实也没有多少好办法，翻来覆去就四招：一是教导嫖客端正嫖品，不要心存侥幸，想不花钱得好处，也不要吃醋、发飙、砸房间，失掉风度，让人瞧不起。二是掂量自身的条件，相貌、名气、资格够不够、配不配嫖名妓，自不量力常常是上当受骗的诱因。三是提早防范，妓女越热心越要小心，时时擦亮双眼，洞若观火，防微杜渐。四是被骗受辱后应冷静面对，沉着应付，不要毛躁，先讲道理，次找朋友协调，实在不行，再霸王硬上弓，逼其就范。

第三组故事是介绍章秋谷的泡妞技巧。章秋谷不仅对风尘女子随心所欲，对其他女人——已婚妇女、大家闺秀、小家碧玉，只要他看上眼，总能想办法搞上手，所用的方法是一丢眼风，二跟踪，三打听，四逡巡，五缠磨，屡试不爽，成功率达到百分之百。为什么会有如此高的成功率？那就得具有善于发现"猎物"的眼光，只有那些风流成性的女人才有机可乘，如何判断？打扮入时者，眼神游移者，经常出入娱乐场所者，家风不正者，妓女为妾者，有过风流史者，都是下手的合适对象。

这三组故事构成了作品的主体，加上故事间歇穿插的大量关于嫖妓、掉膀子的经验总结和理论概括，说《九尾龟》是一部"嫖界指南"，实在没有冤枉它。至于作者在序言里所宣称的讥讽"贵官帷薄不修"的创作意图，并没有得到真正贯彻落实，原因是体现这一意图的江西巡抚康己生的故事所占篇幅太少，加起来才 15 回（第 79—81 回，第 115—127 回），且游离于整体故事框架之外，成了可有可无的插曲和点缀，不构成全书的实质性内容。说实在的，幸亏讽刺贵官帷薄不修的写作初衷没有大肆铺张，不然，《九尾龟》连狭邪小说的帽子都戴不上，而是要与声名狼藉的黑幕小说画上等号了。

作者之所以如此热衷于讲述嫖妓、泡妞故事，无非是为了满足都市读者的情色想象，卖个好价钱而已。这个目的确实达到了，《九尾龟》畅销二十多年，成了许多人的枕中秘籍，实属小说创作市场化的成功范例。除了内容上迎合市民读者的娱乐消遣趣味，相对成熟老练的艺术技巧也为它的流行加分不少，这却得益于它对传统小说写作技法的承继和发扬。

"《九尾龟》小说之出现，又后于《繁华梦》，所记亦皆上海近三十年青楼之事。用笔以秀丽胜，叙事中或间以骈语一二联，颇得轻圆流利之致，盖仿《花月痕》体裁也。"① 不仅文笔模仿《花月痕》，穿插大量诗词文赋，用韵语描摹性爱场面，雅化妓院场景，主人公章秋谷也带着韦痴珠的影子。章秋谷才华绝世、文武双全、傲骨铮铮，怀抱兼济天下的雄心壮志，对社会黑暗有着清醒的认识，愤世嫉俗。可惜时运不济，功名无成，事业无望，形成牢骚郁勃、多愁善感的性格，混迹于风月场所，行那醇酒妇人的人生体验。他常常于欢乐之时无端悲伤，吟诗言志，引韦痴珠为知己，可见章秋谷这个形象受《花月痕》的启发良多。当然，作为风月场中呼风唤雨的"英雄"，他比韦痴珠顺心得多，没受过什么窝囊气，其用流氓手段对付妓女的作风，非韦痴珠这样的文弱书生所可想见，从不在妓女身上浪费感情，也和韦痴珠痴情到死的性情绝不相容。章秋谷是游荡在上海堂子里的嫖客的"成功者想象"，远离生活，虚假做作，其形象价值难与韦痴珠比肩。

《九尾龟》的情节安排走的是力图热闹的路线，不以塑造人物性格为中心。章秋谷虽是主角，却是个"功能人物"，只起了贯穿情节发展的线索作用，他的性格一出场就是固定的，没有随情节进展而发生变化。其他人更是为讲述某个故事而设定的漫画式和概念化形象，妓女贪婪狡诈，嫖客悭吝鄙陋，官吏骄奢淫逸，妻妾淫荡不贞，组成了一个堕落无良的反面人物群体，为故事展开提供社会背景，没有形象意义。这种方式是谴责小说惯用的珠联式结构，以一人为中心，串联多个短篇故事，可无限延伸，其源头来自《儒林外史》。妓女对话纯用苏白，说明《九尾龟》亦是《海上花列传》以来吴语小说的一员，谨守着门派家法，具有狭邪小说正宗继承人的身份。

《九尾龟》带有明显的媚俗成分，没有多少艺术独创性。它的流行并非依靠谴责卑污、揭露黑幕，这类时尚写法粗制滥造，文笔恶劣，随起随

---

① 蒋瑞藻编：《小说考证》，江竹虚标校，上海古籍出版社 1984 年版，第 417 页。

灭。也不是靠模仿新兴的域外小说，《新茶花》唯《茶花女》是从，照样没有多少生命力。而是依靠文雅的语言，传奇性的情节，写实的细节，功名富贵不可得的牢骚发泄这些传统因素赢得了"出入旧学界而输入新学说者"这一读者群的共鸣。

《九尾狐》也是一部大部头的小说，仿《九尾龟》而作，"龟有九尾，狐亦有九尾，九尾龟有书，九尾狐不可无书"（第1回）。《九尾龟》以虚拟的男性贯穿全书，《九尾狐》以真实的妓女为主人公，讲述其一生事迹。

胡宝玉是开上海堂子风气的班头，摆设红木家具，装饰外国房间，梳前刘海，穿男装，创制银水烟筒、金豆蔻盒等，造成一时奢靡风气。养恩客、姘戏子，辟妓女淫荡之新途径。嫁而复出，敲竹杠，砍斧头，抄小货，翻新诓骗客人钱财手段。这些均见之于故老口耳相传和野史笔记。她久享盛名，艳名远播，是上海花界开口必谈的人物。她的故事早就引起了小说作者的注意，《海上名妓四大金刚奇书》《海天鸿雪记》便有她的身影。《九尾狐》的故事框架没有离开吴趼人《上海三十年艳迹》所记述的内容，只是填充了细节，对胡宝玉的传奇人生做了更为细致详尽的摹绘。

作者的创作意图是通过对胡宝玉一生秽史的描述，抨击娼妓之淫贱，唤醒世人之迷雾（第1回），这倒是传统小说的正宗。

作者以揭露、批判胡宝玉的淫滥下贱为己任——嫁人偷情、姘戏子、养俊男、接外国客，且不惜时时现身谩骂，唯恐骂得不够畅快。但作品毕竟以真人真事为纲，绕不开胡宝玉身上的一些正面性格因素，比如慷慨、豪爽、聪明、机智、风趣、自立、善应酬、重亲情、富于创造性、追求真爱等，无意中使这个人物饱满丰富起来，让我们看到了一代名妓的风采。从形象的角度来说，胡宝玉是真实可信的，也是复杂的，符合人的本性，比概念化的章秋谷更有人情味和可感性。

《九尾狐》的情节相当紧凑，不像《九尾龟》那么散漫，灵岩山樵在序言中云："首卷即大书特书，实言其事，以胡宝玉为主脑，纵有借宾定主之法，而无喧宾夺主之讥；绘影绘声，有香有色；笔纤而不涉于佻，事俗而不伤于雅；明白晓畅，记载周详；后先相贯，名实能孚，洵足醒世俗之庸愚，开社会之智识矣。"对细节描写也十分看重，批评先出的《胡宝玉》（即《上海三十年艳迹》）过于简略，"从前有个自称老上海的，做成一部《三十年上海北里之怪历史》，偏要改名叫做《胡宝玉》，其中毫无情节，单把胡宝玉比来比去，其实本传只有一小段，阅之令人生厌，又用了许多文法，有什么趣味呢？故我另编一部，演成白话，将他实事细细描写出来……"（第9回）这在放弃经营小说结构的潮流中的确显得鹤立鸡群，其细腻写实的风格也是对当时粗枝大叶文风的校正。

《九尾狐》语言风格也是妓女用吴语，其他用白话的模式，属于吴语文学范围。作品写作上的一个显著特征是作者经常跳出来发表议论，有着浓厚的说书味道，这个特征加上人物的传奇性、细节的写实性、语言的方言性，构成了标准的中国特色。

"无论是一出戏剧、一部小说，或者是一首诗，其决定因素不是别的，而是文学的传统与惯例。"[1] 综观20世纪最初十年的狭邪小说，经得起历史检验的还是那些充分、自觉地借鉴传统艺术经验、根植于深厚历史传统的作品。但是，20世纪以来，影响小说创作的大环境毕竟发生了重大变化，固守传统，亦步亦趋地模拟前辈，是没有出路的，必须融入时代的因素和要求。《九尾龟》和《九尾狐》大谈妓女惑人的伎俩和手段，便是迎合世俗趣味的现实选择，直接出面谴责甚至谩骂妓女反映了整个社会的负面心态，相对下降的艺术水准是小说市场化和去艺术化风潮的必然反应。

不是所有时代都能提供产生精品的土壤，狭邪小说的时代化付出的是嫖经化、黑幕化的代价。

19世纪40年代起，狭邪小说踏着《红楼梦》的足迹一路走来，无论是寄托理想、抒发情感、劝善惩恶，还是反映妓女的真实生活，始终站在"人"的立场上，考问的是人的情感取向、道德观念和是非善恶。艺术上虽有高低精粗之分，但其创作态度是认真的，主体表现的欲望是强烈的，并没有指点人们如何嫖妓的动机，也没有把妓女视作万恶之源。

到了20世纪这个革命年代，不满现状，否定过去，推翻一切的激进思潮把传统一揽子扫入垃圾堆。妓女代表道德沦丧的久远观念被放在了显微镜下，暴露她们的不良品行，就是在揭露社会风气的败坏及其根源，狭邪小说的温情和理解被丑诋和辱骂所代替，走向黑幕化，正是对时代要求理直气壮的回应，是符合"思想进步"的革命逻辑。同时，市场的力量又把小说推向文化产品商品化的前台，迎合受众心理和趣味成了小说生存的前提。妓女作为情色想象的中心和可购买的特殊商品，永远会得到男性读

① ［美］勒内·韦勒克、奥斯汀·沃伦：《文学理论》，刘象愚、刑培明、陈圣生、李哲明译，江苏教育出版社2005年版，第79页。

者的青睐，而如何经济实惠地获得妓女的优质服务，也是男性读者愿意一探究竟的，狭邪小说变成"嫖界教科书"，走上媚俗道路，亦是时代使然。狭邪小说跟上了时代的步伐，却践踏了艺术底线，迷失了本性，在泄私愤和数钱的快感中变异了。

狭邪小说的变异以及它在最后五六年的"辉煌的堕落"过程中所形成的特色，从小说转型的角度来看，却具有非同寻常的意义。

狭邪小说从产生之日起，就一直处于言情小说传统和妓女文化传统此消彼长的运动过程中。少女换成妓女，恋爱婚姻主题变成警世劝诫主题，才子佳人变身为世俗男女，从浪漫理想回到现实世界，一步一步改变着言情小说的核心结构，以致到最后面目全非，彻底脱离言情小说框架，成为揭露、贬损妓女丑恶行径的妓女世俗评价体系的大舞台。这个过程就是传统更替的过程，言情小说传统沉潜了，妓女世俗评价体系传统释放了。从这个意义上说，狭邪小说的变异正体现了传统小说转型的基本路径：传统内部置换，完成自我更生。更生后的妓女题材小说以传统妓女世俗评价体系为内核结构，携带狭邪小说的历史成分，吸收新的时代因子，继续进行内核和外围结构的交换运动，迈向与时代要求相一致的新征程。

狭邪小说变异期所表现出来的脱离言情小说核心结构，但又借助其外围结构的特点，如《九尾龟》对《花月痕》的文笔和人物形象的模仿，《九尾狐》说书式的全知叙事和细腻的细节描写，一再声称的警世劝诫主题、传奇性的故事情节等，告诉我们这次传统置换的驱动力来自内部，没有受到西方小说的支援。狭邪小说变异的驱动力主要源于两个方面：一是狭邪小说内部的促变力量，沿着《风月梦》——《海上花列传》——《海上名妓四大金刚奇书》——《海上繁华梦》——《九尾龟》这个序列顺流而来，线索清晰连贯。二是大众化、娱乐化的通俗小说传统和谴责化、黑幕化的小说创作潮流，裹挟着狭邪小说向媚俗化、嫖经化方向迈进。尤其是风靡一时、大书特书妓女真情恋爱的《茶花女》都未能阻挡以言情起家的狭邪小说走向"沉沦"的脚步。这至少可以说明，推动近代小说演变的动力主要源自小说内部的自我调适，来自近代社会生活的变化，是内生力量而非外部力量唱主角。

第六章 转型的征兆与复辟

狭邪小说脱离言情传统，带着传统世俗妓女评价体系的内核结构，投靠到时代新宠社会小说门下，另寻出路去了。但它的离去并不意味着言情小说一蹶不振或就此消失，相反，就在狭邪小说社会化、嫖经化、黑幕化的同时，言情小说创作风头正劲，有执小说界牛耳之地位。不过，此言情小说已非彼言情小说，乃挟"小说界"革命之锐气，融入西方婚姻自主观念和写作技巧的新言情小说，是"小说界"革命的产物。新言情小说的新气象、新面貌更符合以西方标准为标准的现代文学特征，可以说，新言情小说的崛起是一次以域外力量推动传统小说向现代转型的自发性实验。但是，与"小说界"革命后兴起的其他类型小说一样，新言情小说很快遭到淘汰，不过五六年时间，便被代表言情传统的鸳鸯蝴蝶派取代了。新言情小说的挫败，说明借助域外力量来主导小说转型的途径起码在近代文学阶段是行不通的，后继者还需要探索更加可行的方向和路径。

俗话说，百足之虫，僵而不死。虽然自《品花宝鉴》问世之后，言情小说的主流类型归于狭邪小说，可作为一个拥有长期历史积淀的创作流派，才子佳人小说并没有被完全取代，而是以十部平庸因袭、板滞僵硬的作品维系着一线生命。① 直到光绪二十六年（1900），才在《泪珠缘》回光返照般的"努力"中落幕，才子佳人小说至此而绝。

《泪珠缘》是天虚我生20岁时的病中消遣之笔，创作时间"不上一个

---

① 张绍贤《北魏奇史闺孝烈传》12卷46回（藏德堂刊，1850），佚名《绣球缘》4卷29回（富桂堂刊，1851），清河氏梦庄居士编《双英记》4卷12回（十二室藏写刻本，1855），正一子、克明子《金钟传》8卷64回（乐善堂刊，1881），不题撰人《花田金玉缘》4卷16回（上海书局，1894），梅痴生《玉燕姻缘全传》77回（上海书局，1895），韬晦子少植《昙花偶见传》64回（羊城云梯阁，1897），不题撰人《桃花庵》4卷24回（成文信藏版，1899），不题撰人《才子奇缘》4卷32回（上海书局，1899），燕山逸叟编辑、珠湖居士校定《南朝金粉录》30回（出版社未知，1899）。

半月工夫"①，可见是一部少年游戏之作，靠的是才气而非生活积累。作者的才气来自对传统文化的深厚积累和对《红楼梦》的狂热崇拜。《泪珠缘》所写内容包罗万象，"书中翰墨，则诗词歌赋，文札尺牍，大书戏曲，奏片谕状，以及对联匾额，酒令灯谜，无不精善。技艺则棋局画理，宫商律吕，琴学品笛，拍曲谱工，以及匠作构造，树艺栽种，格物戏玩，畜养禽鱼，烹调针黹，巨细无遗"②。的确蕴藏了丰富的传统文化因子。这些内容正是《红楼梦》以来言情小说表现男女主人公横溢才华的基本途径，至于那天下独一无二的至情，则依赖于对误解、疑心、怄气、还泪这类情绪的细腻刻画和反复摹绘。

男主人公秦宝珠的泛情举动一如贾宝玉，对所有女孩子都一往情深，护爱有加，容不得她们受半点委屈，一听说她们嫁人更是伤心欲绝，恨不得天下女子都归自己呵护，娶了四妻八妾还心有不甘。这样的结果正体现了宝珠与宝玉的最大差别，宝玉是泛情归于一，更显其情之真与浓，宝珠则是泛情流于滥，反露其情之虚与俗，也就成了才子佳人小说中多妻才子的后裔。不仅如此，宝珠身上还集合了才子少年成名、科举高中、奉旨成婚、升迁迅速等所有美事，做了才子式的贾宝玉，也就变成了真正的"假宝玉"。跟宝珠杂糅才子与宝玉的形象相一致，女主人公花婉香亦是身兼黛玉、宝钗之长，有黛玉般的才情心思，有宝钗般的通达世故，如此捏合已使婉香性格分裂，再给她添加上婚后还极力守贞的虚假做作，婉香之形象实比才子佳人小说中的佳人还理想化和概念化。书中其他人物也可以在《红楼梦》中找到模板，如柳夫人似贾母、秦文如贾政、石漱芳像凤姐等等，不胜枚举，无须赘述。

人物设计而外，《泪珠缘》的情节设置亦步《红楼梦》之后尘。主要故事在少男少女的感情纠葛和豪门世家的日常生活中展开，核心线索是男女主人公的悲欢离合、委婉缠绵。基本情节模块亦由梦境、亲昵怄气、多角恋情、才华展览、庆典宴会、娱乐休闲、礼节交往、政治斗争、官场荣辱、各房冲突、夫妻矛盾组成，繁缛琐细，纵横勾连，组成了一幅大家庭生活图。故事的发生地也集中在世外桃源般的后花园里，只有男主人公一个男子穿梭在众姐姐妹妹中间，调脂弄粉，畅心快意。《红楼梦》之外，

---

① 天虚我生：《泪珠缘·泪珠缘全集自跋》，北方文艺出版社1997年版，第665页。
② 金振铎：《泪珠缘·泪珠缘书后一》，第656页。

作者对昆曲也十分喜爱和熟悉，让作品中的人物时不时唱上一段，活跃气氛。所以，结构安排上照搬《红楼梦》而外，又融入了传奇的结构模式，如副末开场、冷热交替，倒显得眉目清晰，错落有致，与《品花宝鉴》庶近之。

《泪珠缘》虽然如《红楼梦》般铺了个大架子、大排场，但其中心意旨却不在于思考人生的"聚散之迹、离合之情"，而是仅限于对男女之情之缘的揣摩体验。作者在楔子里说："《泪珠缘》，一大说部也，不知有多少意思，多少卷子，多少字。总之，意思只一个'情'字，字数只一个'缘'字，卷子却只有三卷。上卷是写的'情'字，中卷是写的'孽'字，下卷是写的'缘'字。"何谓"情""孽""缘"？三者的关系如何？作者在楔子里的回答是这样的：

> 既如现在，人人都满口说个"情"字，又人人都说自己是有情的，究竟他也不知道"情"字是什么样个解。可知这"情"字是最容易造孽的，甚之缠绵至死，次之失贞败节，下之淫奔苟且。人家原知道是造的孽，他自己却总说是情呢，这便错认了这个"情"字。作者尝说：一个人真懂得一个"情"字，不把"情"字做了孽种，倒也可以快活一辈子。最怕似懂非懂的那些伧父，只知道佳期密约是个情，以外便是两口子，好他也只说是该派的，不是情。姐姐妹妹讲得来，他也说终究不遂我的心，便有情也算不得真，等到真个遂了他的心愿了，他又看那"情"字已到尽头地步，便也淡了。这是普天下人的通病。作者深替这"情"字可惜，被这些伧父搅坏了。所以《泪珠缘》一书，特地把一个真正的"情"字写透纸背，教人看了知道情是人人生成有的，只要做得光明正大，不把"情"字看错了题面，便是快乐，不是烦恼。
>
> ......
>
> 普天下的事，全仗一个"缘"字，有了情，没得缘，便不免些生离死别的事，纵有情到天不容覆，地不容载的地步，也是没用。所以一个要想用情，便先要打量有没有这个缘分。这怎么说，要知人的情，是由天付与的，那缘也便跟着情字，由天付与的。有了情，断不会没缘，没缘的便不会有情。老天何尝肯故意做个牢愁圈套，叫人镜花水月的做去，只多是人自己不留点余步一下子把个缘分占尽了，所

以多不满意。要知一个人，情是无穷的，缘却有限。有些只一夕缘的，有些只一面缘，也有些是几年缘，总不能到一辈子不离别，不死散。不过这缘也扯得长，比如有一夕缘的，你但不轻易便过这一夕，就使一辈子不了这一夕缘，他生便仍可相逢，所谓前缘未已的因果便是。

结合作品对婉香神经质般守护贞节和皆大欢喜结局的描写内容，可知作者对这三者的看法是带有极端化倾向的传统贞节观。情是指男女之间的纯洁交往，以心相许，不能关涉肉欲满足，一涉肉欲，便是淫，便是孽，只有坚持纯情才能得到幸福的缘——遂心嫁娶，长相厮守。纯情的途径只有一条——女子守贞，最好婚后都能禁欲，那才是最完美的。由此可见，作者宣扬的所谓情和缘无非是传统的贞淫观和婚姻伦理观，这类老生常谈的主题早被才子佳人小说写了无数遍，实无多少新意可言。

综合来看，《泪珠缘》是一部兼容《红楼梦》和才子佳人小说的"老套作品"，其题材内容、主题思想、人物形象和情节结构都陈旧得掉渣，几无独立性和创造性。所可称许者，是作者真正下功夫模仿了《红楼梦》的细腻笔法，在逼真再现小儿女情态，顿挫转折，伏笔引线，剪裁调度，细节点染，气氛渲染，景色勾勒，灵活运用正、反、侧描写技巧等方面颇见功力。语言更是出色，流丽婉转而又简洁明快，对话自然活泼，符合人物身份，诗词创作水平也很高，按头制帽，没有生拉硬嵌的毛病。正是这些长处，为它赢得了一定的读者，也赢得了小说史上的一席之地。

第一节 新言情小说的兴起

1908 年以后，天虚我生对《泪珠缘》有多次续写。在动笔续写之时，作者已认识到得换一种笔法，不能再学《红楼梦》来写了："承看官们都说这部书打的很完备，但是作者自己看来，觉得这里面的缺陷也尚多着，要是如今打起一部六十四回的大书，便断不肯琐琐屑屑，专叙这些儿女痴情、家常闲话。不是说现在打的书，定能胜似这部，要晓得时势习俗移步换形，如今的写情小说，性质已是不同，笔法也是两路。"[①] 64 回本《泪珠

---

①　天虚我生：《泪珠缘·泪珠缘全集自跋》，北方文艺出版社 1997 年版，第 665 页。

缘》完成之后，言情小说领域发生了哪些变化？其性质和笔法到底有何不同？造成不同的原因又有哪些呢？天虚我生所总结的要有"外国地名人名""新思想""新名词"，①指出了其中的一个方面——域外言情小说的翻译引进。

第一部翻译引进的域外小说是法国小仲马的《巴黎茶花女遗事》，由林纾和王寿昌合译，于光绪二十五年（1899）在福州和上海先后出版，引起轰动效应，一时间，翻译域外小说蔚然成风，十年间出现不下千种。翻译小说中最受欢迎的是侦探小说和言情小说，尤以言情小说为甚："域外小说之入中国，以言情为最夥，其次则侦探。因二者在中国俱呈枯寂之状，故以域外小说输入，便觉簇簇生新矣。"② 按说，侦探小说中国向无，以其故事新颖、情节离奇取悦于中国读者还在情理之中，言情小说在中国有深厚根基，作品数量也可以汗牛充栋计，为什么域外言情小说竟能有几乎取而代之的力量呢？可见，域外言情小说自有其不可企及的吸引力。

几道、别士曾云，人类之公性情有两种：一曰英雄，一曰男女，且男女"动浪万殊，深根亡极，则更较英雄而过之"③。也就是说，男女之情最具普遍性，最易引起人类的共鸣和同感，最不易产生隔阂，是人类真正可以共享的情感。因此，不论有多么大的文化差异，描写男女之情的作品总能被理解和接受："人之生而具情之根苗者，东西洋民族之所同；即情之出而占位置于文学界者，亦东西洋民族之所一致也。以两社会之隔绝反对，而乃取小说之力，与夫情之一脉，沟而通之，则文学家不能辞其责矣。"④ 域外言情小说站在这个制高点上，自然就有了月映万川、遍照华林的可能性。

男女之情的可理解性首先传导在小说译者那里。相对于政治、军事、科学、教育等有一定专业色彩的题材，言情题材对于知识背景迥异的译者

①　再加现在的新小说，难道无论是翻译的、杜撰的，总要写些外国地名人名，方算是一篇杰作，在那一般社会上通行的过去。若说不可，任你写得怎般入情入理，便是《红楼梦》《金瓶梅》出在现今世界，那书里又没得什么新思想，什么新名词，也就算不得什么新小说了（天虚我生：《泪珠缘·泪珠缘全集自跋》，北方文艺出版社 1997 年版，第 666 页）。
②　范烟桥：《中国小说史》，（台北）长安出版社 1982 年版，第 301—302 页。
③　几道、别士：《本馆附印说部缘起》，陈平原、夏晓虹编《二十世纪中国小说理论》第一卷，北京大学出版社 1997 年版，第 22 页。
④　松岑：《论写情小说于新社会之关系》，陈平原、夏晓虹编《二十世纪中国小说理论》第一卷，北京大学出版社 1997 年版，第 171 页。

来说更易理解，也就更易产生兴趣。林纾就说："小说一道，不着以美人，则索然哚蜡。"（《英孝子火山报仇录·译余剩语》）"小说之足以动人者，无若男女之情。所为悲欢者，观者亦几随之为悲欢。明知其为驾虚之谈，顾其情况逼肖，既阅犹若斤斤于心，或引以为惜且憾者。"（《不如归》序）所以，言情小说的翻译数量超过其他题材也就不足为怪。

以上是外部条件，决定性力量还是要靠作品本身的震撼力和感染力。说来也有意思，20世纪最初十年流行的域外言情小说不下五十种，如《俄国情史》《洪罕女郎传》《红礁画桨录》《剑底鸳鸯》《不如归》《玑司刺虎记》等，而在社会上或言情小说创作上产生重大影响的却是最先引进的两部作品——《巴黎茶花女遗事》和《迦茵小传》。

巴黎名妓马克与青年律师亚猛的痴情爱恋故事，就题材本身来讲，中国读者不但不陌生，反而是非常熟悉。《巴黎茶花女遗事》出版之时，正是狭邪小说方兴未艾之际，其中不乏妓女和客人的缠绵悱恻情事，而且此类故事在《青泥莲花记》《板桥杂记》《秦淮画舫录》《吴门画舫录》《海陬冶游录》等专记青楼的笔记中在在有之，毫不稀奇。可就这么个司空见惯的故事，却掀起了文人学士争说"茶花女"的热潮，其魅力何在？

先来听听《巴黎茶花女遗事》初面世时读者的心声，"年来忽获《茶花女遗事》，如饥得食，读之数反，泪莹然凝栏干。每于高楼独立，昂首四顾，觉情世界铸出情人，而天地无情，偏令好儿女以有情老，独令遗此情根，引起普天下各种情种，不如情生文耶，文生情耶？直如成连先生刺舟竟去时之善移我情矣"[1]。光翟亦有同感，说他读了《茶花女》，"一种缠绵亲爱之观念，悠然蟠结于胸次"[2]。可见，情感触动是当时读者阅读《茶花女》的普遍感受，这是一种什么样的情，其观念有何不同？当时人说不清楚，反正觉得与中国的情不一样。其实，这就是西方传统的理想爱情——高尚的、精神的、灵魂的——真正的爱情。这种强调纯洁性和精神崇高的理想爱情与中国古代的纯情论看似相近，实则本质迥异。中国古代的纯情论建立在女性贞节观基础上，强调情与欲的对立，突出情感，排斥性欲，说到底是一种立足于人之本身的情欲观。西方传统爱情观虽也有重精神轻肉体的倾

---

① 邱炜蒉：《挥尘拾遗·茶花女遗事》，陈平原、夏晓虹编《二十世纪中国小说理论》第一卷，北京大学出版社1997年版，第46页。

② 光翟：《淫词惑世与艳情感人之界线》，陈平原、夏晓虹编《二十世纪中国小说理论》第一卷，北京大学出版社1997年版，第310页。

向，如给真正的爱情树立了对立面——低级的、粗俗的、快感的——世俗的阴影和模仿。但这两种爱情观并非直观的否定关系，而是映射与模仿、完整与残缺的统一关系，且更注重获取与放弃在心灵世界的抉择冲突，是一种精神世界与外在世界的本体论关系。经过文艺复兴的洗礼，西方传统爱情观糅入更多的人文关怀和人性因素，《巴黎茶花女遗事》所揭橥的当理想不可避免地与现实发生冲突时，应该无私奉献，自我牺牲，给对方以幸福的理念，便是近代西方爱情观的精髓，它集真善美于一身，是具有普遍性价值和终极目的意义的爱情伦理。

看惯了古典言情小说两情相悦、女子守身、男子追求事业成功、终得洞房花烛的中国读者，乍见为了促成所爱之人的幸福而甘愿牺牲自己幸福甚至生命的爱情故事，其情感震撼自然非比寻常。尤其是那默默忍受所爱之人的误解和凌辱，孤独凄凉而死的悲剧结局，更让读者断肠。这是从未读过的全新故事，更是从未想见的男女之情。林黛玉可以为情而死，但不会极力促成宝玉和宝钗；刘秋痕可以为情而死，也不会想到放手，给韦痴珠更大的生存空间。"主动放弃的爱""牺牲自我的爱""伤害的爱""悲剧的爱"让中国读者见识了西方爱情的真诚和伟大，也冲击着未来言情小说的主题选择。

红花再好，也得绿叶相衬。《巴黎茶花女遗事》有幸交到了古文大家林纾手中，致使"以华文之典料，写欧人之性情，曲曲以赴，煞费匠心，好语穿珠，哀感玩艳，读者但见马克之花魂，亚猛之泪渍，小仲马之文心，冷红生之笔意，一时都活，为之欲叹观止"[①]。林译本虽非全译，但主要情节和涉及男女主人公的部分交代得基本完整，使原著的精华尽现。尤其值得称道的是，林纾面对生疏的第一人称叙事、倒叙手法和叙述人视点灵活转移问题，虽然翻译起来觉得不怎么得心应手，要时时出面交代，却没有按中国小说的创作习惯加以改造，给当时及后来的小说家学习叙事技巧提供了极为珍贵的范本。另外，林纾极力保留了原作的心理剖析和借助书信、日记吐露心扉的结构形式，并用他的生花妙笔将其渲染得辗转跌宕，淋漓尽致，让读者尽情领略到马克和亚猛的真挚情感和小仲马的细腻文心，也启发了作家在心理描写方面的写作技巧。

---

① 邱炜萲：《挥尘拾遗·茶花女遗事》，陈平原、夏晓虹编《二十世纪中国小说理论》第一卷，北京大学出版社 1997 年版，第 45 页。

由于译文相对完整，马克和亚猛的形象特征也得以全面呈现，他们的性格复杂性和真实性也让中国读者耳目一新。

马克是作者着力揄扬的理想形象，作品突出刻画了她的高尚情操和美丽灵魂——聪明秀慧、感情真挚、甘于奉献、勇于牺牲、坚韧忍耐，但是作者并没有因此就把马克塑造成一个完人，对她身上的一些缺点，如生活奢侈、寄生依赖、前迎后送、狎辱刻薄，也做了相当深入地揭示。马克毕竟是一个妓女，身上必然带有妓女的生活习气和观念意识，只有对其职业特点做应有的客观描述，才符合她的身份。优点和缺点的有机结合，使她成为一个真实的"人"、活生生的"人"、可感可亲的"人"，没有沦为作者概念的传声筒。与马克不同，狭邪小说中的妓女形象则容易走极端，要么品质低劣，唯财是图，几乎没有人的情感活动，就是一个捞钱机器。要么一味痴情，绝无他顾，一旦情有所钟，便闭门谢客，开始守贞，等待小星位置，再也不考虑身份职业和生活实际，如愿者不免有绝对理想主义之嫌，身死明志者也落入了贞节观的圈套，都不是真正的"自己"。当然，从现实生活的角度来说，倒不能说她们完全不真实，但从形象塑造的角度来说，却缺少提炼和升华，没有达到真实性的要求，更不用说典型性的高度，感动人心的力量自然小了许多。

亚猛之痴情不亚于马克，一见钟情、默默关心、真诚守护，全身心投入与马克的恋爱当中，宁愿付出自己的一切。但强烈的独占欲和报复欲，使他的爱在浓烈中隐藏着失去理智的危险，因而做了许多伤害马克的事情，加速了马克香销玉殒的进程，留下了难以挽回的终身悔恨。比起狭邪小说里的痴心才子，亚猛的确"小气"得多。在才子们看来，吃醋、发飙决不是爱的表现，而是缺乏修养的粗鲁行为，报复妓女寡情更是不通世故和有失身份的象征，杜少牧（《海上繁华梦》）就是典型例证。正确的做法应该是，通过优雅举止和诗词唱和来与名妓建立知己之情，进而赢得相从之心或殉情之烈，自己决不可沉溺情感旋涡而不能自拔，至多洒点相思泪，得个相思病即止，如韦痴珠（《花月痕》）、祝伯青（《绘芳录》）。总之，狭邪小说中的才子，既是妓女的恋人，又是妓女的客人，他们始终保持着理智、内敛、儒雅的风范，即使两情相悦，也不会阻止妓女接其他客人。当然妓女一般早就自愿守贞了，不必才子操心，报复这样的错误更是从来不会犯，也没机会犯，所以，狭邪小说中从未出现过亚猛这样激情奔放、直露外向的性格类型和人物形象。亚猛激烈表达挚爱和悔恨的方式，确让中国读者从四平八稳的阅读习惯中走了出来，体验到了大起大落、心潮澎湃的阅读快感。

亚猛和马克分别代表了爱的两面性特质——自私性和奉献性中的一面，通过他们，作者诠释了爱的哲理意蕴：爱如一硬币，自私和奉献就是这硬币的两面，自私显示了爱的真诚，奉献体现了爱的伟大。二者又是互为前提、水乳交融的，有了自私才会有无私奉献的伟大，有了无私奉献方见出自私的真诚，它们是统一的矛盾体，谁也离不开谁。对于没有爱情概念的当时读者来说，也许解读不出或表达不出这个爱的哲理，但人类直觉和感性的同一性，会使他们感觉到其中的意味，因为他们觉察出了亚猛和马克身上的异样，且被亚猛和马克感动了。

《巴黎茶花女遗事》出版两年后，即光绪二十七年（1901）二月十五日（4月3日），创刊于苏州，励学译社主办的《励学译编》第一册开始连载《迦茵小传》，至第十二册毕，署"蟠溪子（杨紫麟）译"。光绪二十九年（1903）四月，文明书局出版单行本，署"蟠溪子译、天笑生（包天笑）校"。《迦因小说》是翻译引进的第二部言情小说。据译者说，《迦茵小传》原著购于上海冷摊，"残缺其上帙，而邮书欧美名都，思补其全，卒不可得"①，于是先译出下帙，"复当觅其全帙以成完璧"，后来却不了了之了。此本从迦因离家出走译起，讲述了迦因艰难困苦的伦敦谋生经历，牺牲自我、成全恋人亨利，以及代替亨利而死的悲剧爱情故事。译本掐头去尾，又删节了许多细节和心理描写，只保留情节主干，加上译笔也平铺直叙，除了迦因忍痛割爱和悲剧结局给人以震动外，余无可称之处。照理，这样的作品不会产生多大影响，尤其是此类故事翻译得多了以后，它应该很快就被遗忘，可引起人们长期重视的机遇偏偏落在了它的头上。因缘来自林纾老先生。林纾偶然发现了《迦茵小传》全本，是哈葛德的作品。林纾相信蟠溪子找不到全帙的话，想寄给蟠溪子，助其完成夙愿，可不知道蟠溪子的真实姓名和住址，深为遗憾。在合作者魏易的劝说下，林纾只好亲自上阵，译出了《迦茵小传》足本，更名为《迦茵小传》，并在足本于光绪三十一年（1905）出版时专门写了"小引"，交代此事。

林纾老先生的人品着实令人敬重，在重译，甚至夺翻译为创作的不良译风盛行的年代，林老先生不掠人之美，实事求是的君子作风实属难得。

---

① 蟠溪子译、天笑生校：《迦茵小传》，文明书局光绪二十九年四月印行，第1页。

"文品如人品"，这种诚实做人的品质也体现在他所翻译的《迦茵小传》上，不仅补足了作品的上半部，让读者了解到迦茵贫贱的出身，与贵族子弟亨利相识、相爱的过程，以及亨利所面临的家庭经济破产窘境，从而得知造成二人悲剧结局的直接根源。而且对蟠溪子所译的下半部也做了很多补充，如迦茵伪装亨利替死时的矛盾心理，非常精彩、真实，尤其是把迦茵离家出走的真正原因——生产她与亨利的私生女，也给如实补充了出来。这下引起了轩然大波，把《迦茵小传》推上了风口浪尖，也把默默无闻的《迦茵小传》带火了。

时人对《迦茵小传》批评如潮，不是批评原著，而是批评林纾的忠实翻译。"《迦因》小说，吾友包公毅译。迦因人格，向为吾所深爱，谓此半面妆文字，胜于足本。今读林译，即此下半卷内，知尚有怀孕一节。西人临文不讳，然为中国社会计，正宜从包君节去为是。"[1] 寅半生为此还写了专门的批评文章《读〈迦茵小传〉两译本书后》，发表于《游戏世界》第十一期（1907）。文章站在道德立场，痛斥林译本把未婚先孕情节抖落了出来，降低了迦因和亨利的人格品质，玷污了二人的纯洁爱情，从而损害了人物的形象价值，同时，极力表扬蟠溪子删节得体，观念正确，值得效法。"吾向读《迦因小传》，而深叹迦因之为人，清洁娟好，不染污浊，甘牺牲生命，以成人之美，实情界中之天仙也；吾今读《迦因小传》，而后知迦因之为人，淫贱卑鄙，不知廉耻，弃人生义务，而自殉所欢，实情界中之蟊贼也；此非吾思想之矛盾也，以所见译本之不同故也。盖自有蟠溪子译本，而迦因之身价忽登九天；亦自有林畏庐译本，而迦因之身价忽坠九渊。""且'传'之云者何谓乎？传其品焉，传其德焉，而使后人景仰而取法者也。虽史家贤奸并列，而非所论于小说家言。今蟠溪子所谓《迦茵小传》者，传其品也，故于一切有累于品者，皆删而不书。而林氏之所谓《迦茵小传》者，传其淫也，传其贱也，传其无耻也，迦因有知，又曷贵有此传哉？"[2]

这种注重小说的道德引导和社会导向作用的批评观念，秉承了"小说界革命"干预社会、教育民众的一贯宗旨，其目光本来聚焦在政治小说和

① 松岑：《论写情小说于新社会之关系》，陈平原、夏晓虹编《二十世纪中国小说理论》第一卷，北京大学出版社 1997 年版，第 172 页。
② 寅半生：《读〈迦茵小传〉两译本书后》，陈平原、夏晓虹编《二十世纪中国小说理论》第一卷，北京大学出版社 1997 年版，第 249—250 页。

社会小说身上，如今，借助对两种《迦茵小传》的评论，扩张到了言情小说领域，提醒言情小说作者"道德正确"的重要性，对正在兴起的新言情小说的创作走向产生了直接而巨大的影响。

时人把注意力都集中在了对两种《迦茵小传》的道德观察上，对它们艺术价值上的高低优劣未置一词，这本来是"新小说"提倡者不怎么关心的事情。就译文的文学性来说，林本优于蟠本毋庸置疑。可就原著自身而论，与《巴黎茶花女遗事》相较，在爱情观念和写作技巧方面并无新鲜、突出之处，可资借鉴、模仿的地方也不多，引不起《茶花女》那样的轰动效应，也算正常。所以，两种《迦茵小传》对新言情小说的影响主要体现在主题思想方面，作为道德观念的正、反面典型，"造假"的蟠本广受追捧，"诚实"的林本饱受责难，主流作者的创作取向和标准自然跟着蟠本走，当然，林本也时时被人提起，可为的是以儆效尤。甚矣，译书之难也！

《迦因（茵）小传》与《巴黎茶花女遗事》属于同一故事类型，在作品主题、人物的精神气质、基本情节框架方面都有共通性，就连造成主人公爱情悲剧的原因亦相同：一是女主人公身份低贱，男女双方社会地位悬殊；二是为了家庭利益，父母出面阻碍。对于生活在严格讲究门当户对和父母之命、媒妁之言社会里的中国读者来说，对这两个"罪魁祸首"是再熟悉不过了，也许自己就品尝过它们酿成的苦酒，听到或见到的由它们造成的"有情人难成眷属"的悲剧事例更是不胜枚举。可反观我们自己的言情小说，尤其是才子佳人小说，对这两个"罪魁祸首"及其栽培的苦果，往往是避而不谈，即使有所触及，要么轻描淡写，要么拈轻怕重。甚或还有美化成分，让父母出面鼓励女儿谈恋爱，完全是穷措大的向壁虚构、一厢情愿，严重脱离生活实际。哪像人家这两部小说，源于生活，针对现实，以生命及爱与美的毁灭来控诉门第观念和利益婚姻的不合理性与残忍性，给人以心灵震颤和痛定思痛的反思。

综而述之，《巴黎茶花女遗事》和《迦茵小传》给近代言情小说界传输进来了全新的故事类型，饱含人文精神的爱情观，面向现实、关注生活的创作理念，风情殊异、个性鲜明的典型形象，悲剧美意识，丰富多样的写作技巧。也引起了小说内容道德取向问题大讨论，为"呈枯寂之状"的言情小说创作再次起程、重新上路添加了新能量，注入了新血液。近代新言情小说身上带有太多它们的印记，以至于让时人产生了它们就是"自家人"的"错觉","吾国新小说之破天荒,为《茶花女遗事》《迦茵小传》"。[1]

不怕不识货,就怕货比货。有了以《巴黎茶花女遗事》和《迦茵小传》为代表的域外言情小说做参照系,传统言情小说的缺陷便暴露无遗了。如果说梁启超的"诲淫"说(《译印政治小说序》)太过笼统和极端,后来的观察者在充分比对、分析基础上得出的结论就相对深入、准确了,也能击中要害。"写艳情则微言相入,花艳丹唇,美态入神,云靡绿鬓;雕帘绣轴,挑锦停功,宝树琼轩,浣纱见影;丹莺紫蝶,雄雌同梦,东鲽西鹣,山海同盟。花笺五幅,眷天涯之美人;琼树一枝,狎兰房之妓女。写哀情则织回文之锦,目断意迷,首步摇之冠,形单影只。白石沈海,钗断琴焚,古井无波,泪干肠折。写情小说,千篇一律。此写情小说之弊也。"[2]"其为不正之男女,则必有果报;其为虽不正而可以附会今日自由结婚之男女,则必有团圆。最奇者,尚有非男非女,而亦居然有男女之事;盖以男女为其因,而万事皆从此一因而起。夸说功名,则平蛮封王,而为驸马也;艳称富贵,则考试及第,而为斋婿也。其先则无不贫困之极,其后则无不豪华之极……使观其书者,如天花之乱坠,而目为之迷,神为之炫。"[3]一言以蔽之,弊端在于虚幻造作,陈陈相因。出路何在?出路在于有观照现实,反映社会的创作意识,走关注现实,关注生活的道路。如黄伯耀所期待的那样:"艳情小说云者,非徒美人香草,柔肝断肠,导国民于脂粉世界中,作冥思瘵想之计生活已也。彼作者,固早挟一至情之主宰,借笔墨而形容之、流露之,以寄托其固结之爱情而已。盖天下有无名之英雄,决无无情之英雄。古往今来之伟大事业,孰非本其'情'之一字造去。然则小说家之注意一女子,极写其缠绵恻怛之意者,是诚默体社会之情,而主动其无形之输灌力也。"[4]

"小说界革命"的最大实绩是斩断了传统小说理想化的、远离现实生

---

[1]　铁樵:《作者七人》序,陈平原、夏晓虹编《二十世纪中国小说理论》第一卷,北京大学出版社1997年版,第530页。

[2]　陆绍明:《月月小说》发刊词,陈平原、夏晓虹编《二十世纪中国小说理论》第一卷,北京大学出版社1997年版,第198页。

[3]　《新世界小说社报》发刊词,陈平原、夏晓虹编《二十世纪中国小说理论》第一卷,北京大学出版社1997年版,第204页。

[4]　伯:《义侠小说与艳情小说具输灌社会感情之速力》,陈平原、夏晓虹编《二十世纪中国小说理论》第一卷,北京大学出版社1997年版,第229页。

活的想望和希冀，把小说拽入启蒙大众、改良图治的实用文学行列。"新小说"家们以小说为武器，分门别类地对现实生活的各个方面进行干预，用政治小说来寄托政治理想，用社会小说来揭露官场黑暗、道德沦落、社会恶习，用科学小说来传播新知识、新学问，用妇女小说来提倡女权、宣传妇女解放，等等，观照现实、干预生活成为小说创作的主要使命和任务。

经过"新小说"急风暴雨般的冲刷，公共话题和宏大叙事已成为主流小说家的思维定式和创作惯性，因此，当男女之情这个更具私人性的话题冲破压制，重新进入创作视野的时候，便自然而然地站到"新小说"的队伍中了。它一露头便接过政治小说和社会小说的大旗，披上战袍，发射西方婚姻自由炮弹，对以门当户对、父母之命、媒妁之言为核心的传统婚姻制度展开猛烈炮击。可以说，新言情小说是"小说界革命"在政治宣传和社会批判的热情退潮后，向专制婚姻制度发起进攻的号角和工具，是"小说界革命"的延续和深化，隶属于"新小说"，并非另起炉灶的"异类"。

最先亮相的是出版于光绪三十一年（1905）的两部作品——《恨海花》和《情天恨》。[1]《恨海花》[2] 讲述了新学界青年曾聚铁和黄钟情的悲剧故事，二人由通信产生爱情，可聚铁已婚，钟情愿作小妾，遭父亲反对，抑郁而死。作品情节简单，人物设计潦草，议论层出，意在贩卖西方婚姻自由概念和宣传种族革命思想。小说于结尾处借钟情给作者的来信，阐明了创作主旨：

> 我国男女隔绝，为进化一大阻障，非抉破藩篱，恐再越千百年仍难期文化之进也。妾闻之，男女非平日相得，一旦强合，不通闻问之人为夫妇，情多不专，以其未婚之前，漠然与路人无殊，张可夫，李亦可夫，何则？其素然也。西国则不然，男女同校者有之，友善者有

---

① 1905 年以前，标示写情类创作小说的有两种：一是《新小说》第七号刊载的《新聊斋·唐生》（光绪二十九年七月十五日），标"写情小说"，作者署"平等阁"（狄葆贤）。是作以唐生因美国人轻视中国而拒绝美国姑娘漪娘的求婚来宣传"保国存种之大义"，作品简短且无描写，实为文章而非小说。一是《女子世界》第五期刊载的《自由花》（光绪三十年四月初一日），标"爱情小说"，连载于第五至七、十期，未完，作者署"非想"。该作讲述巴黎贵族女子吉利和税关小职员威列司·特禄的爱情故事，从描写内容和情节安排来看，明显属于西人风格，有夺翻译为创作嫌疑，故剔除。

② 新学界图书局出版，作者"非民"，1907 年文明书局出三版时，改称"飞鸣"。

之，其互易指环而定婚约者，必其心目中第一人也，是以其家庭幸福圆满无憾，而勃谿脱辐者鲜也。种强化进，岂幸致哉！妾不惮固陋，妾欲自由结婚，将以抉破五千年男女防闲之敝俗，开二十世纪中国婚姻之自由，虽父也天只不谅人只，然以身殉道，我生亦不负矣。唯瞰兹宗国，大梦沉沉，国仇未复，民俗日凋，而聚铁童心犹有，匡植待人，以是二者，妾身虽死，妾目容能瞑乎？是不得不望之君矣。盖君与妾同居禹域，同为黄裔，君能视国仇而不思雪，靓敝俗而不思振耶？……噫，强邻洊迫，异种侮凌，往车已矣，来轸方遒，凡有血气，孰不抚膺悲悼而思所以处乎？……

这种把儿女私情向婚姻自由、国家存亡和民族危机步步引申的创作意图，正是对"小说界革命"启蒙、救亡主题的呼应，具有明显的近代特征，是典型的"新小说"创作路径。

《情天恨》[①]只出版了上部，无法领略全貌，但就目前所见，它没有《恨海花》那么强烈的国家民族意识，主要把矛头对准了父母之命。作者在序言里交代了创作意旨："此书本旨有二：（一）遵吾友之嘱，欲使天下人知宇宙间有此恨事，有此情种。（二）明我之旨，欲使天下人知婚姻不自由，实为情界之巨害。"书中又借主人公沈思明之口控诉家长扼杀自由婚姻："生我者父母，杀我者父母。"可见是一部专门抨击传统婚姻制度的作品。

与反传统的主题相适应，两作的人物身份也有了新气象，摒弃了才子佳人形象。《恨海花》中的聚铁和钟情都是新学堂毕业生，他们精通的是英文而非传统的诗词曲文，通信都用英文来写，钟情更是以西人装束打扮自己，俨然一时髦女郎。《情天恨》里的沈明思是上海学堂毕业生，除了保持着传统文人好冶游的脾性外，已没有了才子气质。汪剑珠倒残留着佳人素质，游玩时爱题诗，住的地方也充满诗情画意，但其性格当有不同于传统佳人之处，惜已出版部分只写到了让她正式出场，还未展开对她的充分刻画。

《恨海花》和《情天恨》在写法上也有摆脱传统言情小说模式，向西方言情小说，尤其是向《茶花女》取经的自觉意识。两作都采用了作者直

---

① 光绪三十一年十二月二十五日（1906 年 1 月 19 日）新学社出版，顽石（陈景韩）著。

接充当叙述人,听当事人讲述故事的第一人称叙事方式;运用倒叙手法,追求起笔鹘突的效果;视点在作者和主人公之间灵活转移,保持着第一人称叙事方式不变。《恨海花》通过大量书信来推动情节发展,以插叙作者与男主人公之间交流的方法转换情节,借鉴《茶花女》之处明显。《情天恨》的情节设计更是一如《茶花女》,先是作者遇到人物主角,然后听他讲述故事,故事进程也是先偶遇,两年后再遇,通过朋友介绍认识,正式交往,产生爱情,共同生活,因男主角父母反对,女主角主动离开,造成悲剧。惜书未完,不便猜测后续写法,但就现有部分来看,模仿《茶花女》的痕迹十分清晰,应该说,此书当为最早模仿《茶花女》的近代言情小说作品。

通过《恨海花》和《情天恨》,我们可以发现新言情小说起步时的主要特点:一是观照现实,批判现实。它们完全放弃了传统言情小说的理想诉求和大团圆结局,代之以揭露专制婚姻制度的不合理性及其造成的悲剧,反映了真实世界的缺陷和残酷,喊出了婚姻自由的时代呼声。二是超越男女私情,扩展主题范围。男女之情在这两部作品里只是一个起点,而不是归宿,对男女主人公的真挚情感和悲剧结局进行渲染的目的是为了抨击专制婚姻制度。《恨海天》甚至进一步引申到了文明进化、国家民族危亡的高度,开辟了男女+制度/社会/政治的创作路径。三是模仿西方言情小说的写作方式。两作的行文布局——仿照《茶花女》,已看不到传统言情小说的身影,西方言情小说的写作方式自此渗入近代言情小说创作领域。

当然,《恨海花》和《情天恨》还是新言情小说刚露头的产物,带有实验性,表现得相当幼稚和不成熟。它们既想摆脱传统言情小说的束缚,闯出一条新路,又没有深厚的生活和艺术积累做支撑,只好投靠在西方言情小说门下,亦步亦趋地对其进行照搬模仿。殊不知,这样做,又脱离了自身社会实际,流于表面化和形式化,成了概念贩卖者和照猫画虎者,没能真正地、艺术地反映出时代特色和真实生活面貌。中西都靠不上,两作便陷入了架空和虚假的窘境,概念宣传、生吞活剥、生硬粗糙,这些"新小说"先行者的老毛病,又在它们身上重演,加上《恨海花》的篇幅不长,《情天恨》也只有半部,使得它们在当时及后来都没有产生什么影响。即便如此,由于它们最先捕捉到了时代心声和小说创作的新动向,并做了及时回应和实践探索,新言情小说奠基者和创作走向指引者的头衔还是应该归在它们名下，这在随后的言情小说创作对二作所关注的问题予以积极响应便得到证实。

光绪三十二年（1906）开始，新言情小说创作进入了活跃期，作品数量日渐增加，质量也明显提高。更为重要的是，它们大多围绕着现实生活来创作，概念说教和贴标签的成分减弱，具有较强的时代感和生活气息。由于作者思想观念和创作倾向的差异，使得此时期的创作呈现出新旧混杂、中西并立、众声喧哗的格局，没有形成统一的方向。

根据作品的描写内容和思想倾向，此时期的言情小说总体上可以分成三大块：一是宣扬贞节观念，维护传统伦理道德；二是比较中西婚姻制度，思考爱情与婚姻家庭的关系；三是讲述男女传奇故事，仅供娱乐消遣。

第一种类型以吴趼人的《恨海》（1906）和《劫余灰》（1907）为代表。两部作品的开头，都有作者阐发作品主题思想的"入话"，《恨海》是这样说的：

> 我素常立过一个议论，说人之有情，系与生俱来，未解人事以前，便有了情。大抵婴儿一啼一笑，都是情，并不是那俗人说的"情窦初开"那个"情"字。要知俗人说的情，单知道儿女私情是情。我说那与生俱来的情，是说先天种在心里，将来长大，没有一处用不着这个"情"字，但看他如何施展罢了。对于君国施展起来，便是忠；对于父母施展起来，便是孝；对于子女施展起来，便是慈；对于朋友施展起来，便是义。可见忠孝大节，无不是从"情"字生出来的。至于那儿女之情，只可叫做"痴"。更有那不必用情，不应用情，他却浪用其情的，那个只可叫做"魔"。还有一说，前人说的那守节之妇，心如槁木死灰，如枯井之无澜，绝不动情的了。我说并不然，她那绝不动情之处，正是第一情长之处。俗人但知儿女之情是情，未免把这个"情"字看得太轻了。并且有许多写情小说，竟然不是写情，是在那里写魔。写了魔，还要说是写情，真是笔端罪过。我今叙这一段故事，虽未便先叙明是写哪一种情，却是断不犯这写魔的罪过。

《劫余灰》表达的意思与此基本一致。这种情本论思想，渊源久远，至少从明末冯梦龙开始，便被用来指导言情小说的创作和评论了，实在是老生常谈，没有多少新鲜之处，本不必专门拿出来讨论。但是，老话说在了"新时期"，便有了非同一般的意义了。首先，它提醒我们，虽然西学东渐已有几十年了，但西风并未压倒东风，本土思想依然活跃且强大，古老的情本论思想仍在指导着言情小说创作。其次，它把新言情小说与传统言情小说在观念层次上衔接了起来。经历过"小说界革命"的扫荡，加上生活环境和时代风气的变迁，新言情小说所描写的内容肯定不同于传统言情小说，但并不妨碍它们在意识形态上的对接，"新故事"照样可以宣扬"老观念"。

《恨海》中的陈伯和与张棣华从小就定了亲，他们本是青梅竹马的小伙伴，知根知底，虽是父母之命，本人都十分乐意，没有什么感情冲突。可义和团一折腾，打破了他们正常而平静的生活，走上逃难道路。棣华处处守礼，刻刻避嫌，使前半段旅途一直处于尴尬气氛中，被冲散后，棣华又陷入时时记挂伯和安危的焦虑情绪中，使得整个逃难过程变成了棣华的心理挣扎和性格成熟过程。逃难让棣华坚强，却使伯和走向堕落。伯和经不住坏人引诱，吃喝嫖赌，吸食鸦片，丧失人性，最终贫病而死。伯和临死前，棣华到医院看望，强烈的自责让她挣脱了礼法的束缚，口对口地给伯和喂药，然而一切都无法挽回了。遵守从一而终的信念，棣华毅然出家守节，了此残生。

作品具有非常复杂的指向，政治、社会批判而外，重点考问人的道德操守问题。棣华的内心冲突和守贞行为不是爱情反应，而是在体现礼法与人情之间的矛盾，自律、责任、守信、同情是其应有之义，没有男女私情的位置。棣华避嫌对应的是自律，对伯和的牵挂和关怀对应的是责任和同情，守贞则与守信是同一概念。因此，棣华是作为一个道德楷模而非恋爱中的少女出现在作品中，她是作者隆重推出的一个正面道德教化典型。与此相对应，伯和则是道德堕落的反面典型。天津发横财和在上海的浪荡生活意味着他失去了自律，到上海两年不找棣华且娶了妓女是其缺乏责任和信义的表现，不顾棣华的处境和未来生活，说明他已丧失了起码的同情心，一个良知泯灭、丧失道德底线的人，不死何为！为了表达这个观念，作者不惜把伯和塑造成一个乖违逻辑的人物，留下了太多的性格空白点。最说不过去的是，他两年来都对留在危险环境中的父母兄弟不闻不问，使其成为一个缺乏真实感的形象。仲蔼和王娟娟作为伯和与棣华的反衬，完全是概念角色，进一步加强了作品的说教味道。基于此，我们可以说，

《恨海》是一部宣扬正统道德观念，排斥男女爱情的"老古董"，其"古旧"程度甚至超过了才子佳人小说，直追程朱理学。

《恨海》是吴趼人相当满意的一部作品，"作小说令人喜易，令人悲难；令人笑易，令人哭难。吾前著《恨海》仅十日而稿脱，未尝自审一过，即持以付广智书局。出版后偶取阅之，至悲惨处，辄自堕泪，亦不解当时何以下笔也。能为其难，窃用自喜。然其中之言论理想，大都皆陈腐常谈，殊无新趣，良用自歉。所幸虽是写情，犹未脱道德范围，或不致为大（雅）君子所唾弃耳"①。《恨海》虽然粗糙了一些，但相较于那些纯粹议论说教之作，的确要高明许多，在人物塑造、情节结构方面都有过人之处，尤其是对棣华的心理刻画，相当生动真实，感人之处亦复不少。其成就不仅超过了此前的《恨海花》和《情天恨》，也比作者接下来创作的《劫余灰》高很多。

《劫余灰》最早发表于《月月小说》第一年第十号，标"苦情小说"，续载于第十、十一、十三、十五至二十一、二十三、二十四各号，共16回。作品延续了《恨海》的情本论思想和传统道德教化主题。朱婉贞与陈耕伯定婚的当天，陈耕伯就失踪了，于是朱婉贞开始了守护贞节的拼搏历程，几经磨难，屡遭险境，争得了抱木像成亲，至婆家守节的机会，也赢得了贞女的美名。十五年后，被贩卖到南洋的陈耕伯带着妻儿回来了，一夫二妻，终得团圆。比起《恨海》，《劫余灰》的道德宣讲气味更加浓烈。伯和与棣华怎么说还有过一段交往时间，有点感情因素，而朱婉贞与陈耕伯压根没有交往，且耕伯一直在省城读书，根本不知道家里为自己定亲这回事，二人的关系如真空般纯净，就因为订了婚，婉贞就拼死拼活地守起贞节来。可见，婉贞守的是一个抽象教条而不是人，与男女之情毫无关系。婉贞的极端化表现反映了作者的两性道德观念已到了不近人情的地步，简直可与"饿死事小，失节事大"这样的诛心之论相提并论了。

像吴趼人这般歇斯底里地维护传统伦理道德的思想意识和创作观念，不要说在大谈女权和婚姻自由的20世纪，就是在前几辈的小说家那里也难觅知音，所以，并没有得到同时代作家们的呼应，《恨海》和《劫余灰》便成绝响。但是，以吴趼人当时的小说界教主地位，《恨海》和《劫余灰》

---

① 趼：《杂说》，陈平原、夏晓虹编《二十世纪中国小说理论》第一卷，北京大学出版社1997年版，第279页。

的影响力却不可小觑,《恨海》就受到了追捧。

思考爱情与婚姻关系、反思婚姻制度的作品是此时期言情小说的创作热点,作品数量最多,主要有符霖《禽海石》(1906),南梦(陆秋心)《双泪碑》(1907),上编不题撰人、下编题"女奴续著"《情界囚》(1908),平坨《十年梦》(1909),东亚寄生撰、四明陈小楼校阅《情天劫》(1909),何诹《碎琴楼》(1911)。

《禽海石》劈头就把父母之命、媒妁之言的婚姻制度送上了审判台:

> 看官,可晓得我和我这意中人,是被哪个害的?咳!说起来也可怜,却不想是被周朝的孟夫子害的。
>
> 看官,孟夫子在生时,到了现在,已是两千几百年了。他如何能来害我?却不想孟夫子当时,曾说了几句无情无理的话,传留至今。他说世界上男婚女嫁,都要凭着父母之命、媒妁之言。否则,父母国人皆贱之。咦!他全不想男婚女嫁的事,在男女两面都有自主之权,岂是父母媒妁所能强来干涉的?只要男女都循规蹈矩,一个愿婚,一个愿嫁,到了将婚将嫁的时候,都各人禀明了各人自己的父母,不要去干那钻穴逾墙的勾当罢了。如何为父母的可以一厢情愿去撮合他?我真不解,孟夫子这样一个专讲平权自由的人,如何一时心地糊涂,说出这几句无情无理话来。自从有了孟夫子这几句话,世界上一般好端端的男女,只为这件事被父母专制政体所压伏,弄得一百个当中,倒有九十九个成了怨偶。不论是男是女,因此送了性命到枉死城中去的,这两千余年以来,何止恒河沙数。只为父母的权太重了,所以两情不遂的是气死;两情不遂,没奈何去干那钻穴逾墙的勾当的是羞死;两情不遂,又被父母捉牢配了一个情性不投,容貌不称的人,勉强成了一对儿的是个闷死。自古至今,死千死万,害了多少男女!就是我与我那意中人,也是被孟夫子害的。咳!我若晓得现在文明国一般自由结婚的规矩,我与我那意中人,也不至受孟夫子的愚,被他害得这般地位了。

"我"与顾纫芬小时候同窗过三年,有点两小无猜的意思,后来都随父进京,恰住在同一所院子里,于是旧情复萌,谈起了恋爱。在纫芬的姐姐漱玉和她的情人陆伯寅的帮助下,两家父母同意结亲。可父亲坚持过了

17岁才能完姻，"我"只好等待。不料义和团祸起，纫芬的父亲相信义和团，全家留在京里，"我"与父亲避难回杭州老家。谣传顾家满门遇难，"我"思念成疾，父亲为我又定了毕家小姐，并带"我"到上海散心。在上海遇到了流落街头的纫芬母女，只见了纫芬最后一面，纫芬便离世了。"我"也恢恢无生趣。

> 然而我不怪我的父亲，我也不怪拳匪，我总说是孟夫子害我的。倘然没有孟夫子那父母之命、媒妁之言的老话，我早已与纫芬自由结婚。任从拳匪大乱，我与纫芬，尽管携手回南。此时仍可与纫芬围炉把酒，仍可与纫芬步月看花，并可与纫芬彻夜温存，终朝偎倚，领略那温柔乡中的滋味。当不至使我用尽心思，历尽苦楚，阅尽烦恼，受尽凄凉的了。到如今，只落得孤馆寒灯，愁增病剧，一身如寄，万念俱灰。不但害我父亲忧愁悲苦，还要害了那毕家小姐，为我担了个虚名。我甚望我中国以后更定婚制，许人自由。免得那枉死城中，添了百千万亿的愁魂怨魄，那就是不可思议，不可称量的功德。

这是作品最后的点题之笔，倒是与开头的话保持了一致，阐明了作者反对"父母之命，媒妁之言"婚姻制度的创作意图。然而就作品的具体描写来看，这个意图并未得到很好的贯彻，劲道明显不足。

首先，作者把"父母之命、媒妁之言"给虚化架空了。双方父母不但没有阻挠他们的恋爱和婚姻，反而是举双手赞成。父亲也是出于爱护儿子身体的角度来推迟他们的婚事的，16岁就结婚确实有点太早，父亲反早婚具有合理性。另外，造成二人悲剧的原因来自于拳匪作乱的偶然事件，没有普遍性和必然性，缺少反思空间，连"我"都觉得跟它无关。如按"我"所说，"不怪父亲"——父亲确实没什么可怪的，那孟夫子那句老话由谁来执行呢？反对那句老话不就流于空谈了吗？可见，作者对"父母之命、媒妁之言"婚姻制度缺乏基本的认识，只是在空喊口号，反对制度而美化父母的想法不但肤浅而且荒诞，这已不是批判不彻底或力度不够的问题，而是违背常识的问题了。

其次，作品中胡编乱造，向壁虚构的地方太多。如买通纫芬姨母、侦探漱玉偷情把柄、天天半夜三更约会、纫芬姨母向"我"求欢等情节，都发生在"我"十四五岁的时候。杜撰捏造成分过于明显，大大降低了作品的真实性，给人以滑稽稚嫩之感，很难与批判婚姻制度这样的重大题材联系起来。

最后，媚俗意识过于强烈。作者一方面讨好世俗读者，在细节描写中时出艳笔，流露出情色化倾向；另一方面，又常常强调清白，不及于乱，怕得罪名教中人，尤其是让纫芬临终时说了一句"我如今还是个黄花闺女"，令人愕然。这根本与所谓的作者思想矛盾无涉，完全是讨好两头读者的油滑心理在作怪，左支右绌，不仅使作品的主题显得更加松散无序，也降低了品格，实不足训。

当然，像《禽海石》这样思想浅薄、空发议论、漏洞百出、贴标签式的劣质品在当时司空见惯，不足为奇，《情界囚》①《情天劫》② 都属于此种类型，不必深究。值得一提的是《双泪碑》和《十年梦》。

《双泪碑》是光绪三十三年（1907）时报馆悬赏小说第二等（一等空缺），连载于《时报》是年四月二十二日（6月2日）至五月初一日（6月11日），翌年，时报馆出单行本。该作用文言写成，八千余字，讲述了一个因自由结婚而酿成的悲剧故事。新学界人士王秋塘受自由结婚风气影响，背弃了自小订亲但从未谋面的李碧娘，与新式女子汪柳侬结婚。李家十分生气，准备揭露或告发此事。碧娘出于保护秋塘的好心，把婚约偷了

---

① 《情界囚》二编二十章，改良小说社出版。上编八章，前四章为白话体，五至八章用文言记二人之问答；下编卷端题"孤客后编"，复为白话。全书除第十二、十八章外，均无回目，可见其仓促付梓。武林吴芝蓉在张履庄家读书，张家长女艳枚慕之，次女艳雪撮合之，吴亦有婚娶承诺。不料吴母为芝蓉订下了陈氏女，芝蓉不敢违背母意，又不愿舍弃艳枚，只能用谎言维持局面。事泄，艳枚服毒，艳雪跳井，芝蓉隐居忏悔三年。一日，与张馨谷遇，在张劝说下准备迎娶陈氏。陈氏因家贫无法为生，投河自尽，被做过抚台的谢义林救起，认为义女。张馨谷从中周旋，终使吴、陈完婚。是书有叙爱情悲剧，抨击封建礼法与父母包办婚姻的主观意愿，然描写至为粗糙混乱，难以卒读。

② 《情天劫》（又名《文明小说自由结婚》），蒋春记书庄出版，八回石印本。苏州江苏师范游学预备科学生余光中，自幼父母双亡，由叔父抚养长大。19岁时，将要毕业，叔父劝其早日婚娶，光中认为婚姻事关一生幸福，决意摆脱礼教束缚，自由结婚。于是在报纸上登载求偶书信，请有志闺秀，与其通信结婚。吴门天足分会，开特别大会，演说反缠足。吴门天足分会会长汪畹兰和分会书记史湘纹演说的精辟透彻，光中为之倾倒，会后想会晤未果。畹兰见到报纸，知湘纹素有自由结婚志向，便欲促成此事。湘纹出身官宦家庭，父史竹云为杭州知府，母病亡，继母吴氏，暴戾专横，欲将湘纹许配给自己的内侄吴天佑。吴整天寻花问柳，湘纹父不愿意，却又惧怕吴氏，只好借口拖延。在畹兰的帮助下，光中与湘纹相见、相识并产生爱情，私订婚约。湘纹父病故，吴氏强迫湘纹嫁其内侄，湘纹投河自尽。已在上海龙门师范任教的光中接到湘纹自杀前的绝命书，至坟头祭奠，一恸而绝。光中叔父找到吴氏，讲明二人相爱情况，得以合葬，传为佳话。是书意在歌颂争取自由婚姻的知识男女，但情节简单，描写直露，议论过多，犹如宣传材料。

出来，寄给柳侬，并附了一封讲明事情原委的信。信写得情真意切，怨而不怒。柳侬得知真相，留了一封成全王、李的信，咳血而亡。秋塘重新向碧娘求婚。碧娘得知柳侬为己而死，亦悲痛而逝。秋塘难以忍受两女双双为己而死的惨况，拔剑自刎。三人同葬，悲剧收场。

小说的特别之处在于，在批判专制婚姻、向往自由结婚已成时代风潮的当口，率先对自由结婚发出质疑，提出了"人"和"概念"谁更重要的问题。作者不是站在道学立场，无意为专制婚姻制度辩护，而是从"人"的角度出发，思考两种婚姻制度的合理性。作品中的三个人从理论上讲都没有错。王秋塘反对娃娃亲，要求解除父母定下的婚约，与相知已久的恋人结婚，应该说合乎情理，并没有犯下负心背盟的过错。可问题恰恰出在从未谋面上，王秋塘根本不了解李碧娘的性格和人品，仅从"父母之命、媒妁之言"一定不好的概念出发，便否定、伤害了一个人，而这个人却是相当优秀、相当值得尊敬的一个人，孰对孰错？汪柳侬代表了自由结婚一方，她与秋塘结婚是建立在相互爱慕的基础上的，有着深厚的感情基础，结婚顺理成章、水到渠成，完全符合自由结婚的理念。可正因为信奉了这一理念，却给一个好人造成了实质性的痛苦和伤害，自己也为这个理念付出了生命的代价，所以，这是一个需要慎重对待的理念，不可草率行事。李碧娘是"父母之命、媒妁之言"受害者，没有任何瑕疵，却没有表现自己的机会，蒙受不公正的损害，可找不到说理分辨的场合，被活活闷杀，无辜而又不幸。三个人全没过错，可三个人都死于非命，他们死于对两种婚姻制度的教条理解。

作者以三条人命的教训，促使人们思考"概念杀人"的残酷性，呼吁时人不要迷失在概念的魔咒里，而应确立"人"的观念、"人"的品质、"人"的幸福、"人"的尊严才是最重要的。如果没有"人"的观念，没有对"人"的关怀，任何制度都可能成为刽子手，专制婚姻制度能杀人，自由婚姻制度照样能杀人。作者于作品结尾处，充分表达了这个意思：

著者曰：先民有言：太上忘情，最下不及情。情之所钟，正在我辈。则情之宝贵可知，然用之不慎，而其祸亦弥烈……夫夫妇为人伦之始，关系至重，使但凭媒妁之言，遽缔丝罗，男女各不相识，性情才貌又复不类，欲其沕合无间，难矣。脱辐之占，忧离之咏，适足贻终身之忧。欧风入中土，一时群相则效，不无矫枉过当之嫌。指天誓日，言不由衷，自有执其咎者。嗟我所生，强相配偶，不谅人只，则风教之衰，夫妇道苦，所由来者远矣。

著者又曰：罗兰夫人尝云：自由自由，天下罪恶；借汝之名，以行吾草。《双泪碑》吾馨香祝天，愿吾最敬爱之男女学界兄弟姊妹，毋浮慕自由结婚之美名，谩不加察其生平，而一朝误用其情，致饮恨毕生，而为汪柳侬之第二也。

这种既有现实针对性，又冷静客观的思考，在当时实不多见，[①] 但至少说明当时还有明白人，不尽是吴趼人那样保守或唯自由论的极端主义者。

《十年梦》讲的是遇人不淑、红颜薄命的老套故事。集才女和贤惠于一身的荷仙被"父母之命、媒妁之言"所误，不能与心上人团圆，嫁了一个顽劣无行的破落户子弟，终被摧残而死。作品有批判专制婚姻制度的意图，惜归之于神仙下凡历劫，大大削弱了批判力度。同时，对传统妇道的大肆宣扬，如逆来顺受、跪谏读书、割股疗疾等，使作品充斥着陈腐气和奴性，淡化了抗争氛围，令整部作品沦为下乘。

此类小说的代表作是《碎琴楼》。据作者自序，《碎琴楼》完稿于宣统二年（1910），次年在《东方杂志》第八卷第一号开始连载，后载于第二至九、十一至十二各号，至民国元年六月初一日止。

《碎琴楼》以细腻严密、哀感凄婉之笔叙写了一对痴情恋人的爱情悲剧。琼花和云郎自小情投意合、互敬互爱，琼花早就下定了非云郎不嫁的决心。可是云郎家一贫如洗，根本入不了琼花父亲之眼，坚持把琼花许配给了琼花最为讨厌的恶少银生。琼花碎琴明志，诀别云郎。云郎远赴广州谋生，几为情折磨而死。在家的琼花也承受着巨大的精神压力，相思之苦加上家庭破产、连遭官匪祸害，琼花已无人形。势利实际的银生家也退了婚约。等待云郎归来，是琼花活下去唯一的力量，可她终究没能等到这一天，便在土匪的惊吓中病亡。拖着病体兼程赶来的云郎，没见到琼花最后一面，绝望出家。

---

① 仅见到《小说月报》第二年（1911）第二期刊载的《佛无灵》（标"哀情小说"，作者署"抱真"），有相近的看法。（有人传言在沪读书的何瑜要抛弃不识字的妻子娟娘）瑜闻此言，笑曰："自由结婚吾所知，得新忘旧吾不解也。若谓娟不知书，因而厌之，是其过在数千年来之积习，今不思挽此陋习，徒从而厌人弱女子，不亦诬耶？女子不知书，吾方哀怜之不暇，又何敢厌。今之弃新忘旧者，乃借口于婚姻自由，斯真新学之罪人矣。"

作品对"父母之命、媒妁之言"的包办婚姻制度和门当户对、嫌贫爱富的市侩哲学做了深刻揭露，以饱蘸深情的笔墨歌颂生死不渝的爱情，以沉痛无比的心情揭示人间惨剧，情真意切、哀婉缠绵，把反专制婚姻制度主题推上了时代最高峰，代表了此时期小说创作的最高水平。

雅俗并存、众声喧哗是"小说界革命"以来小说领域的最大特点，在许多作者思考、讨论男女之情与婚姻制度关系这样重大而严肃问题之时，也有不少人沉浸在编故事的乐趣中。他们炮制一些风流韵事和奇闻逸事，满足自己和读者的消遣需求，给此时期稍显沉重的言情小说创作增添了些许轻松的气氛。此类作品主要有李涵秋《双花记》（1906）、《并头莲》（1907），小隐主人著、古盐补留生编辑的《海外奇缘》（1907），（李）小白《鸳鸯碑》（1908）和吴趼人《情变》（1910）。

李涵秋是民国通俗小说的领军者之一，成就非凡，此时虽是练笔阶段，已经显露出过人才华，这从他的处女作《双花记》中便可见一斑。《双花记》最早刊载于1906年的《公论新报》。媚香依寡母居，在妓女邻居们的怂恿下，得识才子井生。两人日相过从，做下苟且之事。媚香一心要嫁井生，可井生只想满足情欲之需，并无迎娶之意。寡母亡，媚香被舅父接回原籍，另嫁他人。井生别娶。这是一篇典型的钻穴逾墙、始乱终弃型传奇体小说，深得《莺莺传》余韵。作品情节曲折，描写细腻，语言精致，尤其擅长模拟人物对话，机锋伶俐、口吻如生、神情毕肖、活灵活现。对人物的心理活动也把握准确，将媚香欲嫁难嫁的焦虑、期盼、失望、愤恨情绪展示得生动有致。人物性格具有真实性和复杂性：媚香骄气、痴心、聪明、有见地，可也坠入了明知结果堪忧，却溺于肉欲，不能自拔的困局，是个偷情少女样。井生好色、多情、懦弱、好显摆，有可怜可爱的一面，也有忍心不恤的可恨之处，尽显贫穷才子相。湘仙尖酸好谑而又热心仗义，向往爱情，但不强求，无奈地认命，符合妓女行径和心理。总体来说，《双花记》虽然题材老旧，但却是一篇用心、用情之作，生活提炼到位，情感拿捏入微，细节点染考究，比后继的《并头莲》要成功得多。

《并头莲》最早刊载于1907年汉口《趣报》。崔莲音幼失怙恃，依叔父为生。祭奠女同学梅绮痕冥诞，识其夫沈侠莲。同游冷泉亭，遇县官之子谢月华调戏，沈有武功，助莲音逃脱。谢怀恨在心，诬沈、崔二人有染。崔被学校开除，找沈商量对策，不料沈因风寒猝死。崔把一家传珍珠纳于沈之口,作为陪葬之物。不料有人为了那颗陪葬珍珠盗墓,沈恰好复活。
于是二人藏于沈家,朝夕相伴,感情日笃。此事外传,被登于报端,引起
轰动。崔之舅父和叔父通情达理,助二人终成眷属。情节荒诞离奇是此作
的最大特点,作者完全干起了瞎编故事的活,幸亏才雄,于叙事技巧、情
感渲染和细节描写处多有精彩之笔,一定程度上补救了那些显眼的漏洞,
不至于彻底塌台,也算艺高人胆大之一例。作意好奇、故造险异、贪图热
闹是此时期李涵秋创作的主要特征,《瑶瑟夫人》(1906)、《雌蝶影》
(1907)甚至把故事编到国外去了,引起人们的迻译怀疑。可见,追求小
说的趣味性和娱乐性是李涵秋在创作起步阶段就定下的基调,这对民国通
俗小说的创作倾向必然产生实实在在的影响,他可是民国通俗小说领域的
重量级人物。

《海外奇缘》(泽新书社刊出,18 回)紧紧围绕"奇"字做文章,强抢
美女、智赚恶少、漂流遇救、高官认义女、异国(日本)恋爱、一夫二妻
乐融融,是一部留学生版的才子佳人小说,新旧杂交、凭空杜撰,博人一
笑而已。

《情变》连载于宣统二年五月十五日至九月二十五日《舆论时事报》,
标"奇情小说",原拟写楔子一回,正文十回,因作者病故,仅刊出八回
余,是吴趼人的小说绝笔之作。作品虽然挂着情本论的幌子,对殉情守节
也念念不忘,可已不像《恨海》和《劫余灰》那么情绪激烈。秦白凤和寇
阿男不但可以时常见面,且发展到了私合同居的程度。阿男不仅没有贞节
意识,反而是积极求爱、主动献身、公开谈婚论嫁,带着情人满世界跑。
简直不敢相信这样开放前卫的作品与极端保守的《恨海》《劫余灰》出自
同一作者之手。其实也不必诧异,正如《舆论时事报》结束连载时编者按
所云,此作"在先生犹非经意之作",只不过是一时兴起的游戏笔墨而已,
与《恨海》《劫余灰》汲汲于挽救世道人心的创作心态完全不同。由于此,
作品充满娱乐性场景,江湖卖艺、飞檐走壁、奇门遁术,加上随时离题,
对生活中的不良现象做一番幽默诙谐的议论,集武侠、奇情、社会三种类
型小说于一身,热闹多变,的确能让读者放松身心,"备受阅者欢迎",
"一纸风传,啧啧于众人之口"也就不足为奇。

《鸳鸯碑》(小说林社出版,十章)干瘪粗疏,单薄平淡,可它却有
开拓题材先河的重要意义,无法小视。桃绯霞、梅雪、柳云三人是知心
朋友,梅、柳均喜欢绯霞,且二人也知道对方的心思,绯霞对梅、柳都

满意，也了解二人的想法，实在难以取舍。三人陷入让与不让、爱这爱那的情感旋涡。适梅雪因母病危，匆匆离去，等他回来时，绯霞和柳云已成夫妻，三人做了精神朋友。梅雪拒绝了富孀杜娟娘的求爱，终身不娶。柳云、绯霞先后去世。也做了精神朋友的梅雪、娟娘承担起抚养柳、桃之子的责任。作者本来想宣扬一下柏拉图的精神恋爱理论，虚拟了这么一个故事框架，可又没有吃透该理论的精神实质，一边猛开要精神不要肉体的空头支票，一边在才子佳人式的情节里打转转，搞得非驴非马。虽说作品把精神恋爱理论糟蹋了一番，未取得实绩，却无意中开辟出一女二男三角恋的新领域，真应了"有心栽花花不开，无心插柳柳成荫"这句老话。三角恋可是后来言情小说里的显派，热度至今不减，若要追根溯源，《鸳鸯碑》就是老祖宗，虽然这个老祖宗有点得位不正，但也不得不拜。

　　与题材和内容的现实取向相适应，新言情小说在艺术表现上也呈现出不同于以往的新趋势和新面貌，与传统言情小说保持着距离。

　　首先是在整体美学类型上有了重大转变，一改大团圆的喜剧模式，纷纷向悲剧结局靠拢。除《劫余灰》《海外奇缘》《并头莲》还保留着皆大欢喜的尾巴，其余10部作品都以悲剧收场，比例悬殊，则此时期言情小说的整体美学追求便一目了然了，不用过多申说。为什么会出现如此一边倒的局面，原因有三：一是受作者的创作思想所决定。新言情小说是沿着"新小说"开辟的路径继续往前走的，启蒙意识始终萦绕在主流作家的心头。他们虽然在思想方法上有差异，比如吴趼人看重传统伦理道德的教育作用，而热衷西学的人则强调效法西方文明，但改良社会、开发民智的目标追求是一致的，像才子佳人小说那样导民于虚幻世界的精神会餐实与启蒙意识背道而驰，大团圆的美学形式自然得不到作家的垂青。二是受作品的题材内容制约。在启蒙思潮的召唤下，关注现实、关心生活是此时期言情小说的创作核心。放眼望去，各种原因造成的爱情家庭悲剧俯拾即是，作为取材于现实生活、反映现实生活的作品，怎能对生活中的大量悲剧事实视而不见，都去制造那虚空的浪漫幻想呢？三是受域外言情小说的影响。自《茶花女》引进以来，国人见到的域外言情小说十有八九是悲剧结局，让人们领略到了悲剧的震撼力和感染力，作家起而模仿，合乎正常的文化交流规律。

　　其次是人物形象的身份和思想气质起了变化。此时期的13部作品基本见不到传统的才子佳人形象，即便有点影子，也只是略通诗书而已，没有了琴棋书画样样精通、诗词文赋出口成章那样的文艺全才。人物的出身也非高门显第，连一般官员家庭都很少，大多是城市或农村中的小康之家，女的至多算是小家碧玉，男的也就读过几年书，且谋生艰难，都不以功名为念。受过新式教育的人物也纷纷亮相，他们的思想意识和行事作风更是给新言情小说带来了鲜明的时代特色。人物出身降低，表明作家的眼光开始向下移动，从想象大家闺秀和状元才子的浪漫情事转移到关注身边的人和事上来，从而使作品更加接近生活，更具现实感和真实感，这是一个反映言情小说创作趋势的重要信号。人物身份的多样性，说明作品反映生活的广度在扩展。他们中有一般政府官员的子女、新式商人后代、乡村土财主或士绅的女儿、贫困家庭的子弟甚至江湖儿女，也有新学堂毕业生和留学生，几乎囊括了当时所有社会成员，不同出身和教育背景的人都成为关注对象，为言情小说创作提供了更多选择，打开了更加广阔的创作空间。

当然，我们也应看到，虽然有多种身份人物出现，但塑造的比较成功的形象稀少且集中在传统类型人物身上，新式人物大多肤浅粗糙，流于表面化和概念化。其原因一方面是此时的重点作家，如吴趼人、何诹，对新式人物及他们代表的新观念不熟悉或不以为是，所以出现在他们作品中的新式人物不但少而且常常是批判对象，不可能得到深入开掘。另一方面，接受了点新学说的作家对他们所要宣扬的西方制度或观念仅得皮毛，且写作能力普遍比较差，使他们笔下的人物随之粗糙简单，缺乏深度，达不到形象化的基本要求。这个缺口就有待于新式人物中产生的作家来填补了，填补的过程其实就是言情小说新的成熟过程，也是转型的过程。

最后，是小说的创作方法和写作技巧更加丰富，既有对本土传统的继承发扬，也有对西洋技法的吸收借鉴，呈现出中西交汇，古今并举的特点。

从形象塑造方面来看，重视人物的心理活动，通过揭示人物的情感波澜来刻画人物性格成为较为普遍的方式，但在心理描写的具体操作上，却各有千秋、各擅胜场。《恨海》多运用直接描写法，棣华的性格特征，主要通过大段的心理描写来完成：

　　白氏催了几次，方才盘起腿到炕上和衣躺下，心中暗想：我若是不睡，便连母亲也累得不能睡了。只是这嫌疑之际，令人十分难过。倘是先成了亲再同走倒也罢了，此刻被礼法所限，连他的病体如何，也不能亲口问一声，倒累他体贴我起来。我若是不睡，岂不辜负了他一番好意？又想到尚未成婚的夫妻，怎么同在一个炕上睡起来？想到这里，未免如芒在背。几次要坐起来，又怕累得伯和不安，只得勉强躺着。（第二回）

　　这是逃难时棣华与伯和第一次睡在同一条炕上时棣华难为情的心绪，表现出她尊礼守节的性格主旋律。

　　白氏仍旧躺下。棣华心中七上八下，想着伯和到底不知怎样了。他若是看见我们的车子，自然该会寻来，但不知被那些人挤得他到哪里去了。他是一个文弱书生，向来不曾历过艰险，这一番不知吓的怎么样了？病才好了的人，不要再吓出一场病来。忽又想起他病才好了，自然没有力气，倘使被挤倒了，岂不要踏成肉酱？想到这里，不觉柔肠寸断，那泪珠儿滚滚地滴下来，又恐怕被母亲看见，侧转身坐了暗暗流泪。忽然又怪他为甚么不跨在车檐上，便可以同在一起了。虽那车夫也跌了下来，但跌虽跌了，可就知道跟寻了，不见那车夫到底追了上来么。又想这都是我自己不好，处处避着嫌疑，不肯和他说话。他是一个能体谅人的，见我避嫌，自然不肯来亲近。我若肯和他说话，他自然也乐得和我说话，就没有事了。伯和弟弟呀，这是我害了你了！倘有个三长两短，叫我怎生是好？这会你倘回来了，我再也不敢避甚么嫌疑了。左右我已经凭了父母之命、媒妁之言，许与你的了。（第三回）

　　这是棣华与伯和失散后，住在小店里千折百回的内心独白，凸显了其多情善感的一面。

　　类似的描写在书中还有很多，正是通过这些心理描写，一个正派、内敛、情感丰富、贤淑善良的传统少女形象便立在了读者面前，使棣华成为此时期言情小说女性形象中的佼佼者。

　　与《恨海》不同，《碎琴楼》偏重于通过语言、动作等侧面描写方法来展示人物的微妙心理。

> 既而秋雨入，顾琼花即微笑。琼花歆颐而俯，默然无言。顷之，徐起，临镜自烛。旋取妆匣出梳，将自理其垂发；即又不理，复藏而覆之。循案徐行，至琴侧，因捧琴而理其弦，笑谓秋雨曰："姥姥试教吾弹。"秋雨曰："姑姑梦耶？抑故弄我；吾能，姑姑已尽能之，胡复言教？"琼花笑，拂弦自鼓。弗一阕，即置琴起。曰："弗解今日何故乃不能弹，勉弹之，格格如非出吾指。"秋雨不言，第顾之笑。琼花又辍，因趋案，展纸，将为书。（秋雨被九环叫走）琼花于是益无聊赖矣，乃伸纸为书……琼花书弗及数字，辄复弃去，更易其笺。如是数回，终乃盖取所弃，揉而碎之，投于篓，笔墨亦置不敛。以状卜之，则琼花者，固无志于书，特借书以自解其寥寂。顾琼花恒时，苟寥寂者，必枯坐，时时为微嘤。而今日则否，颇具欢容，且频频窥镜，则殊可怪矣。（第九章）

此是琼花听到母亲"云郎诚纯厚而能读，婿之亦殊佳"这句话后的言行举止，其心潮起伏之内心世界昭然尽显。这样的精彩笔墨在书中多次出现，姑引琼花两次久病之时见到云郎的动作片段，以窥一斑。

> 琼花回望窗外，整其鬓；曲胫于几，既又下垂，整裳以覆之。时梯板繁声，云郎且至。琼花弄鬓弗已，云郎入，即前觐刘氏。举首睹琼花，即曰："妹妹！"将前就琼花。琼花适回首，相视微频，掩口曰"云哥来耶！"俯首视地，音调凄婉。（第十四章）

再如第十七章，久卧病床的琼花听说云郎来了：

> 琼花乃扬足外向，辗然微笑。嗟夫！琼花自卧病以来，殆以此为第一笑矣！
> 少须，九环狂奔上。笑曰："云哥至矣……"语未竟，果有步履声，将及楼梯。琼花颇震，急令九环垂帐，已又摇首止之；扬足于外，又敛之；引手自压其股。秋雨曰："姑姑不如覆衾。"琼花未应，而刘氏已入，云郎继入。琼花弗帐坦卧，睹云郎颇赧，弥敛其足，既

入伸之。

……

琼花弗袜，足既下垂，胫蹠犹腴白如膏。云郎睨之，琼花觉，则微展其足，将匿之；顾弗可匿，乃敛之而笑。琼花不栉，发蓬然及其肩，辄引手自理，塞于耳际。觉项面间虽丧其丰腴，而艳光弗减；美目久困，乃倦睐微饧。

这种手足无措、愈掩愈露的举动，把人物久久盘旋于心头的思念、企盼、高兴之情及少女乍见情郎的羞涩瞬间释放了出来，绘影绘声，活灵活现，宛在目前，的确是叙情作文高手的境界。作者情愁如海，把万斛之悲全倾泻在琼花一人身上，致使痴情、高洁、孝顺、聪慧、坚韧的琼花如林黛玉般时时挣扎在病痛中，生活在沉闷抑郁的环境中，深陷在爱不可得的悲苦中，最后凄惨地逝去，死不瞑目。毁灭这一切的正是那"父母之命、媒妁之言"的专制婚姻制度和门第观念，一声"云郎，吾苦"，道尽了琼花的无限爱恨，也道出了被专制制度捆束的天下少女的心声，难道我们还不把它"拉杂摧烧之，当风扬其灰"，还让它继续肆虐人间、制造悲剧吗？还让它继续戕害琼花般美丽的少女吗？只有像《碎琴楼》这样，塑造出成功的、感人的、艺术的、典型的人物形象，才能把作品的主题推上历史性的高度，才能产生真正的批判现实的作用和力量，徒喊口号，绝不会达到预期的效果。

不论是《恨海》的正面描写法，还是《碎琴楼》的侧面描写法，都是既能在传统优秀小说中找到根基，也能在引进的西方小说中寻得范例。我们不必做那对号入座的徒劳功夫，硬把它拽进某一系统中，机械地去证明那说不清、道不明的亲缘关系。

从叙事方式方面来说，此时期的言情小说作家对时兴的各种叙事方式都有兴趣，在作品中进行了大胆的尝试和试验，成败且不论，其勇于开拓的精神就值得肯定。

由于心理描写成为此时期言情小说揭示人物性格的主要手段，情感宣泄在作品中的比重明显上升，这就使得《恨海》《碎琴楼》《禽海石》这类以"相思"见长的小说的叙事结构的重心由"情节"转向了"情绪"，距以性格为中心只差一步之遥，承前启后的作用十分清晰。

在叙事时间选择上，许多作家表现出打破连贯叙事的自觉努力，对倒叙法相当崇拜,《禽海石》《双泪碑》《碎琴楼》都采用了倒叙手法,后二者且模仿《茶花女》,引入第三方叙述人,以听人讲述的方式进入故事主体。

叙事角度上,已熟练掌握了第三人称限知叙事,尤其是《碎琴楼》,非常讲究客观叙事,在人物出场上独具匠心,牵连引入,环环相扣,基本消除了作者直接出面介绍人物的方法。对事件和场景的描写也站在观察者的角度,作者很少介入,取得了很好的效果。《恨海》也比较成功,除第一、二回,其他八回的叙事视点一直限制在人物身上,做到了作者隐退。第一人称自传体也出世了,《禽海石》拔得头筹,以"我"的口吻叙述了整个故事。

另外,在具体写作技巧上学习西洋技法的热情很高。比如《并头莲》《鸳鸯碑》都采用了西方小说常见的景物描写开头法。《碎琴楼》表现得尤为突出,从头到尾频频出现大段景物描写。虽说传统小说不乏写景状物之笔,但多穿插在情节进程中,单独拉出来写景的情况少见,而《碎琴楼》的景物描写基本独立,且每每冠之以章节的开头,明显借鉴了西洋小说的写法。在形式体制上,亦有突破章回体的努力,《禽海石》采用了单句回目,《鸳鸯碑》分章不分回,且章目全部冠以《西厢记》曲词,长短不一。《碎琴楼》则完全打破了章回体的格局,章目出以散体文,不求对仗。

第二节　鸳鸯蝴蝶派对言情传统的复辟及转型的夭折

受域外小说,尤其是《茶花女》的影响,经过五六年的创作实践,新言情小说在题材内容、主题思想和艺术形式等方面都进行了许多有益的尝试和探索,逐步开辟出取法西方恋爱婚姻观念和小说创作手法的路径取向,并建立起基本的体制规范,规模初具。与此同时,言情小说的地位也从低谷中逐渐回升,受到越来越多的作家和读者的青睐,影响力日渐扩大,夺取整个小说领域龙头老大位置的趋势明显。若延续此路径,不仅言情小说的现代转型之路可以平稳推进,亦能带动整个小说领域加快现代转型的步伐。然而,事物的发展往往不由人的意愿决定,复辟言情传统的鸳鸯蝴蝶派的崛起,打乱了新言情小说的行进节奏,也中止了借助域外力量推动中国小说现代转型的进程。

1912 年，《霣玉怨》①《玉梨魂》②《孽冤镜》③争相出笼，持续升温，鸳鸯蝴蝶派快速崛起，④更换了言情小说的行进轨道。

范烟桥在《民国旧派小说史略》中谈到民初鸳鸯蝴蝶派产生原因时说："民初的言情小说，其时代背景是：辛亥革命以后，'父母之命、媒妁之言'的传统婚姻制度，渐起动摇，'门当户对'又有了新的概念，新的才子佳人，就有新的要求，有的已有了争取婚姻自主的勇气，但是'形隔势禁'，还不能如愿以偿，两性的恋爱问题，没有解决，青年男女，为此苦闷异常。从这些社会现实和思想要求出发，小说作者就侧重描写哀情，引起共鸣。"⑤可见，民初社会的恋爱婚姻不自由问题与清末没有多少差别，反映此种问题的小说在清末已成创作热点，鸳鸯蝴蝶派只是继续挖掘这个题材而已。但是，鸳鸯蝴蝶派对此题材的认知和态度却有了质的变化，由清末的批判、抗争、反思转向"侧重描写哀情"，试图引起同情和怜悯，而非号召、引导苦闷者向造成此问题的制度和观念发起冲击和反抗，重反映轻思考，表现出明显的妥协色彩。

思想主题而外，在艺术形式方面，也有了较大的改变。范氏在《最近十五年之小说》中对这个情况也做了论述："方纪元之初，尚未脱尽以前传统主义之教训，虽其思想已变，而面目弗改，且有变本加厉之象。以词章点缀绵延，而章法略参域外之制，其失在浮而不实。"⑥创作手法稍微保留了点清末言情小说的遗响，主要手段却是搬出祖宗家法，上溯到更古老的文言文言情文学传统，直接沾溉诗词文赋辞藻与典故的雨露。

1912 年出现的这三部言情小说，⑦一方面，接过了吴趼人维护传统伦理

---

　　①　李定夷著，最先连载于 1912 年 6 月 6 日至 1913 年 4 月 12 日《民权报》，28 回，1914 年出版单行本时补为 30 回。

　　②　徐枕亚著，最先连载于 1912 年 8 月 3 日至 1913 年 5 月 29 日，28 章，1913 年出版单行本时补为 30 章。

　　③　吴双热著，最先连载于 1912 年 10 月 30 日至 1913 年 7 月 27 日，24 章，1914 年出版单行本。

　　④　鸳鸯蝴蝶派有广义、狭义之分，广义指民国以来的所有通俗小说，狭义则专指言情类作品。本文使用的是狭义概念。

　　⑤　魏绍昌编：《鸳鸯蝴蝶派研究资料》上卷，上海文艺出版社 1984 年版，第 272 页。

　　⑥　同上书，第 245 页。

　　⑦　1912 年还有一部在言情小说史上有重要影响的作品——苏曼殊的《断鸿零雁记》。该作最先连载于 1912 年 5 月 12 日至 8 月 6 日《太平洋报》，至 27 章，未完，出版单行本时由胡寄尘添了最后一段话"读者思之……正未有艾也"，勉强结束。（具体情况见范烟桥《民国旧派小说史略》中的介绍。魏绍昌《鸳鸯蝴蝶派研究资料》上卷，第 278—279 页）因为《断鸿零雁（转下页）

道德的道统，另一方面，向专制婚姻制度乞求放行青年男女的恋爱婚姻自由。对这个主题表现得最为直白热切的是《孽冤镜》，作者在自序中云：

> 嗟乎！《孽冤镜》胡为乎作哉？予无他，欲普救普天下之多情儿女耳；欲为普天下之多情儿女，向其父母之前乞怜请命耳；欲鼓吹真确的自由结婚，从而淘汰情世界种种之痛苦，消释男女间种种之罪恶耳……至于今日，人心不古，以故婚嫁问题，万不可从父母之命媒妁之言。盖父母眼底，唯知富贵耳；媒妁口头，无非造谎耳。十父母，八九如是；十媒妁，八九如是。此予又自以为确论者也。吾见夫今之小儿女，结婚而从父母之命、媒妁之言者矣，然夫妻反目者若而人，夫离妻而他顾者若而人，妻背夫而他好者若而人。其何故哉？其何故哉？由于结婚不自由，夫妇双方不能满意，却又不能制欲，于是而奸淫之风盛矣。其能制欲者，则女为怨女，夫为旷夫，于是而伦常之乐

（接上页）记》向来未被归入鸳鸯蝴蝶派，为行文方便，在此做一单独讨论。《断鸿零雁记》与同年产生的三部鸳鸯蝴蝶派作品除了题材选择外，没有太大的区别，应属于它们中的一分子。就主题而言，《断鸿零雁记》虽然涉足的是"和尚恋爱"题材，寄寓身世悲凉之感和"情丝"难斩的痛苦。但是作品所描写的情丝难断并不像一般所见那样，表现个人情欲熬煎与佛法教义的冲突，而是突出了来自家庭和道德的压力。佛门戒律对"余"并无约束力，"余"没有固定的寺庙住所，没人管束，来去自由，见到奶娘便住在奶娘家，想去日本寻找生母，便换上俗装，泛海而行。以此类推，"余"要是还俗娶妻，亦无须经过任何批准和手续，只要自己愿意就成。"余"之所以拒绝"生母之命"和静子的爱情，根本的原因是国内还有为"余"苦守的雪梅。雪梅是"义父之命"聘定的未婚妻，且一往情深，不随"嫌贫爱富"的父亲悔约，为"余"守节，"余"远赴东瀛还得到了雪梅的竭力帮助，"余"能负心乎？由此，"余"的痛苦和矛盾的根源，不在于和尚身份，而在于"余"介于两个"父母之命"和两个痴情女子之间，无法找到合适的解决方案，只能以和尚身份逃避困难。这里的"情丝"不仅仅是爱情之丝，更重要的是孝母之"情"、信义之"情"，家庭之"情"、德行之"情"，"余"之逃于佛，雪梅之死于节，都是因为此"情"，其本质正是吴趼人在《恨海》和《劫余灰》里反复强调的情本论思想。故而，《断鸿零雁记》虽然穿上了袈裟，搭上了日本女郎，骨子里还是儒家伦理道德观念，其以更加隐晦、更加内化的方式考问良心，追寻道德完善，附带着把"父母之命"、门第观念揭露了一番，既延续着《恨海》和《劫余灰》的"生命"，也照顾到现实"苦闷"的需要。这样的创作主旨与其他3部作品在精神上具有一致性，只不过《断鸿零雁记》表达的更为隐晦一些而已。从人物形象来看，才子佳人气息也很浓厚。"余"不仅能诗擅画、精通佛理，而且对西洋文学造诣非浅，更为重要的是，"余"固守儒家道德传统，充满种族革命理想，与此时期"才子"的基本特征相吻合。静子虽是日本人，但她更像中国的佳人，名门闺秀、工诗词、擅绘画、善鼓琴，文学艺术修养深厚，德才情貌兼备，"慧秀孤标""和婉有仪"，完全是传统佳人形象。他俩与《孽冤镜》《玉梨魂》《霄玉怨》中的男女主人公属于同一气质类型。至于雪梅，乃一纯粹的守节贞女，不必多言。艺术形式上，文言文写作用语，第一人称叙事，以"情绪"为结构中心，分章不分回，略参域外之制，没有特立独行之处。

亡矣。奸淫之风盛，而种种之罪恶以胎；伦常之乐亡，而种种之痛苦以联。欲矫其弊，非自由结婚不可。自由婚之真谛，须根乎道德，依乎规则，乐而不淫，发乎情而止乎义。否则淫奔耳，奸诱耳，桑间濮上之行为耳。此则予之所深恶痛绝者也，曾是而敢推波助澜，为之鼓吹者哉？[①]

作品便是此观念的简单图解。王可青先因父母爱富，娶了个无貌、无才、无德的盐商之女，闹得举家不宁。悍妇死后，王可青有了自寻佳丽的机会，与薛环娘一见钟情，并通过环娘之母定下终身。王父嫌薛家贫穷，给可青强娶贵家女，此女更加骄纵跋扈，逼疯可青，气死王父。环娘母女听到可青另娶的消息，双双身亡。已经发疯的可青听到环娘殉情的消息，赴环娘坟头自缢而死。作者阐明主题的心情过于急迫，不但频发议论，而且完全依照概念设计故事，粗疏直露，强按硬楔，比清末的二流言情小说好不到哪去。

《賞玉怨》亦关注专制婚姻制度，但集中程度远逊《孽冤镜》。作品把刘绮斋和史霞卿的早期议婚波折归因于史父被小妾的谗言蒙蔽，将矛头指向了纳妾制度，父母之命和自由恋爱问题反落为第二义。鬓红女史云："我闻诸作者，本书有两大主张：第一，力辟中国蓄妾之风。一夫多妻，实野蛮时代陋俗。此风不革，大而言之，种族日趋羸弱；小而言之，家庭定然黑暗。余谓凡娶妾者，皆人伦之贼，人道之贼。第二，排斥嫁女择聘之谬。择婿择才，娶妻娶德，自是不易之论。乃世风浇薄，唯利是从，投明珠于深渊，掷良玉于污泥，遇人不淑，是用痛心。本书所以大声疾呼，作当头之棒喝，实救世之慈航。"[②] 作者似乎并不满足于集中表达主题的写作方式，而喜欢随心所欲地散漫游荡，在儿女之情这条主线周围布满了英雄、侠义、历险、革命等插曲，使整部作品的情调不怎么和谐，冲淡了作品的哀情气氛。过多的巧合奇遇及史父态度的大转折，又使刘、史二人的悲剧结局并无逻辑必然性，给人以强作悲声、故为恨语、硬掀波澜之感，煽情化、娱乐化倾向相当明显。这为鸳鸯蝴蝶派以后的创作走向埋下了伏线。

---

① 吴双热：《孽冤镜》自序，陈平原、夏晓虹编《二十世纪中国小说理论资料》第一卷，北京大学出版社1997年版，第490—491页。

② 鬓红女史：《〈賞玉怨〉评语》，陈平原、夏晓虹编《二十世纪中国小说理论资料》第一卷，北京大学出版社1997年版，第507页。

《玉梨魂》的题材触及传统道德最为敏感的神经带——寡妇恋爱问题。礼教传统里，寡妇守节绝对必须，不容置辩，没有讨论的余地。寡妇恋爱更是绝对禁止，不可饶恕，一旦越界，不仅寡妇自己要被鄙视、谴责，与寡妇恋爱者也要受到败德的指责和批评。所以，寡妇守节可以说是传统两性伦理道德的核心价值带，是碰不得的禁区，这个堡垒被突破，意味着整个传统伦理道德就濒临崩溃坍塌了。《玉梨魂》将笔伸向寡妇恋爱问题，应该说，真正擒住了传统伦理道德的要害，有牵一发而动全局的功效，引起万众瞩目是应有之义。然而，作者把这样一个具有重大时代意义的题材，限定在个人情感困境范围内，并没有批判反抗的决心，谨遵"发乎情，止乎礼义"的古训，让梨娘"身犹干净"地死去，化解了一场道德危机，留下的只是廉价的哀怜和煽情的文字。

鸳鸯蝴蝶派的煽情成分主要来自作品所使用的文言文甚至四六骈文。作者们充分调动起这种古老语言的抒情潜能，细密抒发人物的悲愁情绪，尤其是《玉梨魂》，骈散间出，语言隽朗流丽、雅致清秀，行文曲折缠绵、情文并茂，营造出哀感凄婉、恨阔情长的伤感氛围，达到了感人的效果。文言、四六骈文的语言形式，赢得了当时读者的普遍认可，风靡一时，效仿者蜂起。

这种现象至今令研究者头疼，因为我们难以找到这种小说写作形式的确切渊源。虽说骈体小说有《游仙窟》和《燕山外史》为先导，文言小说有传奇体作后盾，但都不足以说明文言或骈文长篇小说在此时期突然兴起且代替了一向处于正宗地位的白话小说的原因。综合此时期小说领域的相关现象，其原因大致有三条：一是林译小说的影响。林译小说在当时独步天下，影响广泛，其用语全是文言，波及创作领域十分自然。二是作者的教育背景和职业背景。此时期处于创作黄金期的作家大多从小接受过正规的传统文化教育，传统文学艺术功底深厚，擅长使用文言文，而对白话文却不怎么得心应手。梁启超早就感慨过白话文难写，"本书原拟依《水浒》《红楼》等书体裁，纯用俗话，但翻译之时，甚为困难。参用文言，劳半功倍"①，所以，此时的作家用文言创作不但不困难，反而有偷懒取巧之嫌，是不愿意在小说创作上下真功夫的表现。时人就说："小说最好用白

①　少年中国之少年：《〈十五小豪杰〉译后语》，陈平原、夏晓虹编《二十世纪中国小说理论资料》第一卷，北京大学出版社 1997 年版，第 64 页。

话体，以用白话方能描写得尽情尽致，'之乎也哉'一些也用不着。或谓小说不必全用白话，白话不足发挥文学特长，为此说者，必是不曾读过小说者，必是不曾领略得小说兴味者。小说难作处，全在白话。白话小说作得佳者，便是小说中圣手。"① 狄平子则把小说分为文字小说和语言小说，纯用白话的语言小说要比文字小说高明得多："吾谓《西厢》者乃文字小说，《水浒》《红楼》，乃文字兼语言之小说，至《金瓶》则纯乎语言小说，文字积习，荡除净尽。"② 另外，此时期的小说作家大多身兼报刊编辑之职，此时的报刊基本以文言行世，作家整天包围在文言文的氛围里，天天以文言文撰写报刊文章，用文言文来创作小说也是习惯成自然。三是读者的身份构成。此时的小说读者大多是"出于旧学界而输入新学说者"，与小说作者的教育背景大致相当，阅读文言文不仅不会吃力，且更有亲切感，愿意购买，成为推动文言体小说流行的主力军。

文言、骈文在抒情上具有一定优势，但在叙述和描写上的词汇量偏少，且不能与时俱进，困难较大，能取得林纾、何诹、苏曼殊那样的成绩，实属不易。等而下者，只好以大量的环境描述、诗词文赋、直抒胸臆的语句段落来填充文字，出现的频率太高，往往给人叠床架屋、无病呻吟、华而不实、故意煽情的感觉。比如，同样是淡化情节，突出情绪，《恨海》运用的直接心理描写，《碎琴楼》《断鸿零雁记》③ 运用的是动作、对话见心理的侧面描写，而《玉梨魂》却多使用诗词和直接抒情段落，脱离清末言情小说创作路径，直承才子佳人小说。此时期的鸳鸯蝴蝶派作品，深深受到才子佳人小说的影响。除了多掺杂诗词曲文，故事类型上和人物气质上都留有才子佳人小说的味道。

故事类型上，《孽冤镜》《賨玉怨》都是一见钟情、私定终身式，《玉梨魂》的传诗递柬、小人拨弄、诗词唱和更是三作的常见情节，这些都是

---

① 梦生：《小说丛话》，陈平原、夏晓虹编《二十世纪中国小说理论资料》第一卷，北京大学出版社 1997 年版，第 435 页。

② 狄平子：《小说新语》，陈平原、夏晓虹编《二十世纪中国小说理论资料》第一卷，北京大学出版社 1997 年版，第 391 页。

③ 姑引一段表现"余"和静子直接接触时，两人心理紧张、局促不安的描写，以观大略：尔时玉人双颊虽颟，然不若前次之羞涩至于无地自容也。余少瞩，觉玉人似欲言而未言，余愈踟蹰，进退不知所可，唯有俯首视地。久久，忽残菊上有物映于眼帘，飘飘然如粉蝶，行将逾篱而去。余趋前以手捉之，方知为蝉翼轻纱，落玉人头上者。斯时余欲掷之于地，又思于礼微悖，遂将返玉人。玉人知旨，立即双手进接，以慧目迎余，且羞且发娇柔之声曰："多谢三郎见助。"（第十二章）

才子佳人小说模式的核心成分。

人物的气质与才子佳人小说的联系更加紧密。三部作品的男主人公虽然都有过新式学堂的学习经历，但他们身上基本见不到新知识分子的气质。固守传统伦理道德是他们的思想核心和行为准则，吟诗作赋、舞文弄墨是他们的最大本领，也是他们谈情说爱的唯一手段，完全是一群披着新学堂毕业生外衣的旧才子。刘绮斋甚至文武兼能、中西皆通，直有文素臣（《野叟曝言》）、章秋谷（《九尾龟》）般全能型才子的架势，若不是嘴边常挂着自由结婚和革命理想，还真找不出他们与新时代的联系。女主人公更像传统佳人。薛环娘家里虽然穷了点，但父母都是读书人，所受的传统文化熏陶一点也不比大家闺秀差，出口成诗、下笔如飞、精通音乐，不逊于任何佳人。史霞卿更不用说，出身官宦家庭，上了几天女学堂，对科学知识学不来，只学到了自由结婚概念，可工诗词、擅绘画、善鼓琴、会弈棋，自得其乐地生活在佳人常住的后花园里，等待与心上人洞房花烛的那一天，可惜被作者硬生生给弄死了。梨娘带着儿子守寡，不学李纨课子教读、枯井无澜，却慕黛玉触景伤怀、拈花落泪；不思孟母三迁、避佞就贤，却效闺娃传诗递柬、吟诗唱和。自比美人坠落，感慨名士飘零，怜卿怜我，同心同命。惹情牵丝，承司马文君余韵；愁长怨深，续痴珠秋痕遗恨。是一个集传统才女、美女、"名妓"气质于一身的佳人形象。但是，她会唱"泰西罗米亚名剧"（第十八章），这就带点西方女人味道了。虽然作者说"伊人结局，绝类罂儿"（第二十六章），其实伊人仿效的是马克和迦因，移花接木、李代桃僵之计划，牺牲自我、成全爱人之行为，不是罂儿所能想见的，这样，梨娘又成了一个集传统贞节观和西方爱情观于一身的"混血儿"。《孽冤镜》《賈玉怨》《玉梨魂》总体上继续着才子佳人小说的言情路线，在人物性格塑造上没下多少工夫，所以，并没有塑造出个性化的人物形象来，而是推出了一组"新才子佳人"形象。

与人物形象的一致"复古"倾向不同，《孽冤镜》《賈玉怨》和《玉梨魂》在写作方式上还未形成统一模式。《孽冤镜》和《玉梨魂》有点模仿西方小说的意识，不同程度地采用了一些西方言情小说的技法，但也是各取一端、为我所用，远未达到自觉程度。徐枕亚虽有"东方仲马"之名，那也是因为他"善写难言之情愫"（第二十九章），而不是借鉴《茶花女》的形式。《賈玉怨》完全按照章回小说的传统方式写作，人物多、故事性强、情节离奇，把儿女英雄、武侠革命、家庭矛盾、盗窟历险掺和在一起，热闹刺激，娱乐性很强。从后来的发展来看，《霣玉怨》的徒子徒孙要远远多于《孽冤镜》和《玉梨魂》。通俗化、娱乐化、章回体是后续鸳鸯蝴蝶派小说的最大特色，也是流派的正宗和标准，此时还附着在形式上的些许西方色彩，转眼便被剥蚀殆尽了。

随即出笼了一系列照搬三作模式的作品。徐枕亚《雪鸿泪史》《余之妻》《双环记》《兰闺恨》《刻骨相思记》，吴双热《兰娘哀史》《断肠花》，李定夷《鸳湖潮》《红粉劫》《潘郎怨》（《昙花影》）《千金骨》，《冤禽泪》《美人福》《伉俪福》《湘娥泪》《双缢记》《茜窗泪影》《春闺人梦》《镜花水月》，顾明道《雪里残红》《哀鹣记》，吴绮缘《冷红日记》，蒋箸超《蝶花劫》，王先生《恨海鹃声谱》，许一厂《武林秋》，俞天愤《薄命碑》，刘铁冷《求婚小史》《斗艳记》，朱鸳雏《痴凤血》，姚鹓雏《燕蹴筝弦记》等，一时间，刮起了鸳鸯蝴蝶派旋风，着实热闹了一番。

鸳鸯蝴蝶派的核心结构由此全面浮现了出来：以青年男女的恋爱婚姻为中心内容，描写他们相识、相恋的过程及此过程中的相思之情。主题思想统一在维护传统伦理道德，乞求恋爱婚姻自由的哀情下。人物仍然是才子佳人，只是披上了新学堂教育的面纱。通俗性、娱乐性是其基本创作宗旨和目标，虽然改大团圆收场为悲剧结局，依然是为了顺应大众喜好，而非升华主题之必须。章回体的结构形式和叙事模式。文言文或四六骈文的语言形式。

如果不是这些作品流露出日常生活细节的时代特色，我们很难把它们与传统言情小说区别开来。这些"遗老"，使清末言情小说的转型实验戛然而止，也让借助域外力量促使传统小说变革的朦胧想法和做法彻底流产。中国小说乃至文学的漫漫转型之路还有待于后来者的上下求索。

第七章　转型完成后的现代品格

无论从哪个角度看，鸳鸯蝴蝶派都是小说演变史上的一股"逆流"，思想贫弱、形式古旧、无病呻吟、浮而不实，它的崛起和流行的确是一个异数。不待后来新文学家对其"鞭尸"，旧小说家阵营内部早就对其厌弃了。1915 年，《小说月报》主编恽铁樵便直接批评鸳鸯蝴蝶派小说"徒讲藻饰""搬弄新名词""连篇累牍、雕琢词章""陈陈相因，遂无足观"，已"不为识者所欢迎"，"去年敝报中几于摒弃不用"，并断言"就适者生存之公例言之，必归淘汰；且淘汰之后，于中国文学上丝毫无损"①。

《莺莺传》以来的言情小说传统自此而斩。后来的言情小说则彻底堕落，等同于色情小说了。"过了一个时期，社会风气起了变化，进一步动摇了封建的婚姻制度，男女结合，可以有自主权了。这就是说，像哀情小说里所描绘的那些故事已渐消失了，于是哀情小说也为读者所厌弃了。'五四'以后，这类小说的市场更加缩小，几个写作的'能手'也'退隐'了，始盛终衰，归于没落。再后来，随着社会风气的日益糜烂，言情小说变了质，成为赤裸裸地暴露两性思想活动、并加以秽亵描述的黄色小说了。"②

言情小说作为一个流派消失了。但是，世间有男女便有"情"，文学不可能不表现"情"，也离不开情，那么，要把这须臾不可或缺的男女之情往哪里安放呢？男女之情只是人的部分生活，而非全部，将其整合到更广阔的空间里，融化于表现整个社会生活的社会小说中，不失为一条出路。李涵秋《广陵潮》首开其路，大受读者欢迎，于是，民国最大的通俗

---

① 恽铁樵：《答刘幼新论言情小说书》，陈平原、夏晓虹编《二十世纪中国小说理论》第一卷，北京大学出版社 1997 年版，第 520—521 页。

② 范烟桥：《民国旧派小说史略》，魏绍昌编《鸳鸯蝴蝶派研究资料》上卷，上海文艺出版社 1984 年版，第 280 页。

小说流派——社会言情小说就此亮相。收编在社会言情小说里的男女之情描写，涉及面和腾挪的余地更大，不受身份、题材的限制，青年男女恋爱婚姻问题可以写，寡妇恋爱可以写，婚外恋可以写，狎客妓女之间的纠葛可以写，革命＋恋爱、武侠＋爱情、侦破＋相恋，只要拼接得当，照样风生水起。男女之情不仅有了安身立命之处，且获得了更大的展现空间。

才子佳人式的言情小说被激进复古的鸳鸯蝴蝶派断送了性命，成了社会言情小说的一个组成部分，失去独立性。但是，曾经的"姊妹花"——狭邪小说，却没有被彻底击垮。虽说，它剥离了言情传统，成了社会小说的一个分支，但传统世俗妓女评价系统具有更顽强的生命力，更能适应社会生活的变化。不但保证了狭邪小说品类的独立存在，而且与时代同步发展，完成了由传统向现代的转型，为探讨古今文学转型路径问题提供了有力佐证。

1921年年底，何海鸣在周瘦鹃主持的《半月》杂志上发表了颇受好评的短篇小说《老琴师》，拉开了狭邪小说复兴的序幕。不过这次再兴，它换了一个称呼——倡门小说。

第一节　短篇倡门小说的现代意识及艺术探索

何海鸣（1891—1945），原名时俊，湖南衡阳人，生于广东九龙，笔名衡阳孤雁、一雁、雁儿、秋雁、行乐、求幸福斋主等，是一位毁誉参半，富于传奇色彩的现代通俗文学作家。

何海鸣以辛亥功臣和讨袁司令而小有名气，亦因投靠日本侵略者而背负汉奸骂名。[①] 1911—1913年，何海鸣勇立革命潮头，武昌首义、二次革命都参与其中，20岁出头，便戴上了革命英雄的光环。这道光环既是炫耀的资本，也是束缚其一生的枷锁，成为其悲剧人生的总根源。何本一革命马前卒耳，凭年轻气盛入革命队伍，无雄才大略，无地位根基，风云际会，偶尔现身一两次罢了，其被革命早早淘汰的命运是必然的。然而，谁能舍弃这顶光环呢？过早无用武之地的何海鸣苦撑着一个过气英雄的架

① 有关何海鸣的生平可参阅倪斯霆《从辛亥功臣到附逆文人——何海鸣的浮沉人生》，《民国春秋》2001年第3期。刘亦实《三湘儿女南京罹难记》，《文史博览》2005年第5期。蔡登山《弃武从文的小说家何海鸣》，《书屋》2010年第4期。

子，痛苦一生，劳碌一生。

英雄情结决定了何海鸣的生活道路和人生选择。自视英雄，便容易把失败和不如意当作英雄末路，而非普通的、正常的人生经历，行为处事往往流入任性使气，睥睨众生之途。这从其政治操守一再堕落便可证明，从投靠袁世凯、各路军阀到为日本侵略者摇旗呐喊、公然为汉奸，最终摇尾乞怜于伪南京政府，何海鸣从未摆脱政治，也从未冲破"英雄"框架，落得个身后凄凉的下场。

何海鸣最崇拜项羽、拿破仑式的悲剧英雄，常有虞姬之思、英雄美人之念，但他做英雄时短，穷困落魄时长，配英雄的"美人"自不可得。"予生二十余年，曾为孤儿，为学生，为军人，为报馆记者，为假名士，为鸭屎臭之文豪，为半通之政客，为二十余日之都督及总司令，为远走高飞之亡命客。其间所能而又经过者，为读书写字，为演武操枪，为作文骂世，为下狱受审，为骑马督阵，为变服出险，种种色色无奇不备，独未一涉猎于情场，论交不得一好女子。情海茫茫，大有望洋兴叹之慨，遂致一念欲灰，悲酸刺骨，把镜自怜，问天无语。休矣休矣，此生已矣，夫复何言？言之亦唯徒呕心血耳。"① 痛定思痛，"美人"不可得，"真情"不可得，只能退而求醇酒妇人之乐。"醇酒妇人，人道是英雄末路所作之事，其实亦不尽然，此四字固可作消磨潦倒观，然亦可作风流跌宕观。且徒然不近酒色亦算不得即是英雄，而英雄之为物又非泥雕木塑来者，徒于不近酒色上作功夫，天下亦无此种酸臭之英雄也。"② 醇酒妇人哪里寻？当然是平康北里，于是流连花丛，依红偎翠，便成了何海鸣的日常生活。

文学创作虽然不尽是作家的亲身经历，但没有相应的生活素材和生发因子，完全向壁虚构的作品，一定经不起检验和推敲。经常卖小说谋食的何海鸣一生创作了许多小说，题材也相当广泛，社会、军事、言情、侦探，均有涉足，但最为人称道，也最令自己满意的就是他所熟知的妓院、妓女生活题材作品，赢得了"倡门画师"的称号。

《老琴师》拉奏了一首美和艺术被毁灭的哀恸之曲。代表艺术与美的妓女阿媛，被只认得钞票的老鸨和只知发泄兽欲的嫖客折磨致死，人世间的真善美被金钱和罪恶残忍吞噬了。作者把笔刺向了愚蠢、野蛮的老鸨和

---

① 何海鸣：《求幸福斋随笔》，上海书店出版社 1997 年版，第 13 页。
② 同上书，第 69 页。

嫖客，刺向了黑暗的娼妓制度，刺向了人性之恶，明确表达了对艺术、美、贞操、女性及人性善的尊重，祈盼充盈"公理、正义、人道"的世界早日到来。

《老琴师》在写作技巧上是相当讲究的。首先，作品采用了内外视角叙事方式。外视角是透过老琴师的观察和感受，交代"美"和"生命"被践踏、被摧残过程，以及此过程所造成的痛心、惋惜之情；内视角是通过阿媛的认知和情感变化，展示"美和艺术本身"经历蹂躏时的煎熬和挣扎。两个视角交错出现，内外结合、主客观互补，很好地传达了作品的意旨。

其次，人物塑造方面，作者也花了不少心思。《老琴师》刻画人物，特别注意过程和节奏。阿媛十二三岁被卖到妓院，并不知道妓院的情况，说学曲就学曲，学得快快乐乐；学好了曲，出堂差，不理解为什么要在酒席筵前给男人们唱，可也不敢挑战老鸨的权威，唱得高高兴兴；被嫖客开苞时，局促、惶恐、害怕、无助，但依然没有反抗的勇气；直到嗓音败坏、疾病缠身，她才领悟到妓院、嫖客的残酷和无情，才发现这个丑恶的世界需要用生命去抗争。同样，老琴师也经历了从摇头叹气、无所作为到断琴弦、骂权贵的过程。二人的表现，正是弱者从忍辱负重到奋起抗争的必然历程，契合生活，真实可信。小说中的人物性格随之展现出一个动态的、成长的、逐步丰满的过程，而不是一出场就定型，始终没有变化的概念传声筒。

再次，注意场面描写的绵密性和层次性。比如，对阿媛初夜场景的描写。先写嫖客、帮闲、鸨儿、娘姨的忙中之喜，再叙其他姐妹的说长道短，然后过渡到对阿媛苦恼、害怕、羞涩和无助的心理描写。由热到冷，由远及近，由疏到密，交代得面面俱到，简洁干净，活灵活现。

最后，富于张力的细节表现。作品的高潮部分是老琴师自断琴弦一节，融叙述、议论、动作、心理、抒情为一体，把"弱者"身上瞬间爆发的强大反抗力量和善的崇高展现得扣人心弦、劲道十足：

> 阿媛这时已经万分支持不住了，心里一阵难过，便大大地发一个狠，向老琴师道："拉反二簧，唱《六月雪》。"预备唱死他。老琴师垂头不语，也就一丝没气地慢慢拉起反二簧的调子来。阿媛刚刚唱了一句，在那尾音上一口气接不上来，心里一急，哇的一声吐出一口鲜

血来。恐怕被人看见，一只手用手巾遮住嘴，一只脚便在地毯上乱擦，想擦碎那块鲜血。老琴师一清二楚地看在眼中，心里如刀割的一般。蹦的一声，——上帝呀，他看在上帝的面上，拿出一百二十倍的勇气，做出一种有重大价值的破坏——是世界上公理、正义、人道所许可的——哎呀，这老头儿老泪交流，下了一个决心，把他恃为生活的一根琴弦，竟故意儿弄断了。

上述引文不仅展示了作者的细节描写功力，也让我们看到了作者熟练运用白话文的能力——流转自如、气韵协和，没有生涩、拗口、拖沓、欧化诸般毛病。

《老琴师》的确是一部好作品，无论思想内涵，还是艺术表现，都达到了现代小说的标准，而且是高标准。把这篇小说与同年发表的新旧小说家的作品做个比较，高下优劣，一目了然。所以，作者自豪地宣称："颇得阅者赞许，即新文学家亦有赞可者。我遂决心为小说家矣！"①

《老琴师》之后，何海鸣创作了多篇短篇倡门小说。《私娼日记》通过讲述一位14岁的女孩因生活所迫走上了私娼的道路，在邻里的冷嘲热讽中艰难度日的故事，挖掘妓女被迫入行及悲惨境遇的生活和社会根源，与老舍《月牙儿》同一命意。《倡门之子》《温文派的嫖客》《从良的教训》共同探讨了妓女的出路问题。她们要么被虚情假意、逢场作戏的嫖客欺骗，要么被娶回家后遭受非人折磨，不得不逃离魔掌。所以，妓女想找个可意人儿安顿身心，不啻痴心妄想。

嫖客绝不可信，从良之路是死胡同，那么，妓女们究竟有没有脱离孽海的机会，出路又在哪里呢？充满温情的《倡门之母》找到了一条妓女跳出火坑、老有所养的出路——依靠儿子。但是，既然为妓，儿子恐怕是最难有的了，这条路不具普遍性和操作性，非解决问题的正途。中篇小说《倡门红泪》和短篇小说《五十年后的倡妓》则摸索出另一条道路——自食其力，或到农村去养鸡、种葡萄，或自主经营妓院，经济独立了，人格和精神自然就解放了。对于大多数妓女而言，这个明显带有乌托邦色彩的新路，今天看来依然不靠谱。但是，此乃作者长期思考妓女出路问题而得

---

① 何海鸣致周瘦鹃的信，载《半月》第1卷第7号（1921年12月13日），转引自范伯群主编《中国近现代通俗文学史》，江苏教育出版社1999年版，第64页。

出的办法，是十分严肃认真的，不单是"小说家言"。

早在 1915—1916 年，何海鸣就在报纸上发表过同情、保护妓女的言论，大意云：妓女乃最苦之人群，平等对待、尊重人权之外，还要通过立法的形式废除领家制度，逐步助妓女脱离苦海，还以自由，并最终达到废娼之目的，使女子再无为娼之痛苦。①1924 年 5 月 4 日，在《半月》第 3 卷第 16 期《倡妓问题》号上，何海鸣发表了《废倡的我见》专文，进一步指出女子经济独立、自谋生计是解决妓女出路问题的治本之道，应切实加以推行。有了这些正大的思想基础做支撑，何海鸣方能创作出不同于以往、特立独行的倡门小说。

通观何海鸣的倡门小说，其主题思想始终站在同情妓女、理解妓女苦难的立场上，尊重妓女权利和人格精神自由，反对压迫和歧视妓女，呼吁废除娼妓制度，批判暴虐欺骗、玩弄妓女身心的嫖客，并努力找寻废娼后妓女的生计和出路问题。在这些小说里，妓女不再是寄托才子恋爱理想的佳人，不再是"贞节观"的变相载体，不再是色欲诱人的祸水，不再是"嫖界英雄"逞能的对象，更不是诡计多端的骗子。她们与男女工人、人力车夫、内地农家、各处大负贩及小店铺一样，是被损害、被侮辱、被压榨的弱势群体，是挣扎在底层社会的小人物。那么，描写她们的生活，反映她们艰难困苦的文学不正是具有人道主义精神的文学么？不正是平民文学么？不正是人的文学么？不正是符合"五四"文学革命精神的现代文学么？

艺术表现上，何海鸣的倡门小说也闯出了新路。首先是着力推广短篇小说的体裁形式。近代以来狭邪小说的主要创作形式是长篇章回小说，短篇小说很少出现，这当然与当时小说领域的主流创作形态相关，我们不能做非历史的苛求。但是，随着新文化运动的兴起，短篇小说被推向前台，何海鸣及时顺应时代要求，大力提倡并努力践行短篇小说创作，与新文学家同步推动中国小说的现代转型，其时代进步性和历史意义不容遮蔽。

其次，具体写作上，摆脱传统短篇小说史传式程式，积极向"横截面"写法靠拢，重视结构，突出细节描写比重，将妓女生活"最精彩的一段，或一方面"构撰出来。除了上文分析的《老琴师》，我们再看几例，以窥全貌。比如，《倡门之子》的开头，交代妓院的环境，从自然环境到人员活动再到生存状态感受，一路写来，有条不紊，夹杂着比喻、拟人等修辞手法，伴以

---

① 何海鸣：《求幸福斋随笔》，上海书店出版社 1997 年版，第 62—68 页。

肖像、动作描写，把妓院昼伏夜出的生活特点描绘得有声有色，给人以如临其境、宛在眼前的效果。而且，这段描写不单起交代环境、引起正文的作用，还具有主题表达和功能结构意义。通过这段环境描写，作者揭示了妓院是"太阳照不进，空气透不入"，干着见不得阳光、见不得人勾当的场所；对妓女们"悲惨、黑暗、垢污"的生存状态寄以同情，融入了价值判断和感情因素。当妓女阿珍的从良幻想破灭，又开始皮肉生涯的时候，这段环境描写的核心意旨再次出现，说明这段环境描写具有担当行文起承转合、凸显作品主题的结构性功能。另如，《倡门之母》用大量对话和心理活动推动情节进程，营造人物情感跌宕起伏的效果，让人物自己来表达深挚感人的母子之情，而非作者代为传达。《从良的教训》突兀入题，直接以金美着急打电话的特写镜头开头，紧凑、紧张，给人电影开场的感觉。以上数例，足以说明，何海鸣是用心、用力地进行短篇小说创作，自觉汲取、借鉴现代短篇小说的艺术技巧，实践着提高中国短篇小说价值的志愿。

何海鸣的倡门小说在思想内容和艺术形式上改造了近代狭邪小说的套路和模式，使僵化停滞的妓女题材小说焕发出了新机。"应该说，何海鸣创作特色之一是，他继承和发展了清代'狭邪小说'的传统，开辟了民国'倡门小说'的疆域。"① 具有中兴再造之功。他开拓的新的创作方向，很快得到其他作家的认可，纷纷起而仿效，掀起了一股倡门小说创作热潮。许厪父《倡门之父》开头交代创作缘起时云："现在关于倡门的小说，就算是一种很时髦的作品了。我瞧了有点眼热，不免看个样儿，也来学着做了一篇《倡门之父》。"

就短篇小说领域来说，代表性的作品有：包天笑《烟篷》《无毒》《倡门之病》《云霞出海记》《从政与从良》，周瘦鹃《天堂与地狱》，毕倚虹《北里婴儿》，许厪父《倡门之父》，姚民哀《倡门之女》，徐卓呆《倡门之衣》等。它们鼓噪呐喊，同气相求，壮大了倡门小说的声势。1926 年，周瘦鹃选了其中的一部分，加上何海鸣的 5 篇，编辑成《倡门小说集》，由大东书局出版，对几年来的短篇倡门小说创作作了一个阶段性总结。② 《倡门

---

① 范伯群：《在倡门小说中泛出人道之光的求幸福斋主——何海鸣》，范伯群、范紫江主编《倡门画师何海鸣代表作》，江苏文艺出版社 1996 年版，第 2 页。

② 《倡门小说集》包括 11 篇作品：何海鸣《老琴师》《从良的教训》《倡门之母》《倡门之子》《温文派的嫖客》，包天笑《从政与从良》《云霞出海记》，周瘦鹃《天堂与地狱》，许厪父《倡门之父》，姚民哀《倡门之女》，徐卓呆《倡门之衣》。

小说集》的出版，不仅是短篇倡门小说的一次集体亮相，更重要的是让倡门小说作为一种独立的小说类型整体打包进入整个小说创作系统，形成流派势力，结束了妓院、妓女生活题材只作为情节单元，十多年来散见于社会言情小说中的局面。

上述小说的内容主题主要分为两个方面：一类是讲述妓女们的种种苦楚和磨难，表达对受压榨、欺侮、虐待的妓女们的同情和怜悯，批判欺骗、压迫妓女的嫖客、鸨母及黑恶势力，体现人道主义的关怀。这类作品所占比重最大，《无毒》《天堂与地狱》《倡门之父》《倡门之女》《倡门之衣》《北里婴儿》都属此类，明显受何海鸣思想主张的影响。《北里婴儿》开篇说道："我读了何一雁先生的《倡门之子》，他对于那负义的嫖客，痛下了一个大打击。那事实也算得是残酷极点，经一雁先生犀利的笔锋力透纸背的一描写，格外使人见了悲悯。我因此想起我的胸中，也贮藏几件类于《倡门之子》的事实，如今慢慢地追忆起来，写出几篇，也不敢说什么创作，不过作为我看花载酒的一种纪念品。"毕倚虹的这段话，交代了所有此类创作主题的源头。第二类是顾妓女而言他，借妓女的生活情态，生发作者对人生际遇和世道人心的看法和认识。这类作品，包天笑最为擅长。《烟篷》抒发男女偶遇，却有缘无分、情无所托，徒留终身惆怅之憾；《倡门之病》借喻时局，对病夫中国往何处去，忧心忡忡；《云霞出海记》宣扬命定论，慨叹人生"世事无常，变幻莫测"；《从政与从良》有感于世事交替，人的出处行藏身不由己。这几篇借题发挥之作，看似扩展了倡门小说的表现范围，但观念浅显单薄，并没有真正提升倡门小说的思想境界和意蕴内涵。

从艺术成就来看，这些本无独立思考的跟风模仿之作显然与何海鸣有较大差距，除了《烟篷》《无毒》《北里婴儿》《倡门之衣》稍有可观外，余皆乏善可陈，既无结构，又无描写，流水账般平铺直叙，没有多少价值和贡献可言。

1918年，胡适在《新青年》发表了著名的《论短篇小说》，从中外古今小说演变大势的高度为新小说创作指明了方向。新文学家的小说创作基本按照胡适的意见行进，现代文学的第一个十年，只有张资平《冲击期化石》（1922年）一部长篇小说，余皆短篇，可见当时小说领域的主流所在。

当时的通俗文学家也是积极响应胡适号召的，以致在当时的通俗小说领域，出现了短篇小说创作的繁荣局面。范烟桥曾如是总结："唯在民九民十之际，海上小说杂志林立，短篇小说盛行。"① 通俗文学家对新文学运动的响应，从新文学家的声讨言词中亦可得到证明。1922 年 11 月刊行的《小说月报》13 卷 11 号，发表了沈雁冰《反动?》一文，其中谈道："凡是一种反动，必有一定的目标，近来的通俗刊物大都专迎合社会心理，没有一定的目标。凡是反动，一定处处要和敌对的一方相反，近来的通俗刊物却模仿新文学（虽然所得者只是皮毛）；新文学注意劳动问题、妇女问题、新旧思想冲突问题，通俗刊物也模仿，成了满纸'问题'。"从茅盾这段不准阿 Q 革命的批评中，却可发现通俗文学家追步新文学的真实信息。②

何海鸣积极呼应胡适的主张，公开呼吁同侪创作短篇小说：

　　我很想与几个小说界卖文的同志，先将短篇小说十分认真的作几篇，成一种现代中国短篇小说的完成作品。虽说骨子里各有各的主义色彩，但是那个骨子，总万不可缺少，慢慢的由此抬高现代中国短篇小说的价值，紧挨上世界文坛上去，被人说道这是中国现代完成的出品，庶几我国今日才有小说可言。上述的志愿，我究竟配不配在这里面出些力，我也还没得把握。不过我想尽力做这件事，而且想约同几个朋友研究做这件事，所以我自己也做起小说来，打算在这上头多用点工。③

这是《老琴师》刊出不久，何海鸣发表在《半月》（1922 年 1 月 28 日）上的心声。这篇心声，体现他在小说创作上的"英雄气"，既有迎难而上的信心和决心，也有与新文学家携手推进现代小说成长、成熟的意愿，绝无顽固不化，站在新文学对立面的故意。而且，他身体力行，创作了多篇高水平的现代短篇小说，为扩大短篇小说的影响，为扩张现代文学的势力，做出了应有贡献。可以说，以何海鸣为代表的倡门小说在体裁的现代性要求方面完全达标，是货真价实的现代文学，完成了章回体狭邪小说到现代短篇倡门小说的顺利转型。

① 范烟桥：《最近十五年之小说》，芮和师、范伯群等《鸳鸯蝴蝶派文学资料》（上），福建人民出版社 1984 年版，第 273 页。
② 芮和师、范伯群等《鸳鸯蝴蝶派文学资料》（下），福建人民出版社 1984 年版，第 777 页。
③ 何海鸣：《求幸福斋主人卖小说的话》，芮和师、范伯群等《鸳鸯蝴蝶派文学资料》（上），福建人民出版社 1984 年版，第 19 页。

妓院、妓女生活题材本不是转型的阻碍因素。新文化运动一开始便注意到妓女题材。胡适在《建设的文学革命论》（1918 年）里说："近人的小说材料，只有三种：一种是官场，一种是妓女，一种是不官而官，非妓而妓的中等社会（留学生女学生之可作小说材料者，亦附此类），除此之外，别无材料……官场妓院与龌龊社会三个区域，决不够采用。即如今日的贫民社会，如工厂之男女工人，人力车夫，内地农家，各处大负贩及小店铺，一切痛苦情形，都不曾在文学上占一位置。并且今日新旧文明相接触，一切家庭惨变，婚姻苦痛，女子之位置，教育之不适应……种种问题，都可供文学的材料。"① 胡适这段话的意思是小说创作应在已有的三种材料之外，扩大题材选取范围，将底层社会的方方面面都包括进来，并无剔除妓女题材之意。古已有之的妓女题材依然是构建现代文学的重要内容，并不在"革命"的范围内。

当然，"五四"文学革命没有排斥或否定妓女题材，并不意味着它自然拥有现代性，还要看作品是站在何种立场和观念上来解读此题材。自然延续下来的丑化妓女、侮辱妓女的主题便是非现代的："黑幕只是说社会上的琐事，何尝提出什么问题？例如说'娼妓之黑幕'，只说娼妓骗钱，与《青楼梦》等同一意思，何尝对于娼妓问题——世间如何而娼妓，以及如何解决等——说一句话呢？"② 那么，娼妓题材小说如何跟上现代文学建设的步伐呢？周作人也为其指明了方向："俄国库普林（Kuprin）的小说《坑》（Jama），是写娼妓生活的人的文学；中国的《九尾龟》却是非人的文学。这区别就只在著作的态度不同：一个严肃；一个游戏。一个希望人的生活，所以对于非人的生活，怀着悲哀或愤怒；一个安于非人的生活，所以对于非人的生活，感到满足，又多带些玩弄与挑拨的形迹。简明说一句，人的文学与非人的文学的区别，便在著作的态度，是以人的生活为是呢，非人的生活为是呢这一点上。材料方法，别无关系。"③ 也就是说，它必须达到"五四"文学革命所规定的现代文学在价值观上的标准——人道

---

① 胡适：《建设的文学革命论》，欧阳哲生编《胡适文集（2）》，北京大学出版社1998年版，第53页。

② 仲密：《再论"黑幕"》，钟叔河编《周作人文类编（3）》，湖南文艺出版社1998年版，第613页。

③ 周作人：《人的文学》，钟叔河编《周作人文类编（3）》，湖南文艺出版社1998年版，第35页。

主义、平民主义，才能完成其现代性转换。对照何海鸣及大部分倡门小说的主题思想，不正符合这一要求么？

最后，就艺术规定性和表现力来看，短篇倡门小说完全脱离了胡适所批判的"某生，某处人，幼负异才……"式"滥调小说"写法。其叙事角度、叙述方式、结构安排、细节描写、场面渲染、剪裁调度，完全符合现代短篇小说的体制，与同时期新文学作家的作品放在一起，绝不落伍。

总而言之，我们现在所看到的民国倡门短篇小说在体裁、题材、主题、艺术手法诸方面都显现出现代小说的精神气度和章法规制，是标准的现代小说。它虽然得到过"五四"文学革命倡导者的启发和引领，但绝不直接从西方"拿来"，而是延续血脉、改良不足，保留了相当的中国特色和中国气派。它就是没有断裂，没有激烈否定，没有另起炉灶的从传统小说自然而然转型而来的中国现代小说形态之一。建设现代文学，难道只有崇洋灭中、除旧布新一条途径么？直接从西方"拿来"的，就是现代小说，因应时代变化和需求，继承、改良传统而来的具有现代属性的小说，就不是现代小说了么？意气之争，门户之见，可以休矣！①

第二节　长篇倡门小说的艰难转型

民国通俗小说素以长篇为主体，短篇只是支流，转型的实际效果还要看长篇的表现。相对来说，长篇小说的转型更为困难，因为它与传统小说的渊源更深，关系更紧，要突破陈规，另立格局，确非易事。这从此时期两部倡门长篇小说代表作——《人间地狱》和《亭子间嫂嫂》的分野里，便可探究其变革轨迹及转型之艰难程度。

《人间地狱》80 回，是民国通俗小说领域的"人情才子"毕倚虹（1892—1926）的代表作，1922 年 1 月 5 日至 1924 年 5 月 10 日连载于周瘦鹃主编的《申报·自由谈》，计 60 回，未完，1925 年出单行本。毕去世

---

①　就整个短篇小说的演变历程来说，现代短篇小说并非胡适《论短篇小说》发表后才出现的，才有了现代意味的。晚清以来，短篇小说就在传统"话本"基础上有了很大变化，向现代短篇小说靠近的迹象也很明显，有的作品已完全具备了现代短篇小说的要素。参阅袁健《晚清白话短篇小说叙事体制的演变》，《宁夏社会科学》1987 年第 2 期；袁进《近代短篇小说的崛起》，《上海大学学报》2003 年第 4 期；许丹诚《晚清短篇小说的出现——现代小说文体意识自觉的端倪》，《嘉应大学学报》2003 年第 4 期。

后，包天笑续写了后 20 回，勉强收束。

《人间地狱》连载时便得到朋辈推许，好评如潮。毕氏自云："乃申报刊布后，友朋知好，盛加推许。艺林评论，时致褒词。更有友人辗转告语，谓时流席上，每以人狱为尊边谈片。"① 严独鹤曰："在倚虹为得意之作，在他人亦共认为快意之文，此固非可以强制者也。予事甚冗，于报纸所载长篇小说未暇一一浏览。独于《人间地狱》则逐日披阅，无或间断，其感人深矣。"② 陈灟一亦言："壬戌以还，予寄寓海上，略更僻情，游宴之暇，每询人诸创作小说中其为人所崇拜而风行尤广者何书？则答者莫不以娑婆生所著《人间地狱》举，谓价值高贵不在水浒、红楼下。予更历询者若干人，而所举莫不皆然。"③

就小说本体的评价批准来看，《人间地狱》的确可称得上是民国通俗长篇小说的上乘之作。作品以一场多情才子柯莲荪与憨稚雏妓秋波缠绵悱恻、无果而终的恋爱为核心，辅以三五名士北里清游之嘉话，上下勾连，左右串并，将当时政界、商界、学界、报界、军界的种种情状及沪杭两地的风俗人情、时代变迁娓娓道来，如同一部 20 世纪 20 年代社会的百科全书。所以，该小说常常被视为社会小说，其实，不论是倡门小说还是社会小说，都与狭邪小说脱不了干系。"清之狭邪小说原是民国的言情小说或社会小说之源。民国的倡门小说往往是通过妓院这一视角去广泛地反映社会，关注社会，骨子里是很纯正的社会小说。"④ 反之亦然，民国的社会小说里绝少不了妓女的身影，妓院情境是反映社会生活的重要窗口，是社会小说的必备情节。

《人间地狱》最大的优点是善于写人。陈灟一云："写名士能不酸，写妖姬能不荡，写壮士能不犷，写市侩能不猥琐。笔力雄健足以扛九鼎，细密足以度金针，岂碌碌余子所能及哉？"⑤ "瘦鹃称之为是书之妙，妙在写实。每写一人，尤能曲写其口吻行动，至于一一逼肖，掩卷以思，其人跃然纸上，栩栩欲活，已极文章之能事。"⑥ 小说通过大量对话、举止表现人

① 娑婆生著，包天笑续：《人间地狱》著者赘言，华岳文艺出版社 1988 年版，第 1 页。
② 娑婆生著，包天笑续：《人间地狱》序四，华岳文艺出版社 1988 年版，第 6 页。
③ 娑婆生著，包天笑续：《人间地狱》序五，华岳文艺出版社 1988 年版，第 8 页。
④ 范伯群主编：《中国近现代通俗文学史》，江苏教育出版社 1999 年版，第 77 页。
⑤ 娑婆生著，包天笑续：《人间地狱》序五，华岳文艺出版社 1988 年版，第 10 页。
⑥ 郑逸梅：《谈谈民初之长篇小说》，芮和师、范伯群等《鸳鸯蝴蝶派文学资料》（上），福建人民出版社 1984 年版，第 297—298 页。

物性格的主要特征，如柯莲荪之柔情，秋波之娇憨，姚啸秋之持重，程藕龄之沉静，黎宛亭之活跃，于举手投足、一言一鬐间便呼之欲出，真切若现。书中出场人物颇多，多为类型化人物，要一出场就能为其主要性格定型，确非易事。作者精于此道，如简笔素描高手，几笔便勾勒出每个人物的轮廓，立在读者面前。

叙事简练有条理亦是本书一大特色。小说内容庞杂，言情而外，举凡社会各界之逸闻趣事，纷至沓来，需要不同笔法。每种事体，作者都能随境穿插，各尽其妙，交代得条分缕析，入情入理，绝不拖泥带水，啰嗦掺杂。比如，言情则笔致缱绻，揭露官场、商界、军界、学界、妓院诸种黑暗面，则极尽讽刺挖苦之能事，描写日常起居则运笔细腻妥帖，生活气息浓厚，均能各安其位，互不干扰。

最让陈瀣一佩服的是作者丰富的想象能力和虚构能力。"倚虹间尝闻人言予在山左军中诸事，常以为问。一日忽微笑谓予曰：'先告罪，予将以子入地狱矣。'莫知所以，亦戏以佛说：'我不入地狱，谁入地狱？'语答之。不数日，而《人间地狱》中载严兰洲事，方悟所谓，而书中之言动神色精彩处，虽予身历者不能摹绘也。倚虹仅耳闻，说者仅举梗概，不知具何心思，笔力揣摩溶铸如见。殆陈后山所谓宋玉不识巫山神女，而能赋之，岂待更而后者欤？抑予固知善小说者必富想象力，然亦就所深知素习者极其类，甚或及数类而止。矧善者、美者，未必具真实也。若倚虹之亦善美，亦真实，尤贵在仅得概略，竟能摹略寻揣其所素不闻见习知之事，推见至隐，反使躬耕其役者自读其文，益觉往事之亲切可念也。"①（原文句读点破者径改）这种知其一点，便可生发无数波澜的能力，着实使小说增色不少。

虽然《人间地狱》表现不俗，成绩斐然，是民国通俗小说的名篇佳作："社会长篇，最惬人意者，无不公认为娑婆生之人间地狱。"② 但是，若从传统与现代转型的角度来审视，则《人间地狱》几无贡献，只能视之为过渡性作品。

"余撰人狱之旨，自信无多寄托，特以年来所闻见者笔之于篇，留一少年时代梦痕而已。"③ 的确，《人间地狱》并无高深意旨和寄托，只是有

---

① 娑婆生著，包天笑续：《人间地狱》序五，华岳文艺出版社 1988 年版，第 10 页。

② 郑逸梅：《谈谈民初之长篇小说》，芮和师、范伯群等《鸳鸯蝴蝶派文学资料》（上），福建人民出版社 1984 年版，第 297 页。

③ 娑婆生著，包天笑续：《人间地狱》著者赘言，华岳文艺出版社 1988 年版，第 1 页。

感于人情世故和人生际遇，留一近真的行状记录。小说既没有为"被侮辱、被损害"的底层人民呐喊请命的历史使命感和现代人文意识，亦脱离了近代狭邪小说的"言情""劝诫"套路和民初黑幕流弊，自然本真，更接近《红楼梦》感慨人生"聚散之迹，离合之情"的创作意图。所以，《人间地狱》将狭邪题材人情化，使倡门小说带上人情小说的色彩，却是向上一路，直指本源，回归更遥远的明清人情小说传统，并不具有现代小说的精神气质。

袁寒云评论《人间地狱》时指出："其结构衍叙有《儒林外史》《品花宝鉴》《红楼梦》《花月痕》四书之长。"① 此言用于部分片断尚可，若论全书，则不免溢美。《人间地狱》的结构乏善可陈，远不能与"四书"相提并论。作品首先是为报纸连载撰稿，完全是近代以来报刊小说的结构模式，接近《官场现形记》和《二十年目睹之怪现状》，且毛病过之。显而易见的是烂尾，中途辍笔，另外，每回结尾故作惊人之语，情节前后矛盾、不衔接，人物安排、事件调度缺少全局意识，随用随讫，可以说，《人间地狱》几无结构可言。长篇小说最讲究结构，没有结构，其地位价值便难排前列了。且不论《人间地狱》结构的优劣好坏，其结构模式主要源自传统长篇小说，不具有现代性的事实是确定的。加之，章回体的形式，偶尔的诗词穿插，使其更像"遗老"，而非"新进"。

但是，毕倚虹毕竟生活在现代社会，所写故事也是现代人的故事，不能不受西风东渐和新文化运动的感染，某些创作方法还是显露出现代小说的因子。

为了防止开罪于友人，作者极力反对将书中人物、事迹对号入座，但是，对照作者朋辈如包天笑、郑逸梅的回忆文字，书中人物、事迹俱有原型，真实程度很高。这种近真的写法，虽然是《品花宝鉴》《花月痕》《孽海花》以来的老传统，但也沾染了法国自然主义的洋味。毕倚虹在他的第一部长篇小说《十年回首》楔子里曾借友人的对话谈及自己写小说的宗旨：

　　须知做小说这件事很不难，要做稍微有价值的小说，却不是可以摇笔即来，草率成篇的。从前法国有一位小说大家，也是同你这样拈

① 娑婆生著，包天笑续：《人间地狱》序一、附录，华岳文艺出版社1988年版，第1页。

着一管笔要做小说，再也想不出好的境界。后来他忽然想着，与其空中楼阁，捏造些无聊的事实，模糊影响，说些不关痛痒的话，何如老老实实地填将自家一身的经历写了出来，倒还可以见些社会真相、身世的艰难，不致为大雅所唾弃。后来便精心结构了一部小说，题了一个名字叫《我》，却很受社会的嘉评。我劝你不做小说则已，要做小说，还是仿照法兰西这位小说前辈的办法为最好。①

这段话与郁达夫小说就是"自叙传"的创作理念十分接近，透露出作者还是受到过西方文学的影响，只不过还没有全方位地运用于创作实践中，没能走出向现代小说跨越的那一步，这个历史性的任务还有待后来者来完成。

1939 年 7 月 3 日，周天籁（1906—1983）的倡门小说《亭子间嫂嫂》开始在上海小报《东方日报》上连载，大获成功，把一份濒临倒闭的小报给盘活了。1943 年，上海友益书局出版单行本，持续畅销。

《亭子间嫂嫂》以私娼顾秀珍的三年皮肉生涯为中心，牵连近 40 个形形色色的嫖客，触角广阔，贴近现实，全面辐射了 20 世纪 30 年代整个上海的城市生活。扑面而来的现代生活气息，让我们在阅读这部百万巨著时，真切领略到古老的狭邪题材小说完成现代转型后的时代面貌。

与近代狭邪小说比较起来，《亭子间嫂嫂》在题材选择和叙事风格方面有了明显变化。

同样写妓女，近代狭邪小说基本上选取的是高级妓女，长三为主，幺二都不多见。她们做的是受官方认可、保护的正当生意，在当时有一定社会地位，规矩也严格，生存环境相对优越。她们接触的狎客也以上层人士为主，普通百姓要一亲芳泽，还真不是件容易的事，所以，其社会及生活反映面便相应集中在较高层级，以官员、商人、文人的生活为主，很少下探至底层社会。与此相适应，近代狭邪小说的叙事风格也是以理想主义为主，谈情说爱，社交应酬，灯红酒绿，享受温柔乡的甜蜜，或者寻觅有实力的人婚嫁，安排一条满意的人生出路。即便理想未能实现，其悲剧也局限于情感破灭或再堕风尘，付出的是浪漫的代价和高期望值的平仓。

---

① 范伯群：《在地狱边缘写尽世间纯情的才子——毕倚虹》，范伯群、范紫江主编《人情才子毕倚虹代表作》，江苏文艺出版社 1996 年版，第 2—3 页。

《亭子间嫂嫂》却将目光下移，讲述的是一个偷偷摸摸、东躲西藏、朝不保夕的私娼的黑暗生涯。顾秀珍随时可能被包探搜捕，随时受到地痞流氓的敲诈勒索，随时遇到无良嫖客的赖账和欺侮，没有任何保障，也没有尊严和地位，是一个完全自生自灭、挣扎在社会底层的被侮辱、被损害、被歧视的"贱妓"。围绕在她身边的上等人要么是道貌岸然的偷腥族，要么是视女人为宠物的粗糙饲养员，都不正大光明，而更广大的小职员、小店员、末流文人，以及没有生存能力的大学生，一个个都是上不了台面的泄欲狂。这群人组成的社会，是一个三教九流混杂的恶俗社会，卑劣、猥琐、寒酸，有何理想可言？由此，小说的叙事风格也彻底进入了现实主义格局，沉到底层，直面粗俗，一扫近代狭邪小说及《人间地狱》的理想情怀，完成了妓女题材小说在身份选择和叙事风格上的转换。当然，我们并不认为书写底层、揭露黑暗、批判社会就是现代文学的唯一标准，但就"五四"文学革命以来建构的现代文学理念和创作实践来看，用现实主义手法反映人道主义、平民主义以及替被剥削阶级呐喊成为主流，代表了那时现代文学的基本含义和立场。所以，《亭子间嫂嫂》的题材和风格完全符合现代文学的要求，它立身现代文学大家庭中，毫无疑义。

这样的题材和风格选择与作者想要在小说中表达的主题思想密不可分。周天籁是个卖文为生的平民小说家，不可能对私娼现象做政治化或学理化的阐释。他只能依据自身的生活经验和对社会现象的表面观察，给出浅层次的答案，那就是同情弱者，抽象地鞭挞当时的社会制度。

作者屡次借助作品中的"我"来表达对顾秀珍式妓女的同情，以及对暗娼现象产生根源的思考：

> 我忽然得着一个感想，觉得像亭子间嫂嫂这一个环境里面的女子，想来上海真真是不少不少，她们的遭遇太可怜了。人家往往都轻视着她，其实她不这样干便没有饭吃，世上决没有生活有得解决的人而去干下贱事情的，也决不能我今天没有饭吃而下毒手自杀的道理，"好死不如恶活"，亭子间嫂嫂也是这恶活一类的人。
>
> 我忽然得到一个明确的解剖，我认为她一定是为了生活问题而出此，这是社会不良制度迫逼她走这条路，世上决没有甘心做妓女的道理，这都是有种种背景而使然，那末我对亭子间嫂嫂不应该存着卑视的心理，应当可怜她，应当同情她，我既没有力量挽救她脱离苦海，

那末我只有处处尽我同居邻舍的份上爱护她。

　　总之只怪这个社会制度不良，如果人人有饭吃，这一批可怜虫决不会走上这卖淫的一途，所以社会愈贫穷，这批卖淫妇愈多而更加没有生路。

　　作品最终也落脚到了改造社会的总主题上。亭子间嫂嫂的结拜哥哥，黑社会老大排门板要为惨死的亭子间嫂嫂报仇：

　　我说："你要替她报仇，恐怕你排门板一人力量不够。"
　　"为什么不够，我手下有三千徒弟！"
　　"你有三万徒弟也无所用，你要替她报仇，除非先从改良这万恶的社会着手，否则你还是免开尊口！"

　　当然，怎么样具体分析甚至改变这个逼良为娼的社会制度，对作者来说就勉为其难了，作者只是一个普通人，只能做出普通人的自发性感慨，我们怎可求全责备？不过，就这个自发性感慨来说，已经与近代以来的狭邪小说有了天壤之别，告别了言情、劝诫、揭黑，甚至年轻生活留念的主题，踏入批判整个不良社会制度的层面，深浅粗精且不论，其所具备的现代意识和观念是不容否认的。

　　《亭子间嫂嫂》的人物塑造亦可圈可点，其与近代以来狭邪小说的区别主要有三点。

　　首先是妓女形象塑造真正成了作品的创作中心。《亭子间嫂嫂》之前的狭邪小说主要以狎客的活动为中心，妓女只是作者和狎客或称赞或诅咒的载体，形成了男性为主，妓女为辅的人物描写套路，《九尾龟》就是典型代表。《九尾狐》虽以妓女胡宝玉为主角，但作品意在揭露妓界黑幕，并不以形象塑造为主业，人物处于发散性状态，共性多而个性少。《海上尘天影》意在为妓女汪媛立传，但成神成仙的虚假加上卖弄学问的杂家小说气，使作品成了一锅大杂烩，实无形象性可言。《亭子间嫂嫂》则把塑造顾秀珍的形象放在了绝对核心的位置，男性成了陪衬，所有男人如众星捧月般围绕着她转。作品通过顾秀珍与不同男人的双向互动，映射亭子间嫂嫂的不同性格侧面，聚合出一个集善良邪恶、美丽丑陋、高尚卑俗、精明糊涂、义气算计、圆融倔强、真实虚假、自尊自贱、有情无情于一身的圆形人物，复杂多面而又真实可信，一改妓女形象在狭邪小说中的附庸地位，也大大提升了狭邪小说人物形象塑造方面的艺术成就。

其次，人物塑造由群像扫描转变为对个体的精雕细刻。出场人物众多是狭邪小说的重要特征。妓院本是娱乐场所，人多方显热闹，故事也多，容易拼凑，这也是古代小说不注重人物性格塑造，更强调故事性的老传统。所以，近代以来的狭邪小说在每个人物身上用力比较平均，相对具有独立性，主干人物并不突出。《亭子间嫂嫂》的出场人物也不少，但始终主次分明，所有人物都是为女主角服务的，都是为了折射女主角的某一方面性格。他们承担功能性人物的任务，没有独立性，也不会冲击主干人物。这说明，《亭子间嫂嫂》有明确的以人物形象塑造为中心的创作意识，焦点集中，笔墨饱满，全力打造女主角的性格特征，是一部性格小说，与传统的故事性狭邪小说分野明显。

最后，人物性格由主旋律人物跳转为多棱镜人物。近代以来狭邪小说本不以人物塑造见长，所写人物大多属于主旋律人物，不是这些人物没有个性，而是他们的性格在某一方面比较突出和稳定，可以用一两个词加以概括。《海上花列传》写人写得最好，胡适先生给予很高评价："《海上花》写黄翠凤之辣，张蕙贞之庸凡，吴雪香之憨，周双玉之娇，陆秀宝之浪，李漱芳之痴情，卫霞仙之口才，赵二宝之忠厚……都有个性的区别，可算是一大成功。"① 但这些人物的个性依然可以用一个词来总结。可是，面对亭子间嫂嫂，我们很难用一两个词来提炼其性格特征。她时而满面春风，时而冷若冰霜；时而重情重义，时而大敲竹杠；时而聪明伶俐，时而糊里糊涂；时而乖巧可人，时而泼妇撒野……却都真实可信。她不仅个性鲜明，而且血肉丰满，是个多棱镜人物，横看成岭侧成峰，绝难一语道破。把亭子间嫂嫂放到整个现代文学的人物形象长廊里，谁能说她不是用现代文学手法塑造出来的现代女性形象呢？

《亭子间嫂嫂》的结构有些跨界，跨到话剧中去了。陈思和早就指出了这一特点："《亭子间嫂嫂》……描写的是普普通通的社会生活，一个单打一的暗娼，时而在'公司'里猎大户，时而在栈房里候客人，沦落时也在马路上乱拉男人。但作家在描写中有意将这些场面转入暗场处理，使主

---

① 胡适：《海上花列传》序，欧阳哲生编《胡适文集（4）》，北京大学出版社1998年版，第405页。

要场景集中在半间小小的亭子间里,这有点像演话剧,透过小小的一角场景来展开上海社会各色人物和黑道白道各色事件。"① 正因为这个话剧结构,上海戏剧学院徐企平教授将其改编成同名话剧,于 2013 年 1 月 18 日在上海新光剧场登台演出。话剧是地道的舶来品,《亭子间嫂嫂》借鉴其结构形式,对于狭邪小说的前辈来说,做梦都想不到。

"因为是报章连载的小说,故事情节都围绕着主人公顾秀珍而展开,每一个嫖客都带进一个特定社会视角,其表现面之广不能不突破小说叙事者的第一人称局限,使叙事视角不很统一。"② 小说在叙事视角方面的确游移不定,限知叙事与全知叙事交叉出现,正是近代以来报纸连载小说为适应报纸要求,来不及全盘构思打磨的通病。

另外,《亭子间嫂嫂》还有一个别开生面之处,就是首次使用上海方言写小说。顾秀珍和书中其他上海人都讲地地道道的上海话,冲破了狭邪小说以吴语为"正宗标志"的传统。比较起来,上海话在此时无疑是比苏州话更"摩登",更现代的语言。

总之,通过对小说的主题、题材、人物、结构、叙事、语言等诸多要素的性质分析,《亭子间嫂嫂》的现代小说品格毋庸置疑。它不仅是民国倡门小说的压卷之作,亦是近代以来狭邪小说的殿军,③ 在它身上,我们看到了狭邪小说艰难转型的最终面貌——具有中国作风、中国气派,民族化、大众化的现代小说面貌。

---

① 陈思和:《关于〈亭子间嫂嫂〉》,《书屋》1998 年第 1 期。
② 同上。
③ 《亭子间嫂嫂》连载结束后,《东方日报》又濒临倒闭,应报馆老板再三请求,周天籁续写《亭子间嫂嫂新传》50 余万字。应了续写从来不成功的铁律,《亭子间嫂嫂新传》没有多少新意,故此处略而不论。

结　语

　　本书首先挖掘、探讨了狭邪小说的渊源和遗传基因问题。狭邪小说虽然是近代小说史上产生的第一个言情小说流派，但在它之前存有绵延千年的言情小说传统，此传统的核心特征是什么，是如何形成的，得有一个起码的交代，因为它制约、规范着狭邪小说的内在机制和外在形式。同时，狭邪小说的题材已不同于传统言情小说，女主角由闺阁少女转移到了妓女身上。妓女也有着一个历时久远、自成体系的文化传统，对狭邪小说的观念形态起导向和约束作用。作为妓女文化附属品的青楼小说，与言情小说同时起步，且绵延不绝，亦有着自身属性，对狭邪小说的内容主题和艺术表现形成影响。经过对这两大传统的梳理，本书第一章给出了言情小说的核心结构：内容上以描写青年男女纯洁恋爱为中心，辅以科举功名、富贵荣华的人生追求；主题上寄托恋爱婚姻自择和事业成功的理想；人物是德、才、情、貌俱备的才子和佳人；情节主干由一见钟情、吟咏唱和，生旦别离、经历坎坷，金榜题名、终得团圆三部分组成，注重故事性和传奇性，喜欢大团圆的浪漫结局；叙事模式上，叙事结构以情节为中心，叙事角度是全知叙述，叙事时间以直线顺叙为主。妓女的观念形态由两组相互对立的评价体系构成，一组是精英评价体系，褒扬妓女的才情和贞节，给妓女罩上光荣和高尚的光环；另一组是世俗评价体系，贬损妓女的丑恶和堕落，予以无情的嘲讽和鞭挞。青楼小说受精英评价体系控制，以描写高等妓女生活为主流，充满理想期待和浪漫想象，但其发展并不充分，作品数量少，且囿于短篇小说范围，属于言情小说的次级形式。

　　言情小说传统的核心结构和妓女的观念形态特征，是我们判断狭邪小说属性的参照系，也是认定其变化性质的测试剂。通过与它们的比对，我们可以确定狭邪小说的历史位置，也能认清狭邪小说演变的质的规定性。

　　狭邪小说虽然把闺阁少女置换成了北里娇娃，把生活圈子从后花园转移到了追欢场，在题材上有了新变化，但拿言情小说传统的核心结构一对照，1849—1893 年问世的 5 部作品中有 4 部——《品花宝鉴》《花月痕》《绘芳录》《青楼梦》，它们的创作主旨、人物气质、情节结构和叙事模式无一能逃出传统的笼罩，均属于传统言情小说的范围。《花月痕》倒是做了一些调整，如抒发"美人沦落、名士飘零"的感慨，展现有情人难成眷属的遗恨，女主人公的才华相对贫乏等，但都被另一对虚拟理想人物的完满无缺和成神成仙的大团圆给冲淡了，使这些调整只限于外围结构的微调，没能对核心结构造成冲击。只有《风月梦》突破了才子佳人模式的包围圈，把狭邪小说从浪漫幻想中拉回到现实世界中来，用劝诫替代谈情说爱，以低层妓女的卑污恶劣代替高级妓女的圣洁无瑕，以市井细民替代文人才子，用揭露批判替代颂扬膜拜，从主题思想、人物形象、叙述风格三个方面置换了言情小说的核心结构，拉开了言情小说转型的序幕。但是，其置换的资源却不是什么新生力量，而是由来已久的妓女世俗评价体系和青楼小说中的话本传统，只是两个老传统的对话和易位，没有质的变化。这就说明，狭邪小说的转型从一开始就是传统内部的交换，而非异己力量的介入。

《海上花列传》继续巩固《风月梦》的置换成果，不仅校正了前一阶段狭邪小说的"溢美"倾向，也把《风月梦》的"溢恶"毛病改了过来，以现实生活为底片，把作品安置在"迹近真实"的座基上。以写实的风格重申劝戒主题，用众多个性鲜明、真实可近的妓女形象排挤掉不通人间烟火气的"神女塑像"和毫无人性的"骗钱机器"，男人们也是一群混迹于社会的芸芸众生，无才无貌无功名心无虚妄念，但也不是流氓恶棍。它对言情小说的改造比《风月梦》走得更远，"穿插"法打破了一通到底的连贯叙述方式，"藏闪"法完全甩掉了以情节为中心的叙事结构和以奇为美的情节美学。用"按"和"第×回终"代替每回开头的"话说"、结尾的"欲知后事如何，且看（听）下回分解"，修改了章回体的传统形式，加上颇具现代意味的戛然而止的收束全书，传统言情小说的核心结构几无孑遗。若不是合传体的人物塑造方法、《儒林外史》的拉扯和对《红楼梦》的念念不忘，《海上花列传》真有离开古代小说阵营，飞身至现代小说行列的"条件"。但是，高标独立、自立门户、不屑与大众为伍的超远追求，使它严重脱离了通俗小说的基本属性和读者的欣赏能力，即使进行了市场化运作，也没能获得社会的认可。从转型的角度来看，这部没有受过西方小说熏染，自觉创新，具有一定现代意味的近代小说巅峰之作，只能算作转型过程中的一个拐点，而不是转型完成的标志，因为它没有后继者，没有形成转移一代风气的影响力。

《海上花列传》之后的狭邪小说与传统言情小说渐行渐远。"小说界革命"之前的 4 部作品中，只有《海天鸿雪记》有向上一路、抒写性情的创作理想和艺术追求，在人物形象上可见到《海上花列传》的一些遗迹，在情节安排上能看到《红楼梦》的框架，可惜只写了半截子，没有多大价值和意义。《海上尘天影》完整保持了传统言情小说的核心结构，连外围结构也几近一致。但是，它那杂乱无章的材料堆砌和不伦不类的混乱思维，不但没有给狭邪小说增添前进的动力，反而倒退到了与《青楼梦》一样无可救药的地步，真是一对至交好友写出来的小说。更加糟糕是《海上名妓四大金刚奇书》，粗制滥造到了不堪卒读的地步。它是最早远离传统言情小说的作品，倒不是它有另辟新路的雄心，而是因为它几乎划不进小说的行列。对后续创作影响最大的是《海上繁华梦》，主题依旧是警世劝诫，这个主题经过《风月梦》《海上花列传》《海上繁华梦》三部作品的反复强调，至此已经固定下来了，成为传统言情小说核心结构成员中第一个被永久置换者。描写内容也发生了较大变化，从两情相悦、缠绵悱恻演变成落花有意、流水无情，从谈情说爱转变为花丛经验总结。人物形象也是一半海水，一半火焰，男主人公保持着才子做派，妓女们则没有了佳人素质，虚情假义，贪财好淫，无才无德又无情。尤其值得注意的是，作者对《海上花列传》独树一帜的创作观念不以为然，更加强调小说的通俗化和大众化属性。所以，浅显直白、一览无余就成了《海上繁华梦》的最大特色，读来毫不吃力，且能从中了解一些花坛的趣闻逸事，学到一些嫖妓的经验，真是消遣解闷的好工具，得到了市民读者的热烈追捧，即使在"新小说"风头最盛的 1903 年前后，也能"复印四次，销售一空"。这不仅鼓舞了作者续写原作的信心，也刺激了其他作者的神经，纷纷起而效之。它们全不"言情"了，才子变身为"流氓"，大谈嫖经，揭露妓女的种种狡诈伎俩，嘲弄贬损妓女的人格品质，把妓女世俗评价体系传统发挥到极致，走进了黑幕化、嫖经化的死胡同，狭邪小说也就在堕落的快感中异化。

观察狭邪小说的异化过程，可以发现它一直处在言情小说传统和妓女文化传统调整置换的运动过程当中。言情小说传统一步一步地被妓女世俗评价体系剥蚀替代，当历时久远的妓女"溢恶"观念与媚俗化、娱乐化的小说创作观念紧密结合在一起的时候，狭邪小说便走上黑幕化和嫖经化的歧路。这不仅使它脱离了言情小说的"牢笼"，也开始了狭邪小说再寻出路之旅。狭邪小说变异之时，也是以妓女世俗评价体系为核心、掺杂狭邪小说历史成分的新传统成型之际，这个新传统将引领妓女题材小说继续前行，在现代通俗小说领域辗转腾挪。

还有，狭邪小说虽然经历了"小说界革命"所引发的剧烈震荡，但在近代时段的运行周期里，我们看不到它受外面世界影响的痕迹。无论是创作观念、描写内容、主题思想，还是艺术形式、叙事模式、叙述风格，一直处在传统的大框架中，没有西方观念和西方小说侵入的迹象。这就说明，狭邪小说的优劣得失、承续变异完全是中国小说自家的事，与西方小说无关，好也罢，坏也罢，都得自己负责。狭邪小说的这种自成系统性，使它与1905年后兴起的新言情小说的关系很淡漠，二者之间不存在直接继承和相互交叉的关系。

"小说界革命"的一大功绩是引进了西方小说这个参照系，当这个参照系与促使小说变革的积极力量——作家队伍、读者群体、传播方式、文化政策、理论建设——结合起来后所产生的合力作用，使近代小说出现了一定程度的调整和变化。传统类型小说基本退出市场，以政治小说、社会小说为代表的"新小说"喧闹登场。"新小说"与传统小说最大的不同是，它戴上了"文学之最上乘"的桂冠，且被赋予了"启蒙"责任和"教科书"任务，所以，它从一开始便受到政治需要和社会热点的"挟持"，不属于单纯的文学创作活动。

男女的恋爱婚姻问题从来都是人们关注的对象，也是文学创作的永恒主题，所以，言情小说经过短暂沉寂后，很快又回到小说创作的主流行列。但这次回归，不同于以往，它要肩负起维护传统伦理道德、讨论中西婚姻制度的"启蒙教育"任务，摆在它面前的不仅有现实生活中的恋爱婚姻悲剧及造成悲剧的"父母之命、媒妁之言"和门第观念，还有来自西方的自由婚姻制度和反映西方爱情婚姻观的言情小说。

在吴趼人看来，传统的情本论思想和贞节观念依然是男女关系的核心。从《恨海》和《劫余灰》里，我们看到他将道德置于了绝对优先的地位，放逐男女私情，宣扬贞节观念，把男女婚姻悲剧或归因于偶然的社会动乱，或归罪于道德沦丧，根本没有传统婚姻制度会造成婚恋悲剧的概念。这也难怪，因为在这位老夫子眼里，男女就不存在"爱情"，所谓的

"情"都是"魔"、是"痴",是不正当的,没有必要同情,有的只是责任和信义,婚姻制度只是在维护这个责任和信义而已,怎么会造成悲剧呢?这不是吴趼人一个人的想法,而是一大批"大雅君子"的共识,代表了整个社会的主流观念。所以,其他小说家虽没有吴趼人这么极端保守,但在强调妇女贞节的问题上却是高度一致,从而为此时期的言情小说定下了维护传统伦理道德的大前提,无论是提倡自由结婚,还是批判专制婚姻制度,传统的伦理道德是必须要遵守的。

思考"父母之命、媒妁之言"和门第观念,探讨婚姻自由是新言情小说的创作热点。有的通过描写青年男女的爱情婚姻悲剧,把专制婚姻制度送上审判台,在这个议题上最有力度的作品当推《碎琴楼》。有的直接宣扬婚姻自由,如《恨海花》《禽海石》《情天劫》等,但多流于概念化和表面化,没有出现高质量的作品。《双泪碑》最具反思意识,表达了"概念杀人"的担忧,促"婚姻绝对自由"者警醒。与此同时,以娱乐、消遣心态炮制男女风流韵事和奇闻逸事的作品也不少,它们传递着中国通俗小说大众化、娱乐化的古老传统。

创作手法上,新言情小说则不拘泥于传统方法,尝试了许多来自西方的小说创作技巧,悲剧结局、突出心理描写、叙事结构的重心由"情节"转向"情绪",倒叙、第一人称或第三人称限知叙事、景物描写开头法、以章节代替章回体等,说明西方小说参与到了新言情小说的发展进程中。

西方恋爱婚姻观念和小说创作手法渗入新言情小说的思想主题和艺术形式的事实,传递出一个明确的信号,即西方文学开始介入近代小说的转型之路。此时还是部分影响,规模不大,程度亦不深,若假以时日,结果真不可预测。但是,这次效仿西方的革新尝试却被改朝换代后的接盘者鸳鸯蝴蝶派给阻断了。

鸳鸯蝴蝶派是时代氛围的产物,真实反映了当时青年男女在恋爱婚姻问题上的苦闷和要求,具有历史合理性。在题材开拓上也流露出一定的现代观念,如寡妇恋爱,有从根本上冲击传统礼教的客观作用。更注重个体内心情感体验的挖掘和开拓,对"新小说"以来多关注社会现象批判的创作思维作了某种程度的纠正,为后来张扬"人的文学"观念做了铺垫。所以,鸳鸯蝴蝶派在小说史上有其正面价值和意义,不是一无是处。但是,从转型角度看,其维护旧道德、乞怜旧制度的思想软弱性,通俗化、娱乐化的目标追求，以及古旧斑驳的表现形式，把新言情小说向西方小说取来的经又还给了西方小说，中止了此次借助域外力量改造中国小说的自发性实验。

"五四"文学革命再次吹响了文学现代化的号角。与晚清的自发性实验不同，这次有了取法西方的明确理论指导和路径规划，甚至出现了"全盘西化"的激烈言论，借域外力量再造中国文学的主张，上升到了自觉阶段。效法西方的创作实践随之跟进，"新文学"诞生，开拓出一条现代文学建设之路。

早在清末，小说创作便形成了潮流化特征，跟随"新文学"主流，对于此时的通俗小说作家而言是自然而然、顺理成章的事，不存在抵触心理。他们接受"五四"文学革命祭出的白话文学、人道主义、平民主义理论主张，认可晚清就从西方"拿来"、但未凸显的体裁样式，与"新文学家"一起推动短篇小说繁荣，同步创作"问题小说"，关心底层小人物的困苦坎坷。具有悠久历史的妓女题材小说跟随这股"新潮"，用人道主义精神、平民主义观念替换传统世俗妓女评价体系，以"新兴"的短篇小说体裁为载体，创作出一批完全符合现代小说属性标准的短篇倡门小说，让我们看到一个成功转型的案例。

显示传统适应能力和转型成功更典型的例证是长篇倡门小说《亭子间嫂嫂》。它完全具备现代长篇小说的品格气质，但来自传统狭邪小说滋养的印迹亦清晰可辨。"老枝"发的"新芽"照样生机盎然，且更有生命厚度和历史沧桑感。

通过对近现代狭邪小说转型路径的考察，我们认为近现代小说的转型有如下特征。一、转型过程艰难曲折、回环往复，并不是直线推进的，期间有前进、有倒退，有痛快淋漓、有矛盾纠结，是一个相当复杂的过程。简单化、抽象化的进化论思维无法概括这个进程，从而证明改良传统以完成文学转型的道路充满风险与坎坷，需要付出更大的耐心与韧劲。二、转型是一个渐变过程，由量的逐渐积累，慢慢引发性质的转化。我们不能用突变的观念直奔结果，而是要考察清楚原因与结果之间的关系和事件之间的联系，才能真正完成"文学史"任务。三、近现代小说声部众多，头绪繁杂，任何简约化的概括都可能挂一漏万。只有从具体问题入手、从实证入手，由局部到整体，才能发现一些有规律性的变化和特点，勾画出一幅接近实际的转型路线图。四、转型的基本盘是传统，无论继承，还是突破，都要以它为基点来确定坐标。抛开对传统的认知而架空立论，不论简单粗暴地一否了之，还是不问根由地一概承受，都不是正确对待传统的态度，都免不了掩耳盗铃之讥。促成传统转型的活跃因素——作家队伍、读者群体、传播方式、理论建设、文化政策、小说翻译诸要素是围绕基本盘的随机动因，它们影响基本盘的波动，但不决定基本盘的总体走势。

那么，推动传统转型的最终决定力量，或者说，根本的动力源是什么呢？社会生活的变化——近代以来，由传统社会向现代社会转型的时代总主题是推动包括狭邪小说在内的所有文学向现代迈进的总根源，就是那个万有引力。

文学源于生活，落实于生活。整个社会生活处于传统向现代过渡的进程中，根植于生活的文学必然随之反映这个进程，产生相应的文学，文学演变的总趋势也就必然被纳入传统文学向现代文学转型的轨道。如何建设适应、反映每个阶段社会生活的文学？不外两种途径①：改良传统文学，使之适应时代生活要求；以革命思维和手段，直接铲除传统遗产，引进新品种，快速完成建设任务。与近现代政治、思想、社会领域"改良"与"革命"运动并存的格局相对应，文学改良与文学革命两种建设新文学的方法亦同时存在。当论者各取一端的时候，就会得出"自我变革主导"论和"外来影响主导"论的主张来，争"正宗"的吵闹也就不可避免。"二论"维护者之所以都把自己视为近现代文学变革的主导力量，乃杂取文学决定论、文学中心论、文学独立论、文学工具论诸种观点，加上文学史话语权力的介入，而做出的不符合客观实际的判断。其实，社会生活变化和时代要求才是推动文学相应变化的动力源和总开关，才经得起"终极追问"。"改良"与"革命"本身不是原因和动力，而是建设近现代文学的手段与方法，有方法论的价值，而无本质规定性的意义，所争无关宏旨，徒费口舌而已。例证不用远取，就狭邪小说消失的原因，便可让我们深切认识到社会生活对文学的决定意义。《亭子间嫂嫂》取得了很高的成就，也完成了狭邪小说的转型任务，可是，狭邪小说也从此退出了历史舞台。不

---

① "中西冲突融合论"认为近现代文学是传统与西方在冲突过程中融合的产物，中西合璧，取长补短。严格来说，这不是转型的原因，也不是转型的方法，而是对转型结果的判断。因为，近现代文学尤其是现代文学，本来就在中西激荡中生成，既有传统的因子，也有西方的要素，不可能是纯粹的只取其一。那么，"中西融合冲突论"便左右逢源，永远正确，是典型的折中论。所以，笔者将其排除在讨论范围之外。

仅妓女题材小说就此绝响，整个涉及妓女的文学都无影无踪了。原因无它，社会发生了翻天覆地的变化，妓女制度、妓女群体都被消灭了，没有描写妓女的文学的产生条件和生存土壤了，何来与妓女相关的文学？

对于一个自成体系、拥有悠久传统的庞大文学系统来说，其变化必然落后于社会生活的变化，尤其是面对节奏变化越来越快的近现代社会，文学的变化常常跟不上时代的要求，出现不同的主张和方法，来建设与社会生活相适应的文学，是正常现象。依据认识论原理，人只能了解过去，不可能预知未来。作家从事文学创作活动，所汲取的资源和受到的制约只能是历史传统和现实生活，而不会是身后的"可能"和"需要"。所以，每种方法在当时都是一个摸索和试验的过程，都有选择的理由，本无高下优劣之分，当与不当之别，它们的地位是平等的，都应当受到尊重。厚此薄彼，以今绳古，甚至投当权者所好，攻击、抹杀、遮蔽对方，非学术之正途，实不足训。

"条条大路通罗马"，效法西方文学是一条路，改良传统也是一条路，此一路，彼亦一路，互不对立、否定，殊途同归，都是为了建设与时代要求相适应的具有民族精神和民族气质的中国文学，宗旨都光明正大。卢卡契总结世界文学大势时曾云："所有真正伟大的文学尽管会汲收外国文学，但总还是要沿着自己特有的道路向前发展，而这条道路又是由这个国家的社会与历史条件所决定的。"[1] 先贤倡导新文学，意在使西方文学为我所用，推动中国文学更好地发展，非欲尽行废弃摧毁中国传统，全盘西化，使中国文学成为西方之附庸。[2] 此中苦心，在胡适总结的新文化运动的纲领和目标——"研究问题，输入学理，整理国故，再造文明"中，已表露无遗，后来者宜切切体察。新文学建设者闻一多希望看到这样的新诗："我总以为新诗是径直'新'的，不但新于中国固有的诗，而且新于西方固有的诗；换言之，它不要做纯粹的本地诗，但还要保存本地的色彩，它不要做纯粹的外洋诗，但又尽量地吸收外洋诗底长处；它要做中西艺术结婚后产生的宁馨儿。"[3] 新文学研究名家夏济安期待的好小说是："中国人

---

① ［匈］卢卡契：《托尔斯泰和西欧文学》，中国社会科学院外国文学研究所外国文学研究资料丛刊编辑委员会《卢卡契文学论文集》（二），中国社会科学出版社 1981 年版，第 451 页。

② 参阅耿云志《五四新文化运动再认识》，《中国社会科学》1989 年第 3 期。

③ 闻一多：《女神之地方色彩》，《闻一多全集》第 2 卷，湖北人民出版社 1993 年版，第118 页。

所写的好小说一定是真正中国的小说：人是中国人，话是中国话，生活方式是中国生活方式，生活态度是中国生活态度。这样一部小说不是一个盲目的反对或是漠视中国旧社会的人所能写得出来的，虽然他可能读过很多部西洋小说，对于小说作法有深刻的研究……我们的新小说，在这个意义上说来，必然是中西文化激荡后的产物。"[①]

　　只有这样的文学，方显中国文学之波澜壮阔、浩浩荡荡、气度不凡；方见中华文明之海纳百川、吐故纳新、生生不息。

---

① 　夏济安：《夏济安选集》，辽宁教育出版社 2001 年版，第 8 页

主要参考文献

一　作品类

陈森：《品花宝鉴》，古本小说集成影印本，上海古籍出版社 1994 年版。

眠鹤道人：《花月痕》，古本小说集成影印本，上海古籍出版社 1994 年版。

邗上蒙人：《风月梦》，古本小说集成影印本，上海古籍出版社 1994 年版。

俞达：《青楼梦》，古本小说集成影印本，上海古籍出版社 1994 年版。

西冷野樵：《绘芳录》，吉林文史出版社 1988 年版。

花也怜侬：《海上花列传》，古本小说集成影印本，上海古籍出版社 1994
　　年版。

司香旧尉：《海上尘天影》，古本小说集成影印本，上海古籍出版社 1994
　　年版。

抽丝主人：《海上名妓四大金刚奇书》，百花洲文艺出版社 1996 年版。

海上漱石生：《海上繁华梦》，上海古籍出版社 1991 年版。

漱六山房：《九尾龟》，古本小说集成影印本，上海古籍出版社 1994 年版。

评花主人：《九尾狐》，中国近代小说史料汇编第 4 册，台北广文书局 1980
　　年版。

心青：《新茶花》，百花洲文艺出版社 1996 年版。

天虚我生：《泪珠缘》，北方文艺出版社 1997 年版。

平坨：《十年梦》，百花洲文艺出版社 1996 年版。

薛正兴主编：《李伯元全集》，江苏古籍出版社 1997 年版。

薛洪整理：《吴趼人小说四种》，吉林文史出版社 1985 年版。

钱谷融主编：《中国现代言情小说大系》，华东师范大学出版社 1994 年版。

何诹著，季路校点：《碎琴楼》，吉林文史出版社 1998 年版。

苏曼殊：《苏曼殊小说集》，浙江人民出版社 1981 年版。

飞鸣：《恨海花》，文明书局光绪丁未（1907）七月三版。

吴双热：《孽冤镜》，民权出版部中华民国三年版。

刘扬体：《鸳鸯蝴蝶派作品选评》，四川文艺出版社 1987 年版。

李定夷：《賣玉怨》，1912 年 6 月 6 日至 1913 年 4 月 12 日《民权报》。

周瘦鹃编：《倡门小说集》，大东书局 1926 年版。

娑婆生著，包天笑续：《人间地狱》，华岳文艺出版社 1988 年版。

周天籁：《亭子间嫂嫂》，岳麓书社 2014 年版。

二　书目资料类

陈大康：《中国近代小说编年史》，人民文学出版社 2014 年版。

石昌渝主编：《中国古代小说总目》，山西教育出版社 2004 年版。

王清原、牟仁隆、韩锡铎编纂：《小说书坊录》，北京图书馆出版社 2002
　　年版。

魏绍昌主编：《中国近代文学大系·史料索引集》，上海书店 1996 年版。

徐中玉主编：《中国近代文学大系·文学理论集》，上海书店 1994 年版。

魏绍昌编：《鸳鸯蝴蝶派研究资料》，上海文艺出版社 1984 年版。

芮和师、范伯群等编：《鸳鸯蝴蝶派文学资料》，福建人民出版社 1984 年版。

陈平原、夏晓虹编：《二十世纪中国小说理论资料》（第一卷），北京大学
　　出版社 1997 年版。

三　研究类

鲁迅：《中国小说史略》，《鲁迅全集》第 9 卷，人民文学出版社 1991 年版。

胡适：《胡适古典文学研究论集》，上海古籍出版社 1988 年版。

阿英：《晚清小说史》，人民文学出版社 1980 年版。

任访秋主编：《中国近代文学史》，河南大学出版社 1988 年版。

任访秋：《中国新文学渊源》，河南人民出版社 1986 年版。

郭延礼：《中国近代文学发展史》，山东教育出版社 1990 年版。

陈伯海、袁进主编：《上海近代文学史》，上海人民出版社 1993 年版。

张炯、邓绍基、樊骏主编：《中华文学通史》第 5 卷，华艺出版社 1997
　　年版。

张俊：《清代小说史》，浙江古籍出版社 1997 年版。

陈平原：《中国现代小说的起点——清末民初小说研究》，北京大学出版社

2005 年版。

陈平原:《中国小说叙事模式的转变》,北京大学出版社 2003 年版。

王俊年编:《中国近代文学论文集·小说卷》(1919—1949),中国社会科学出版社 1988 年版。

中国社会科学院文学研究所近代文学研究组编:《中国近代文学论文集·小说卷》(1949—1979),中国社会科学出版社 1983 年版。

裴效维主编:《近代文学研究》,北京出版社 2001 年版。

林明德编:《晚清小说研究》,台北联经出版事业公司 1988 年版。

范胜田主编:《中国古典小说艺术技法例释》,浙江古籍出版社 1989 年版。

关爱和:《中国近代文学论集》,中华书局 2006 年版。

范伯群主编:《中国近现代通俗文学史》,江苏教育出版社 1999 年版。

范伯群:《中国现代通俗文学史》,北京大学出版社 2007 年版。

汤哲声:《中国现代通俗小说流变史》,重庆出版社 1999 年版。

袁进:《中国小说的近代变革》,中国社会科学出版社 1992 年版。

杨联芬:《晚清至五四:中国文学现代性的发生》,北京大学出版社 2003 年版。

武润婷:《中国近代小说演变史》,山东人民出版社 2000 年版。

范伯群:《礼拜六的蝴蝶梦》,人民文学出版社 1989 年版。

袁进:《鸳鸯蝴蝶派》,上海书店 1994 年版。

王一川:《中国现代性体验的发生——清末民初文化转型与文学》,北京师范大学出版社 2001 年版。

单正平:《晚清民族主义与文学转型》,人民出版社 2006 年版。

耿传明:《决绝与眷恋——清末民初社会心态与文学转型》,复旦大学出版社 2010 年版。

贺根民:《中国小说观念的近代化进程》,齐鲁书社 2010 年版。

王学振:《民族主义与中国文学的现代转型及话语嬗变》,中国社会科学出版社 2011 年版。

季桂起:《中国文学现代转型的历史源流——明代中叶到清末民初中国文学的变迁》,人民出版社 2011 年版。

张天星:《报刊与晚清文学现代化的发生》,凤凰出版社 2011 年版。

汤克勤:《近代转型视阈下的晚清小说家——从传统的士到近代知识分子》,中国社会科学出版社 2012 年版。

胡全章：《晚清小说与文学转型》，中国社会科学出版社 2012 年版。

罗晓静：《"个人"视野中的晚清至五四小说——论现代个人观念与中国文学的现代转型》，中国社会科学出版社 2012 年版。

凌硕为：《新闻传播与近代小说之转型》，浙江大学出版社 2013 年版。

米列娜编：《从传统到现代——19 至 20 世纪转折时期的中国小说》，伍晓明译，北京大学出版社 1991 年版。

〔美〕韩南：《中国近代小说的兴起》，徐侠译，上海教育出版社 2004 年版。

〔美〕王德威：《被压抑的现代性——晚清小说新论》，宋伟杰译，北京大学出版社 2005 年版。

后　记

　　本书是对笔者博士后出站报告的补充和修正。2006—2008 年，笔者在华东师范大学中国语言文学博士后流动站工作，合作教授陈师大康。

　　当年的出站报告之所以选与"狭邪小说"有关的课题，是因为笔者之前的研究方向是明清小说，博士论文写的是《明清性爱小说的文学阐释及文化观照》（修改后易名《明清性爱小说论稿》，2007 年由台北大安出版社出版），计划对博士阶段的研究向近代延伸。可是，对近代小说的研究状况进一步接触后，发现单纯写"狭邪小说研究"之类的论文已没有多少空间。近代小说的最大特点是过渡性，如何完成从古典形态到现代形态的过渡，是近代小说研究的核心问题，也是揭橥近代小说价值的关键指标。狭邪小说正好贯穿了整个近代文学阶段，完整经历了近代小说潮起潮落的演变过程，具有典型性。所以，就把思路转向了对其转型意义的考察，欲为近代小说的转型问题研究提供一个具体案例。

　　由于材料众多，工作量大，加之在站时间有限，便将研究的下限画在了近代史结束的 1911 年，恰巧来年鸳鸯蝴蝶派兴起，正好衔接，所以，出站报告的题目就定为《近代小说转型研究——以从狭邪小说到鸳鸯蝴蝶派为例》。应该说，这不是一个完整的研究，因为鸳鸯蝴蝶派只是民国通俗小说的开始，现代小说的特征不明显，不能代表转型完成后的面貌。交接到这里，结论是不可靠的。而且，狭邪题材小说并没有彻底结束，现代通俗小说中的倡门小说创作依然活跃，隐然有流派的地位，不做完整的考察，结论也是没有说服力的。

　　出站以后，我的教学工作由古代文学教学调整为近现代文学教学。几年来，为了保质保量完成教学任务，"恶补"了现代文学的知识和材料，加深了对主流现代文学史框架和体系的认知。同时，出站报告的缺憾，也促使我更加关注民国通俗小说的存在情况和研究现状。有了现代文学的平台，再来看近代文学的转型问题，便有了通盘考虑的条件，先前的一些模糊认识也逐渐清晰起来。在此基础上，我补写了民国倡门小说这一部分，把近现代狭邪小说的全程运行轨迹勾勒了出来，使本书的内容更完整，更充实。

补充之外，更重要的是修正。大的修正有两处。一处是对鸳鸯蝴蝶派的评价问题。由于出站报告的落脚点是鸳鸯蝴蝶派，且将其视作现代小说的开端，所以给予积极正面的评价，进而得出了传统自我变革是转型主要推动力和基本路径的结论。但是，全面考察民国倡门小说及民国通俗小说的创作情况后，发现鸳鸯蝴蝶派依然是"短命"的流派，后续小说创作不但没有延续它的风格和方向，反而是对其的抵制和反动。再回溯比照清末新言情小说的表现，则鸳鸯蝴蝶派在近现代小说转型进程中不仅没起正向推动作用，反而是一股"回光返照"般的复辟力量。故而，本书修正了出站报告的看法，将鸳鸯蝴蝶派定性为阻碍近现代小说转型的"逆流"。当然，这仅就转型的角度和立场而言，并不是对鸳鸯蝴蝶派的全面否定，它虽然增加了转型的难度和复杂性，但亦有正面意义和存在价值。书中对此已有详细讨论，此不赘述。

第二个大的修正是对转型动力源的看法。本书必须回答的问题是，近代以来中国文学为什么发生由古典形态到现代形态的转型，转型的根本推动力是什么？谁主导了转型？之前的看法主要有两种：一是"自我变革主导论"，即传统形态的自我演变、自我革新是转型的主导力量，域外文学起了刺激和辅助作用；一是"外来影响主导论"，即西方文学或文化的冲击和引导，决定了此次转型。两种观点都有立论的根据，且都能自圆其说，很难说服对方。按照本书"顺着看"，即从古到今的论证顺序，以及落实在民国通俗小说形态上的论据，必然推衍出"自我变革主导论"的结论，出站报告就是这个观点。可是，面对"新文学"的庞大存在，此结论难免偏颇，依然会陷入支持一方而不能说服另一方的纠缠中，也不能令自己信服。

这个纠结困扰了我很久，有一天，我脑子里偶然闪过出站报告答辩时，一位老师说过一句话，大意是出站报告罗列了那么多影响转型的因素，其实社会生活变化才是最根本的原因。当时我并没有意识到这句话的分量，因为按照"习惯"，论文都应有点"新意"，观点都要有所"创新"，社会生活变化的结论实在"平淡无奇"，也就一听一出了。可是，这句话再次过脑后，我突然有了豁然开朗的感觉。近现代文学的转型不就是随着中国由古代社会向现代社会转型而转型的么？那么，近现代文学转型的根本动力不就是社会生活的变化么？确立了这个根本大法，"自我变革主导论"和"外来影响主导论"也就容易安放了。它们自身并不是主导文学转型的力量，只是建设与时代要求相一致的文学样态的方法和路径而已，都是客观存在，没必要做非此即彼的排他性选择。"革命"不一定永远进步，"改良"不见得一直落后，都是顺应时势，都具有合理性。当然，这个观点只是自己觉得踏实了许多，正确与否还有待检验。

这本书的完成，持续了近十年时间，算是给自己一个交代。不过，本书的完成并出版，并非我一人之功，而是凝聚了很多人的心血和汗水，也得到许多人的支持和帮助。

首先要感谢我的合作教授陈师大康。蒙陈老师不弃，我有幸厕身门墙，有了聆听教诲的机会。陈老师讲授的小说史研究方法论课程，见解精辟，思路新颖，尤其是他所强调的文学史研究并非是作家作品研究的简单叠加，而是应揭示创作状况的变化及其规律与特点，研究重点应放在考察各文学现象、事件的联系上的观点，大大深化了我对文学研究的认识。正是这个启发，我才把研究重心转移到探究近现代小说转型的问题上，用转型的视角来研究狭邪小说，而不局限于作家作品本身的研究。

在报告的撰写过程中，为了方便和减轻检索、查找资料的工作量，陈老师把他的《中国近代小说编年》的电子文本拷贝给我，并把汇集在他那里的已毕业的师兄师姐的论文和使用过的原始资料提供给我，使我获得了一些有价值的线索和信息，赢得了更多撰写报告的时间。同时，全程指导，严格要求，时常关心撰写进度和解答遇到的问题。报告完成后，陈老师集中时间进行认真审阅，提出了许多宝贵的修改意见，甚至精确到字、词、句的使用上，体现出严谨广博的治学作风，使我获益匪浅。

由于本人才疏学浅，加之时间紧迫，家事缠身，出站报告的水平远没有达到陈老师的要求和期望。陈老师宅心仁厚，宽以待人，同意我出站，并组织了答辩会，至今思之，犹感慨万千。

这本书的完成，还要感谢在开题报告会上对论文提纲提出宝贵意见和建议的赵山林教授、程华平教授，在答辩会上指出报告存在问题并提出修改意见的郭豫适教授、黄霖教授、孙逊教授、谭帆教授，感谢老师们的指导，以及宽容和理解。

感谢宁夏大学科技处及宁夏大学人文学院对本书出版的全力支持。

感谢中国社会科学出版社及本书编辑郭晓鸿的辛勤工作。

感谢一直以来支持并关心我的工作和生活的齐师裕焜教授和王师茂福教授。

感谢关心和帮助本书写作和出版的所有师友同事。

最后，特别感谢我的妻子顾世群女士及我的家人们，谢谢你们多年来的辛勤付出和鼓励支持。

无以为报，就让这本书的出版来表达我对你们的无限爱意和谢意吧！

丁峰山

2015 年 7 月